KB196896

반드시 돌아올 계절, 늦봄

반드시 돌아올 계절, 늦봄

추모 문집
늦봄 문익환 30주기

늦봄문익환기념사업회 엮음

다산
책방

차례

사랑의 마음이 식을 때 우리는 문익환 이야기를 한다

송경용(신부, 늦봄문익환기념사업회 이사장)

1.

한국의 언론이 문익환에 관한 보도를 마지막으로 쏟아낸 것은 1999년이었다. 한반도에서 20세기를 살았던 인물 중에 가장 중요한 사람은 누구일까? 이때 가장 많이 호출된 이름이 김대중·박정희·문익환이었다. 김대중은 수난과 시련을 극복한 정치 지도자로, 박정희는 국민을 절대 빈곤에서 탈출시킨 근대화 인물로, 문익환은 민족사의 염원인 통일을 상징하는 민간 지도자로 꼽힌 것이다.

한국 현대사를 어떻게 읽느냐에 따라 위인을 보는 눈도 달라질 수 있다. 당시의 언론은 한국의 20세기를 "일제로부터 강점당하고,

남북이 전쟁을 겪으며, 분단과 군사독재로 불행에 빠졌던 시기"로 기록하는 게 보통이었다. 그렇다면 후대가 기억할 인물도 외세·분단·독재에 대응하는 구도 속에서 찾기 마련이다. 하지만 그처럼 단선적인 역사관으로는 민중이 권력의 수동태가 아니라 역사의 능동태로 사는 길을 밝힐 수 없다.

외세·침략·전쟁·분단·독재·탄압·폭력 같은 시련들은 '우리가 시험에 든 사건들'이었지 '우리가 만들어간 삶'은 아니었다. 우리는 그 많은 도전 속에서도 인간으로서의 꿈과 사랑을 잃지 않고 끝내 공동체를 지켜낸 피와 땀의 서사를 가지고 있다. 지금도 중단되지 않고 밀려오는 또 다른 파도를 맞으며 우리가 역사를 말하는 이유, 또 그 속에서 끝없이 문익환이라는 이름을 부르는 이유가 여기에 있다.

수난과 박해로 가득 찬 한국의 20세기를 살다 간 인물 중에서 '문익환'처럼 시련의 복판에서 고통의 시간을 환희와 축제의 자리로 뒤바꾸어 버린 생애는 없다. 한국인의 정치, 한국인의 종교, 한국인의 문학이 어떻게 생명과 평화의 경험으로 인류사에 참여할 수 있는지를 증명하는 살아 있는 사례로서 문익환의 생애는 늘 빛나고 있다. 그것은 우리의 가슴 안에서 오늘도 무지와 미지의 세계를 밝혀갈 나침반의 역할을 한다.

2.

사람들은 세상이 너무 삭막하고 사랑의 마음이 식어갈 때, 또 미래에 대한 꿈이 점점 사라지고 있을 때 문익환 이야기를 하면서 생기를 되찾곤 한다. 문익환이라는 이름 속에는 마술 같은 부활의 힘이 숨어 있다. 그래서 문익환 이야기는 이미 지나간 날의 추억이 아니라 언제나 생성되는 이야기, 늘 우리와 함께 새롭게 태어나고 굽이쳐 흘러가는 이야기이다.

그러나 세월은 덧없는 것, 문익환은 떠난 지 30년. 한국의 거리와 골목 들에 그가 뿌렸던 체온과 숨결들은 날마다 조금씩 지워지고 있다. 그의 음성도 우리의 경험 세계에서 날마다 한 걸음씩 멀어져 간다. 그런 현상에 기대어서 대중 미디어조차 문익환의 이름을 피하는 이유는 그 이름에 담긴 역사적 열정이 현실 세계에서 좀처럼 박제화되지 않는 까닭일 것이다. 문익환 서사가 쉽게 드라마나 다큐멘터리로 전환되지 않는 현상에는 기득권 세력의 공포심이 숨어 있다. 그리고 그것이야말로 아직 사회적으로 살아 있는 꿈들이 문익환의 이름으로 결속되어 있음을 증명한다. 이 책은 사후 30년이 지나서도 마침표를 찍을 수 없는 문익환의 사랑의 힘을 확인하기 위하여 출간되는 것이다.

이 내용이 독자에게는 한 권의 단행본으로 제공될 수밖에 없는 사정을 고려하여 제목이나 형식을 일부 손질하지 않을 수 없었다.

출전의 온전한 형식이 어떤 상태였는지 '해제'를 통해 밝혀둔다. 끝으로, 바쁜 시간을 쪼개어 동참해 주신 필자들에게 마음 깊이 우러나는 감사 인사를 올리고자 한다.

2024년 1월

늦봄문익환기념사업회 사무실에서

문익환 목사 서거 30주기에 부쳐

눈물의 잠, 혹은 광대

김정환(시인)

죽은 이가 산 사람을 배웅하는 사진이 남아 있다. 이렇게 쓰면
안 되지. 천연이 흑백 속으로 계속 흡수된다. 누가 누구를 배웅하
는 것인지 모른다, 그렇게 써도 안 된다. 흑백이 천연보다 더 아스
라한 것은 아니다. 더 많은 것을 여는 '안 된다'가 있다. 남은 것이
있다. 배웅이 있었다. 3년 만에 7000톤 선체를 통째로 훼손 없이
인양하는 놀라운 기술로 어이없는 세월호 참사가 다시 출현한다.
돌이킬 수 없이 망가진 것은 누가 누구를 배웅하는지 모른다. 가
장 어린 아이도 제 것 아닌 슬픔에 엄청나게 울고, 슬픔이 제 슬픔
에 경악한다. 이렇게 전면적인 순간이 3년 전 세월호 참사의 기나
긴 시간을 공간으로 압축한다. 우리 끝까지 제정신일 수 있기를.

아직 남은 제정신이 아무리 어이없더라도 갈가리 찢길망정 우리
의 불어터진 울음이 배웅의 틀만이라도 유지할 수 있기를.
　　—졸시, 「남아 있었다」 전문

고등학교 때 제법 친하던 문성근(삼남)을 따라 놀러 간 곳이 수유
리, 문목 집이었나? 문목이 우리에게 한 말은 분명 "자네들은 머리
안 기르나?"였다. 장발 단속이 얼마나 심한데 더군다나 고등학생한
테 머리를 기르라니⋯. 하지만 마포 출신 촌놈인 내가 그때까지 들
은 가장 부담 없는 어른 억양이고 과연 머릿기름을 세련되게 바른
장발이고 그런저런 것이 한데 어울려 당시 우리의 선망 대상이던
미국 자유민주주의의 분위기를 물씬, 그러나 아주 자연스럽게 풍
겼다. 우리를 배웅했던 것 같지는 않은데 왜 이런 시가 불쑥 뒤늦
게, 분명 그때와 다른 문목에서 비롯되어 그때와 다른 문목의 체취
를 물씬 풍기며 튀어나왔지? 김대중 동교동, 김영삼 상도동 기억은
분명할수록 추상적이고 문목 수유리는 구체적일수록 희미하다. 그
것만으로도 문목은 진심과 온몸의 사회참여가 정치로 기억되지 않
는, 참으로 어려운 일에 성공했다고 할 수 있다.
　1970년대 후반은 내가 징역 살고 군대 끌려가느라 성근이도 문
목도 볼 수 없었고 1980년 시인으로 데뷔한 뒤에는 문목에게 보다
허물 없는 대접을 받은 것 같다. 문목이, 사모님과 함께, "성근이는
정치 감각이 뛰어난데 연극을 한다니 어쩌냐?" 물었고, '연극이 더

낫다'라고 내가 답했고, 문목이 문성근 공연 관람 후 "과연 그렇더라" 했고, 장남 문호근이 외국서 오페라 연출 수업 마치고 귀국한 첫 공연에, 사모님과 함께, 같이 가서 보자 했고, 그렇게 했다. 문목과 사모님 둘 다 살짝 자랑스러운 기색이었다.

그러나 문목이 시인으로 불리기를 좋아한다는 다소 널리 알려진 얘기는 커다란 오해를 부르기 쉽다. 본인이 직접 그런 말을 했더라도 우리가 그의 크나큰 겸손에 속기 쉽다. 그가 주도한 성서 공동번역은 말씀의 의미를 투명하게 하는 것을 넘어 의미가 투명 그 자체인 경지에 달한다. 난해를 구호화하는 일체의 밀교를 성경에서 씻어내는 것. 걸작 장편을 능가하는 문학이고 큰 시인이라는 호칭도 어쭙잖다. 그러므로 「꿈을 비는 마음」이 꿈과 기원과 마음을, 그리고 몇 단계를 더 뛰어넘어 육신이 직접 월북, 방북할 수 있었다. 다시 투옥된 문목 면회를 갔다 오다 내게 들른 문성근이 농담 3분의 1, 진담 3분의 1, 체념 3분의 1의 표정으로 "나오면 이제 노동운동을 하시겠다더라" 했을 때 내가 화들짝 놀라 오로지 진담으로 당장 돌아가서 말려드리라고 한 것은 내가 아는 문목의 노동운동이 막무가내 위장 취업부터 시도할 것이 확실했기 때문이다. 칠순을 넘긴 노인네가 위장 취업을 시도하다니 말이 되나? 그러나 문목에게 정의로운 말이 안 되는 일은 없었다. 무조건, 읍소라도 해서 말릴밖에. 어쨌거나 『공동번역』 성서가 널리 채택되지 않은 것은 오늘날 기독교의 최대 비극 중 하나이다.

문목이 허물없이 대해주는 것을 틈타 내가 짓궂은 농담을 제법 했는데 그중 두 가지는 너무나 싸가지가 없는 거라서 지금도 생각 하면 속이 쓰리다. 명동성당에서 무슨 농성 중에 팔을 베고 찬 바닥에 누웠는데 바로 옆에서 문목도 그러고 있었다.

"목사님. 이러다가 혹시 전두환이 무너질 수도 있겠지만 우리 쪽이 이렇게 후져서야 뒷감당이 되겠습니까?"

"그러게."

또 한번은 추도시로 이뤄진 문목 시집이 나왔을 때이다.

"목사님. 사람이 자꾸 죽는 것은 아직도 해결 안 된 부분이 있기 때문이고 저마다 다른 이유와 의미로 죽는 것인데 목사님 추도시는 하나같이 '열사여'로 시작해서 '그대 뒤를 따르리라'로 끝나는 문제가 있잖아요?"

"그러게."

그러게. 의문 억양 없는. '그러게나 말이다'도 아니고 '그러게…'도 아닌, 가장 여리고 흔쾌하면서도 가장 강력한 부정을 능가하는, 긍정 너머 수긍의 힘. 첫 번째 농담은 갈수록 후진 어른이 되어가는 내가 나를 벌하는 것으로 다소 용서가 된다. 하지만 두 번째 농담은 얼마나 어이없는가. 이한열 장례식에서 그가 초혼한 그의 열사 이름 나열은 세상에서 가장 슬픈 일은 아니더라도(슬픔에는 서열이 없다) 가장 의미심장한 일이(의미에는 서열이 있다) 한반도에서 벌어지고 있음을 필생의 가장 높은 목소리로 알리는, 아니 선포하는 애도였다. 두 번째 농담으로 나는 감동과 충격을 구분 못 하는 벌을 받았다. 아니, 시인으로서 상인지도 모르겠다. 하긴 문목이 누구를 벌줄 사람은 아니다.

1985-1988년 민주통일민중운동연합 의장, 1989년 양심수후원회 회장, 1989년 전국민족민주운동연합 상임고문, 1991년 조국통일범민족연합 남측본부 결성준비위원회 위원장…. 그의 재야운동 이력이 누구 못지않게 혁혁하고 그의 실제 활동이 그보다 훨씬 더 화려하지만 그 모든 것이 흘러내린다. 아주 사라지지는 않지만 끊임없이 흘러내린다. 가장 근본적이고 겸손한 『공동번역』 업적도 흘러내린다. 그렇게 끊임없이 드러나는 것이 광대의 몸이다. 광대. 넓고 큼. 넓음=큼. 넓고 큰 어리석음 너머 지혜를 능가하는 넓음=큼으로서 어리석음. 기독교 세계에서 제1의 광대는 물론 예수이다. 대문자 신의 권능을 지녔음에도 십자가 처형을 택한 그의 어리석음이 기독 세계를 이루고 기독교를 아무리 자본주의와 밀착하더라도 끝내 한 몸은 될 수 없는 희망의 종교로 만든다. 두 번째 광대가 문목. 그의 체취는 참사의 위로 그 자체이고 그 체취가 모든 죽은 이 사진을 모든 죽은 이가 산 자를 배웅하는 사진으로 만든다. 죽은 이가 산 자를 배웅하지 않으면 어떻게 애도가 완성되고 새로운 삶이 시작될 수 있나? 하긴 어리석음에도 서열이 없다. 모든 어리석음이 역사를 넘어선 알파이자 오메가이다. 백기완이 문목에게 자주 핏대를 올린 소문이 또한 꽤 널리 퍼져 있지만 나는 둘처

럼 서로 잘 어울리는 어른 사이를 운동권 밖에서도 본 적이 없다. 백기완은 투철한 광대 이론가이자 실천가였고 문목은 그냥 광대였던 것. 문목의 부고를 받기 전 이상하게 기나긴 눈물의 잠을 잤지만 하나도 이상할 것이 없다. 광대, 어리석음이 눈물의 잠이기도 한 것을 문목에게 알게 모르게 배웠던 것. 「문상과 창 밖」이라는, 내가 쓰고 이현관이 곡을 붙이고 임정현이 노래한 문목 추모가가 있는데, 제목만으로도 문목 유고 후 쓰인 것이 확실하지만, 눈물의 잠처럼, 그 전에 쓰였단들 하나도 이상할 것이 없다. 죽은 문목이 한참 뒤 세월호 희생자들 사진을 죽은 이가 산 자를 배웅하는 사진으로 만들려 한단들 이상할 것이 하나도 없다.

광대는 고통 그 자체가 대문자 신이다.

문상과 창 밖

김정환 시
이현관 곡

흰 눈 내 리 고　　　길 이 쌓 인 다

누 군 가 떠 나 는　　　밤 은 깊 은 데　　　창 밖

더 깊은＿＿ 죽 음은＿ 폭설 내 리고＿＿ 눈 그 치 면 새

하＿＿＿＿ 얗 게 온 천 지 길 이 쌓 인 다 새

하＿＿＿＿＿ 얗 게 온 천 지　　　길 이 쌓 인

다　　　수 만 년 의 장 례 식 풍 경 처 럼　　아 주 고 요 히

온 천 지 길 이　　쌓 인 다　　울 음 은 이 다 지 도＿

꽃 들 이 조 신 하 고＿　　　　　문 상 은＿　　　이 다

19

33
B♭m E♭sus4 E♭ D♭
지 도__ 정 갈 한 음 식 새 하____ 얗
37
A♭ B♭m E♭7 A♭
게 온 천 지 길 이 길 이 쌓 인 다
41
A♭ B♭m7 E♭7 A♭
흰 눈 내 리 고 길 이 쌓 인 다
45
B♭m7 E♭7 C7 Fm
누 군 가 떠 나 는 밤 은 깊 은 데 창 밖
49
D♭ A♭ D♭ A♭
더 깊 은___ 죽 음 은_ 폭 설 내 리 고___ 눈 그 치 면 새
53
D♭ A♭ B♭m E♭7 C7
하____ 얗 게 온 천 지 길 이 쌓 인 다 새
57
Fm D♭ A♭ E♭7 C
하____ 얗 게 온 천 지 길 이 쌓 인 다

당신은 목소리였어요
─ 늦봄 문익환 선생님 30주기를 기리고 그리워하며

황지우(시인)

감옥 문에 이어진 번제의 기다란 계단, 그날

당신은 출감하자마자 그 이튿날 그 계단을 오르십니다.

늙어가는 것이 억울하다 하셨던 당신,

나이 일흔, 이제 살 만큼 다 살았다는 당신은

망각의 냉동고에 잠길 뻔한, 영원한 청년들의 이름을

한 명 한 명 다시 불러내기 시작합니다.

"전태일 열사여어!"

저희는 깜짝 놀랐습니다. 다친 짐승이 포효하듯 당신의 그 긁

힌 목소리에

번제의 하얀 연기 속에서 한 청년의 이름이 치솟아 올랐고,

그날 청계천 고가도로 아래 비둘기 떼가

현수막 펄럭이는 소리를 내며 일제히 날아올랐습니다.

"김상진 열사여, 장준하 열사여어!"

그날, 수원연습림의 은사시나무 잎들이 당신의 호명에 일제히

뒤집어지면서 환호의 손수건을 흔들었으며, 또한 저 북만주 설

원의

어느 필사적인 발자국들을 당신의 피맺힌 목소리가

한없이 한없이 따라가 주었습니다.

"김태훈 열사여, 황정하 열사여, 김의기 열사여!"

오오 당신이 불러냈으므로, 당신이 불러줌으로써

숱한 밤을 뜬눈으로 지새운 청춘의 푸른 새벽과

창에 번지는 더운 숨결, 지키지 못한 약속, 추락의 현기증 그리고

거역할 수 없는 중력에 반하여 깃털을 나부끼며 날갯짓하는

그 이름들이 다시 날아오르고…

"김세진 열사여, 이재호 열사여, 이동수 열사여어!"

아버지인 당신이 불러냈으므로, 사제인 당신이 불러줌으로써

역사가 태워버린 잿더미 속에서 이들 이름이 불똥을 털며

날개를 들어 올립니다.

"김경숙 열사여, 진성일 열사여, 강상철 열사여, 송광영 열사여, 박영진 열사여어!"

진정 사랑이란 다가가 이름을 불러주는 것,

세상 가장 낮은 자리에서 당신이 목 놓아 부른 이들 이름 하나하나에

고향 떠나던 날 사립문에 뜬 새벽달과

몇 번이고 뒤돌아보면 동구 밖 그대로 서 있던 어머니와

실개천과 자운영 꽃 자욱한 논길, 다니다 만 학교 길이 따라왔지요.

세상의 등뼈인 노동자라는 신성한 이름을

당신은 그렇게 그렇게 번제의 연기 속에 들어 올리고…

"광주 2천여 영령이여!"

이 겨레 대신 짊어진 십자가여, 피를 먹고 자라는

이 나라 민주주의의 골고다 언덕이여, 그 열흘 동안의 처절한

시민 유토피아, 인간이 어느 만큼 지고지순해질 수 있는가를

간증한 위대한 시간, 한 사람 한 사람마다 배후에

숭고의 빛이 터져 나왔던 번개의 분수대여!

"박영두 열사여, 김종태 열사여, 박혜정 열사여, 표정두 열사

여, 황보국영 열사여, 박종만 열사, 홍기일 열사여어!"

사랑은 다가가 너의 이름을 불러주는 것,

이름 부르면 돌아보는 너! 그 너, 너, 너에게

아버지인 당신, 사제인 당신은 다가가

제발 죽지 말자! 살아서 싸우자! 일렀건만

저 어둠의 권세는 더욱 기세등등 절망감의 악력을 조여왔고

질식할 것 같은 몹쓸 세상, 이거는 더 이상 사람으로

서 있을 수 있는 세상이 아니었으므로

공장에서, 학교에서, 혹은 감옥에서 한 목숨 기꺼이 불꽃으로

치환한 꽃들이, 뜨거운 꽃들이, 붉디붉은 꽃들이 졌습니다.

그때 한강철교를 요란하게 건너온 지하철이 남영동으로 들어

오고…

"박종철 열사여, 우종원 열사여, 김용권 열사여어!"

철의 속도 뒤 남은 바람에 철로변 나팔꽃이 잠시 흔들리고

물속에서 보글보글 올라오는 물방울이 뚝 그쳤을 때

눌러도 눌러도 더는 눌려지지 않는 탄성의 한계에서

그 철의 권세도 딱 뿌그라졌지요. 아, 아들이 물속에서 부르짖으며

찾았을 아버지는 입직감으로 갔습니다.

몇 줌의 재를 받아 이 세상을 마저 빠져나가는 강물에

아버지가 부릅니다. 종철아!

어머니가 강가에서 부릅니다. 종원아!

누나가 물가를 따라가며 부릅니다. 용권아!

이름(Ren)은 그 이름으로 살다 간 사람의 넋!

당신은 이 땅의 온 산하에 목메어 떠도는 이름들을

불러내었습니다. 당신은 한 시대를 함께 살았던 만인의 목소리

였어요.

그 이름의 열주들로 세운, 역사라는 신전 앞에서 당신은

마지막 하나의 이름을 두 손으로 단상을 내리치며

쓰러질 듯 오열하며 호출하였습니다.

"이한열 열사여어!"

그날, 세브란스병원 뒷편 백양나무 숲은 제 손으로

가슴을 치는 통곡의 숲이었습니다.

목사님! 당신 가신 지 어언 30년.

당신께서 불러낸 이들 열사의 목숨으로 괸 이 땅의 민주주의가

어처구니없게도 지금 밑둥에서부터 무너지고 있습니다.

당신께서 맨몸으로 뚫어낸, '우리의 소원 통일'로 가는 길은

완전 봉쇄되고 백성들 하루하루가 도탄에 빠져 헤어날 바가 없

습니다.

어쩌다 이렇게 되어버렸는지 모두가 어안이 벙벙할 뿐인 지금

다시금 당신의 목소리가 뼈 아프게, 절절하게 그립습니다.

이제는 우리가 당신을 부릅니다.

산토 스피리토 문익환, 거룩 늦봄, 선생님! 손짓해 주소서!

2024년 1월 열사흘, 황지우 합장

국가폭력에 저항한 늦봄 문익환의 신념과 삶
─ 늦봄 문익환 목사 서거 30주년을 맞이하여

김경재(목사, 한신대학교 명예교수)

본회퍼 목사보다 더 위대한 늦봄 문익환 목사 바로 보기

2024년 1월 18일은 늦봄 문익환 목사(1918-1994)가 76세로 소천하시고 30주기를 맞는 날이다. 제2차 세계대전 이후, 세계 신학계는 독일 히틀러 정권에 저항하다 순교한 디트리히 본회퍼 목사에게서 예수 그리스도를 믿고 따른다는 것이 무엇을 의미하는가를 보고 배웠다. 그의 책 『나를 따르라』는 1960-1970년대 한국 신학도들에게 큰 영감과 울림을 주었다.

신학생 시절 늦봄 문익환 선생님에게서 구약성서신학과 문학적 비평정신이란 무엇인가를 배운 제자 중 한 사람으로서 필자는 본회퍼 목사보다도 신학적으로 더 중요하거나, 신앙과 삶에서 그에 못지않은 분이 늦봄 문익환 목사라고 생각한다. 보수정통 신학 체계와 성경문자주의에 사로잡힌 신학자, 목회자, 신도 들에게는 늦봄 문익환 목사가 국가보안법을 어기고 불법으로 평양을 방북하여 빨갱이의 괴수 김일성을 포옹한 '좌빨 목사요, 종북 성향의 통일운동 망상가'라고 평가되겠지만, 그 평가가 옳은 것인지는 이다음 주님 앞에 가면 모두 판가름 날 것이다.

늦봄 문익환 목사 서거 30주기를 맞이하여 한국 사회, 특히 기독교계는 다시 한번 진지하게 그분의 신앙, 그리스도인으로서의 증언, 여섯 차례에 걸친 통산 10년 3개월 동안의 감옥 생활에서 영글어진 '옥중신학의 내용과 의미'를 되새김해야 할 것이다. 기독교계의 진보와 보수라는 배타적 입장을 떠나 순수한 인간의 마음과 눈으로 돌아가서 보아야 한다. 1, 2년도 아니고 10년 이상 옥중생활을 감내하면서 나라와 민족과 기독교를 생각하고 고민했던 성직자를 함부로 매도하는 것은 엄청난 죄악을 범하는 일이요, 인간으로서 다른 한 인격을 짓밟는 '인격살인행위'가 되기 때문이다.

북간도 민족주의 기독교 가정에서의 성장 배경과 민주화·통일 운동에 참여한 계기

문익환 목사는 북간도에서 목회하셨던 아버지 문재린 목사와 실천적 신앙인이셨던 김신묵 여사를 부모로 하여 1918년에 태어났다. 당시 명동촌 민족학교와 은진중학교를 중심으로 '열린 선교 정책'을 편 캐나다 선교부의 신선한 신앙 공기를 마시며 자랐다. 그가 성장한 시기의 북간도 지역은 평양 중심의 기독교나 서울 한양 중심의 기독교 풍조와는 분위기가 사뭇 달랐다. 살아 숨 쉬는 영성적 생활신앙, 민족애와 자유독립, 평등과 사랑, 불의에 저항하는 예언자정신, 노동과 자립 개척정신 등이 한데 어울려서 역동적 신앙의 신선한 공기가 넘쳐나는 곳이었다.

문익환 목사는 다재다능한 두뇌와 성품을 가진 분이었다. 규암 김약연 선생이 개척한 명동촌의 '한인 생활신앙 공동체' 안에서, 동기동창인 죽마고우 윤동주와 우정을 나누며 함께 성장한 그는 일찍부터 시인 될 감수성, 언어에 대한 감각과 음악적 예술성을 가지고 있었다. 그는 뛰어난 시인이면서 또한 존엄한 인간성을 옥죄는 온갖 형태의 국가 폭력에 대한 저항정신을 갖춘 구약학자였다. 민족통일운동이나 민주화운동에 뛰어들기 전까지, 문익환 목사는 한국 가톨릭교회와 개신교 성서학자가 공동으로 참여한 '성서공동번역위원회'의 위원장이었다. 찬송가의 가사와 노랫가락에도 깊은 관심을 가졌다. "찬송은 이중구조의 예술이다. 시로서의 예술이요, 음악으로서 예술이다"라고 갈파했다. "진정한 번역이란 히브리어와 헬라어로 쓰여진 원텍스트를 한글 사전을 가지고 정확하게 옮기는 작업이라기보다 원텍스트가 전하려는 얼을 되살려 내는 재창조에 가깝다"라고 갈파한 분이다.

구약성서 공동번역과 찬송가 가사와 가락에 깊은 관심을 가지고 구약학자로서 전심전력하던 늦봄 문익환 목사가 한국 정치 현실의 한복판으로 뛰어들게 된 것은 전태일의 분신자살 사건과 장준하의 의문사 사건이 그에게 준 충격 때문이었다. 전태일과 장준하의 죽음은 그의 영혼 속에 깊이 잠자고 있던 민족애, 예언자정신, 자유혼, 저항정신에 불을 붙이는 사건으로 작용하였다. 1970년대 군사독재 정권에 저항하다 죽임을 당하거나 혹은 고문으로 희생된 젊은 청년들의 절규와 고통에 찬 호소가 그의 피부에 직접 와닿고 심장이 뛰도록 추동하였다. 그리하여 분필 들고 강의하던 학교 연구실의 교수가 일약 현실 한복판의 투사로 변신하는 계기가 된 것이다.

시인이요, 성서학자인 문익환 목사가 '현실' 한복판으로 스스로 작심하고 뛰어든 첫 번째 사건은 1976년 '3·1민주구국선언'이다. 군사 쿠데타로 시작된 박정희 정권의 유신헌법 독재정치는 '긴급조치'를 연속 남발하면서 이 땅의 언론, 양심, 인권, 자유, 평등을 강요된 침묵 속에 가두어놓았다. 문익환 목사는 1976년 3월 1일, 명동성당 삼일절 57주년 기념미사 후에 발표된 '3·1민주구국선언문'의 초안을 작성했다. 그는 윤보선, 함석헌, 정일형, 김대중, 안병무, 함세웅, 이우정 등 재야인사 18명의 찬성 지지 서명을 받아 발표함으로써 그 사건을 온 세계 사람들이 주목하게 만든 '행동하는 양심'의 선두주자였다. 주목할 것은, '3·1민주구국선언' 관련 피고인 18명이 모두 크리스천들이었고, 그 용기 있는 구국선언이 개신교와 가톨릭의 협동으로 이루어졌으며, 폭력적이 아닌 비폭력 평화운동으로 이뤄졌다는 점이다. 문 목사가 초안한 '3·1민주구국선언문'은 영어로 번역되어 당시 북미주에서 민주화·통일운동을 하던 김재준과 이상철 목사 등 민주인사들에 의해 미국 의회 상하원의원들에게 전해졌고, 미국 조야가 박정희 군사정권에 대한 비판적 시각을 갖게 하는 결정적 계기가 되었다.

왜 민족통일운동에로 문익환 목사의 관심 초점이 바뀌게 되었나?

늦봄 목사 서거 30주기를 맞이하는 지금까지, 강산이 세 번이나 변하는 동안 기득권 세력과 보수언론계는 끊임없이 그의 삶과 운동의 진의를 평가절하하고, 일반 국민들의 마음에 그의 이미지를 평화의 사도가 아니라 폭력적 반정부 선동가, 좌경화된 투쟁가, 감상적인 통일론자 등으로 폄훼하려고 해왔다.

그러나 문익환 목사는 과격한 폭력적 정치선동가도 아니고 좌경 사회주의 운동가는 더욱 아니다. 그는 우리 모두 순수한 예수의 평화정신과 배달민족 본래의 심성으로 되돌아가 함께 평화롭고 평등하고 자유롭게 상부상조하며 사람답게 살자는 평화주의자였다. 늦봄 문익환 목사가 말년에 발표한 『히브리 민중사』는 예수의 평화, 평등, 사랑, 정의로운 신앙 뿌리의 기원이 모세 종교를 넘어 수메르 문명에까지 거슬러 올라간다는 것을 과감하게 고찰한 학술적 논문이다.

그가 인권운동, 노동자 권익운동, 민주질서 회복운동을 하려고 노력을 하면 할수록 좌절되고 옥에 간히고 검찰과 경찰력에 의해 억압당했던 근본 원인이 '국가보안법'을 절대시하는 민족분단 현실이라는 것을 우리는 새삼 깨닫게 된다. 남쪽과 북쪽의 독재정치가들과 기득권 세력의 불법한 통치권력 행사, 그 정당성 주장의 근거도 민족분단을 빌미로 삼은 '적과의 동침' 전략임을 뼈저리게 느끼게 되는 것이다.

늦봄은 일반인들이 으레 분단 현실에서 당연시하는 남북 민간교류 금지 및 통제법령, 남북한 방문은 반국가 이적행위라는 금지된 터부를 받아들일 수 없었다. 본래 국민의 안녕과 평화를 지켜주어야 할 국가권력이 국민의 생사여탈권을 독점하고 양심활동을 완전 몰수하는 국가폭력이 된 것을 인정할 수 없었다. 늦봄 문익환 목사는 계란으로 바위를 치면 계란만 깨진다는 물리적 이치를 모르는 사람이 아니었다. 평양을 방문해 김일성을 만나고 오면 반드시 감옥에 집어넣어지리라는 것을 너무나 잘 알고 있었다. 다만 그는 그러한 말도 안 되는 '국가보안법과 국가권력의 폭력성'을 결코 인정할 수 없었고, 자신의 몸을 던져 남과 북의 그 강고한 터부를 깨려 했던 것이다.

문익환 목사가 북한 사회에서 거의 신격화된 김일성 주석을 환하게 웃으면서 두 팔을 활짝 펴고 조금도 거리낌 없이 끌어안고 포옹하는 장면을 보고 가장 놀란 쪽은 북한 인민들이었을 것이다. 둘째로 놀란 집단은 남한의 보수적 반공 기독교 집단이었을 것이고, 셋째로 놀란 집단은 국가보안법에 기대어 권세와 부귀영화를 누리는 기득권 집단이었을 것이다. 그런데 그런 아들의 모습을 보고 아주 당연하다고 생각하면서 "목사가 북한 수령 김일성을 자유롭게 껴안지 않으면 감히 누가 껴안을 것이냐?"라고 반문했던 사람은 그를 낳고 젖 먹여 키운 노모 김신묵 권사이셨다.

늦봄 문익환 목사 30주기를 맞는 이 주간, 아이로니컬하게도 조선인민공화국 총비서 겸 국무위원장 김정은이 "북남관계는 적대적 두 국가 관계일 뿐이다"라는 '김정은 선언'을 내뱉고 대한민국 윤 대통령은 강대강 선언으로 응수하는 형국이 되고 말았다. 지난 반세기 동안 서로 으르렁거리면서도 한민족으로서 가냘픈 유대감을 놓지 않았던 남과 북이, 반세기 전 김일성과 박정희가 공동선언한 '7·4 남북공동성명: 자주, 평화, 민족대단결 원칙'의 폐기를 온 세계에 공개적으로 선언하는 작금의 사태가 우리 민족의 민낯이고 현실이다. 김정은 권력 집단은 미국이나 세계 강국들에 존재감을 과시하기 위해 동족을 향해 핵무기 사용도 불사하겠다고 위협하고 있지만, 그러나 남북한 간에 전면전이 일어난다면, 남과 북 어느 한쪽도 살아남을 승산이 없는 그야말로 전 국토가 초토화되는 한민족의 공멸이 있을 뿐이다.

현실을 모르고 "머리가 이상하게 조금 돌아버린 사람"이 문익환인지, 김정은인지, 윤석열인지, 극우파 반공 기독교 목사들인지, 총선을 앞두고 죽기 살기로 이합집산하는 정치적 모리배들인지 훗날 역사의 하느님은 분명하게 판정해 줄 것이다. 우리를 옥죄는 터부를 깨뜨려 버린 문익환 목사의 자유·정의·평화정신, 그 뜨거운 목소리가 몹시 그립다.

2024년 1월 18일, 문익환 목사 서거 30주기 추모일에 씀

귀향

박건웅(만화가)

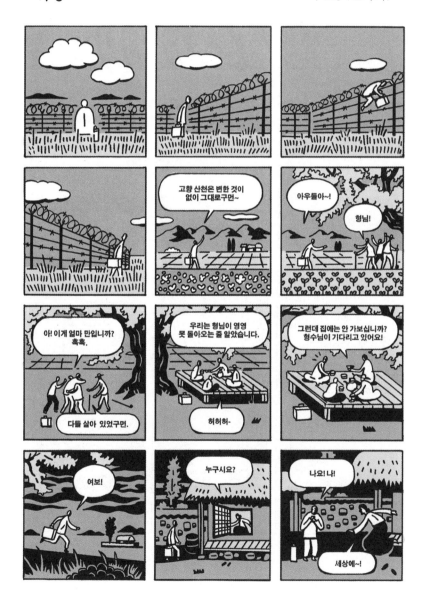

이게 꿈이요 생시요~
흑흑흑.

하하하-

꿈이면 어떻고
생시면 어떻소!

이렇게 만났다는 것이
중요하지. 허허허.

미안하오~ 60년을
못 만날 줄 알았더라면
떠나지 않았을 텐데...

당신은 하나도
안 변했구료~

내가 우리 딸에게 줄 선물을
사 왔는데 이제 나이가 많이
들었겠지... 허허허.

가다 못 가면...

바람처럼

넋으로 가는 거지...

문익환의
평화사상

그의 '발바닥 언어'가
지상에 기록한 것들에 대하여

김형수(『문익환 평전』 작가)

0. 20세기에 대한 기억

한나 아렌트는 20세기를 폭력의 세기라고 부른다. 제국주의는
침략하기 위해서, 식민지는 해방과 혁명을 위해서 폭력을 사용했
다는 것이다. 한반도는 20세기의 폭력이 광범위하게 자행된 반(反)
생명의 장소로 손꼽히는 곳이었다. 수십 년에 걸친 식민지 체험과
민족분단, 정치적 소요, 무참한 전쟁, 수백만 인구의 죽음과 이동
그리고 절망적인 분단과 가난…. 한국인의 내면은 외세에 대한 피
해의식으로 범벅이 되었다. 문제는 거듭되는 수난과 시련 속에서
형성된 배타적 감정이 인간을 한사코 수동태로 만들어간다는 점이

다.* 그런데 이 시기에 어떤 악조건 속에서도 인간의 품위를 잃지 않고 꿈과 사랑을 보여준 생명의 서사는 없을까? 만약 있다면 한반도에서 21세기를 맞는 사람들이 계승할 길은 그곳이어야 할 것이다. 나는 이를 전하기 위해 『문익환 평전』을 썼다. 그리고 결말을 이렇게 맺었다.

> 한반도에서 지난 한 세기 동안 인간성을 위협해 온 '냉전 감정'이라는 위험한 심리는 누구보다도 그를 통해서 물러났다. 그리고 그로 인해 우리는 잘못된 수치심 없이 저 아득한 20세기의 나날들을 다시 들여다볼 수 있게 되었고, 또 분단·전쟁·국가 폭력 같은 두려운 단어들이 아닌 따뜻한 언어로도 우리의 역사를 기록할 수 있다는 사실도 배웠다.**

바로 이 사람을 가장 근거리에서 목격한 시인 고은은 "아무도 문

---

* 전성태의 소설 「국경을 넘는 일」은 한국인이 국경을 넘을 때 발생하는 인지부조화적 감정 상태를 그린다. "박은 등골이 오싹해지면서 심장이 뛰는 것을 느꼈다. 누군가 등 뒤에서 총부리를 들이대고 있으리라는 공포가 엄습해 왔다. 그런 심리의 변화는 아주 순식간이었다. 착각이라는 사실을 그 자신도 잘 알았지만 박은 뒤를 돌아볼 염이 나지 않았다. 금방이라도 등에 총알이 날아와 박힐 것 같은 공포감에 그는 옴짝달싹할 수 없었다. 그때 어디선가 호루라기 소리가 들렸고 박은 저도 모르게 뛰기 시작했다."(『국경을 넘는 일』, 137쪽) 한국인의 내면에 감추어진 이 '특수 감정'은 극단적 반공 지대에서 신원 미상의 상대를 언제나 불편한 타자로 만들고 울타리 너머를 적으로 상상하게 만들어왔다. 간첩 경계, 탈주 불안증을 졸업하지 못한 상태에서 한국인들은 지금 격렬한 글로벌리즘과 배타적 로컬리즘이 충돌하는 시대를 살고 있다.

** 출처를 밝히지 않은 인용 단락은 모두 『문익환 평전』에서 따온 것임.

익환을 표절할 수 없다"라고 회고한다.* 문익환을 표절하는 일은 그의 사상을 표절할 수 있어야 가능해질 것이다. 이 글은 그 점을 해명하고자 구상된 것이다.

1. 언어의 달인

한 인간의 사상을 추적하는 일은 흔히 그가 남긴 언어를 근거로 하기 마련이다. 하지만 문익환의 언어처럼 형용모순이 많은 경우는 없다. 남들이 "과거는 현재를 거쳐 미래로 흐른다"라고 말할 때 그는 "역사는 꿈을 통해 부활한다"라고 했고, 분단의 상식을 절대화할 때 "역사를 산다는 것은 벽을 문으로 알고 부딪치는 것"이라고 역설했다. 1993년 76세의 나이로 가석방되어 외친 제일성도 "통일은 됐어"였다. 그로부터 24년이 지난 지금도 일촉즉발 전쟁의 위기 앞에 서 있는 입장에서 보면 참으로 난처한 주장이 아닐 수 없다. 그토록 무지막지한 비(非)논리가 어떻게 가능했을까? 그와 관련해 문익환의 연보는 놀라운 사실을 제공한다. 당대 구약학의 대가, 신학자, 시인, 무엇보다 중요하게는 목사였다.

목사란 원칙적으로 '말씀에의 봉직'을 숙명으로 하는 자이다. 태초에 말씀이 있었다는 표현은 종교적 언술이기 이전에 하나의 철

---

* 문익환 10주기에 제작된 회고 영상, 2004년 온북TV 자료.

41

학적 명제에 속한다. 인간은 천변만화하는 우주에 가득 찬 사물과 현상을 명명(命名)과 언술을 통하여 '자아와 세계의 관계'로 직조해 낸다. 하이데거는 말을 '존재의 집'이라 했다. 문익환은 '말씀'의 귀재였다. 조선어를 사용하는 가정에서 태어나 중국어로 된 사회와 일본어를 쓰는 세상에서 성장하고, 영어로 학문의 길에 들어 히브리어 전공자로 거장의 반열에 오른다. 그는 자신이 몸담았던 사회의 언어들을 당대 최고급 수준에서 구사했다는 평이 자자하다.* 생애를 통틀어 섬광처럼 빛나는 일화들도 대부분 언어 능력에서 기인한 것이었다.

역시 그럴 만한 내력이 없지 않았다. 소싯적에 그를 가르친 북간도 명동학교 교사들 중 장지영은 한글학자였고, 박태환은 주시경『국어문전음학』의 서문을 썼던바, 둘 다 문익환 집안과 각별한 사이였다. 훗날 성서 번역을 함께 한 전택부는 용정 유학 시절에 만난 학우들 중에서 문익환, 윤동주의 언어관이 남달랐다고 술회한다.** 한국전쟁 때는 유엔극동사령부에서 한글학교를 세워 교장을 지냈고, 판문점 통역자로서 '분단 회담'(휴전협정이 분단을 확정 지었다)에 부역하는 중에도 우리말을 베푼다는 사실에서만큼은 숨김없

---

* 일본어 수준에 대해서는 6월항쟁 때 한국의 민주화운동을 인터뷰한 일본 NHK 기자의 소감, 또 영어 능력에 대해서는 문동환의 아내 페이 문 여사의 소감 등이 유명하다.
** 송우혜의『윤동주 평전』에는 그들의 어투 안에 세종조 어간의 발음이 가장 온전한 형태로 남아 있었다는 증언이 소개돼 있다.

이 기쁨을 누렸다고 정경모도 증언한다.* 목회자, 신학자로 나선 뒤
『공동번역』 성서의 번역 책임자로, 또 시인으로 거듭 약진했던 까
닭도 본질이 우리말 사랑에 있었다. 그는 밥상머리에서도 성서의
첫 마디 '태초에'를 '한 처음에'로 고쳐 번역한 사실에 긍지를 피력
하곤 했다. 학문의 길에서 벗어나 민주주의를 위한 운동, 민중을 위
한 운동, 통일운동에 투신하면서도 우리말 사랑을 놓지 않았으며,
징역을 살 때도 우리말 표기의 진화를 꿈꾸고 고민하며 혼자서 연
구, 실습했던 흔적이 남아 있다. 심지어 문익환 사후 남북관계가 경
색된 뒤에도 단절되지 않은 '겨레말큰사전남북공동편찬사업'도 그
의 후광으로 지속되는 셈이다.

　미국의 명문 프린스턴신학교에 유학한 한국인 학생 문익환이 개
념적 수사학(修辭學)을 얼마나 능란하게 발휘했는지를 증명할 논문
은 차고도 넘친다. 어쩌면 1956년 한신대학교 개학 강연에서 설파
한 '예언자와 역사'는 언어의 달인 문익환이 맞춤법에 입각한 교과
서적 문장론을 박차고 나오기 직전의 상태를 보여주는 예라 할 것
이다.

　　예언자들의 역사관은 정지된 것이 아니고 앞으로 움직여 나가
　는 것이었다. 그들은 현재에 배태되어 있는 미래를 보았던 것이

---

* 정경모는 문익환과 함께 판문점 통역을 전담했다. 1989년 두 사람의 방북이 여기에
서 연원한다.

다. 현재에는 불원에 드러날 미래가 감추어져 있었던 것이다. 그들은 선견자적인 깊은 통찰력을 가지고 현재가 불가피하게 초래할 미래를 과거의 일처럼 말할 수 있었던 것이다. 그래서 그들은 미래의 일을 말하는 문장에 완료형(마침법)을 썼다. 이것이 소위 '예언적 완료형'이다.

문익환이 '예언적 완료형'의 말씀을 강조하기 시작하는 이 미세한 변화를 당시에는 아무도 주목하지 않았고, 또 주목할 필요도 없었다.

2. 장애물 넘기

그러나 역설적이게도 문익환의 사상에 접근할 때 가장 장애가 되는 것은 언어의 장벽을 넘는 일이다. 그는 말씀 하나하나를 하층민의 귀에 닿도록 주의를 기울여 사용했지만, 그 뜻은 맞춤법적으로 신뢰하면 오류가 나기 십상이었다. 가령, 문익환은 중국 길림성 화룡현 지신진에서 태어났음에도 출생지를 밝힐 때 언제나 중국 주소를 사용하지 않고 북간도 명동 출신이라 표기한다. 문익환을 설명할 때 단골로 언급되는 유동주 콤플렉스, 장준하 콤플렉스도 대표적으로 어려운 '민중적 암호'(?)에 속한다. 윤동주는 1917년생 문익환은 1918년생인데, 윤동주의 시에 나오는 그 유명한 '십

44

자가'가 있는 '교회'(문익환의 아버지가 장로, 윤동주의 아버지가 소사 일을 보았다)를 떠난 뒤 윤동주는 상급학교 진학에서 낙방하여 늦게 입학을 하게 된다. 그러니까 문익환의 윤동주 콤플렉스는 세속적 가치관으로는 측량할 수 없는 '좌절 속에서도 위엄을 잃지 않는 한 고독한 존재'에 대한 진정한 섬김의 표현에 다름 아니라 할 것이다. 장준하에 대한 콤플렉스도 문익환의 독창적인 가치관이 발견해 낸 '희귀한 결여 의식'의 발로이다.

> 장준하 선생은 저보다 나이로 말하면 몇 달 늦고 학교로 말하면 제 동생과 한 반이어서 3년 후배지요. 늘 동생처럼 생각해 왔고 그러다가 해방 후 서울에 와서 같이 지내면서 보니까 너무너무 내 눈이 미치지 않을 정도로 앞서가고 있는 대선배라고 하는 것을 발견하고 깜짝 놀랐습니다.

같은 논법으로 말하자면 윤동주, 장준하보다 훨씬 먼저 언급해야 할 대상은 그들보다 어림에도 불구하고 어깨를 나란히 했던 동생 문동환이어야 했다. 이 같은 언어를 가장 빈번히 접한 아내 박용길도 옥중서신을 읽다가 오독하는 경험을 하는 게 한두 번이 아니다.

> 당신은 어제 내가 스님이 되는 거 싫다고 했지요. 목사가 스님이 된다거나 스님이 목사가 된다는 문제가 아니지요. 종교적인 경험을

말로, 논리로 표현해 버릴 수 있는 것이 아닌데 기독교는 말로 다 해 버릴 수라도 있는 듯이 '말씀', '말씀'을 지나치게 강조해 왔거든요.

그가 '말씀'을 대하는 태도는 탁월해 보인다.

말이란 본래 일회적인 성격이 강한 거 아니겠소? 구체적인 상황에서 구체적인 일에 대한, 그 한 번 있는 일에만 적용이 되고 그 일에만 타당한 판단이 말로 표현되는 것이거든요. 그나마 언제나 그 일의 어느 한 면밖에 표현할 수 없는 것이 말인데, 그 말이 그대로 보면 타당한 진리가 되어버리는 데 기독교 신학의 중대한 문제가 있다고 느끼던 차에 불교가 강조하는 '마음'에 눈을 돌리게 되었던 거죠.

언어는 거대 현실의 복잡하고 다기한 측면들을 한 몫에 감당하기에는 너무나 섬세하고 예리한 매체에 속한다. 인간의 말이 미치지 못하는 '언어도단'과 '불립문자'의 영역을 문익환은 늘 염두에 두고 살았다. 그래서 장준하의 『돌베개』 표4에 남긴 말에서도 평면적 접근을 단번에 차단시켜 버린다.

온몸으로 민족의 문제를 안고 씨름하며 살아간 그의 뜨거운 가슴, 고요하면서도 단호한 그의 몸가짐에 비겨보면 그의 사상의 평가 같은 건 검불과도 같은 것이다.

심지어 허병섭 목사의 「넝마 공동체」를 읽었을 때도 옥중서신을
통해 거듭 상찬해 마지않고서는 놀라운 한마디로 허를 찌른다.

그래 봐야 허 목사도 아류밖에 더 되겠어요? 예수님의 아류,
나처럼.

'지식'이나 '발언'으로 표출된 가치, 즉 어떤 해설이나 주석을 '아
류'라 하고 그것의 실제인 삶 자체를 '원본'이라 한다면, 예수의 아
류라는 표현은 의미심장한 것으로 보인다.

하루는 사무실에서 김 목사님(김재준)과 단둘이 마주 앉아 담소
할 기회를 얻었다. 나는 이 비슷한 말씀을 드렸다. "교인들이 문
밖에 나서기 전에 잊어버리는 설교를 왜 해야 하는 겁니까?" 김
목사님은 지나가는 소리처럼, "콩나물에 물 주기니라" 하시는 것
이 아닌가! 나는 정신이 와짝 드는 것을 느꼈다.

그는 이렇게 언어의 표현적 자질에 대한 한없는 기대와 무지막
지한 회의를 놓치지 않고 평생 성찰을 지속한 것으로 보인다. 그리
하여 터득한 언술 형식의 본령을 일목요연하게 보여주는 것은 함

석헌을 논하는 자리에서이다.

함 선생님의 저서를 읽어보면 초기에는 소위 학문적인 관심이 있었습니다. 『뜻으로 본 한국역사』라든지 『뜻으로 본 세계역사』라든지 (…) 그러나 차츰 연륜이 드시면서 함 선생님은 그런 학문적인 관심을 버리신 것 같습니다. 달리 말을 하면 거대한 체계를 갖춘 사고를 형성해 보려고 하는 그런 생각을 갖지 않으셨습니다. 다만 이 민족과 같이 고난을 받으면서 하루하루를 생각하시면서 그 생각하시는 것을 말씀하시고 적어놓으신 것뿐입니다.

함석헌이 '예수님의 아류', 즉 기독교 사상에서 추출된 가치의 전달자에서 벗어나는 지점을 포착하는 언술이다. 문어체는 흔히 서술자가 역사의 축적물을 대변하는 형식을 취한다. 하지만 구어체에서는 서술자가 낮은 곳으로 내려와 수용자와 어깨를 나란히 하게 된다. 언어가 곧장 행위의 한 구성물로 전환되는 것이다. 그렇다면 학자가 글의 함정을 경계하고 현학보다 구어체를 선호하며 자신의 언어를 학문이 아니라 생활 속에 담아두려는 '비우기'를 익힌 후 닿을 곳은 어디일까? 문익환은 바로 그곳에 도달하기 위해 혼신의 노력을 다했던 사람으로 보인다.

3. 예언자의 시

　문익환이 자칭 '아류'의 처지를 극복하는 것은 1972년의 어느
날 꿈과 부활에 관한 의지를 시로 쓰면서부터가 아닌가 한다(이 대
목에서 문익환 생애 후반의 동반자가 시였다는 사실을 눈여겨볼 필요가 있다).
그는 자신의 다양한 신분에서 시인이라는 직함을 가장 자랑스럽게
생각했다. 나는 『문익환 평전』에서 그의 호 늦봄이 탄생되는 지점
을 첫 시집 『새삼스런 하루』로 추정한 바 있다. 4·19를 겪고 숱한
절망의 시간들을 거친 뒤 '말씀의 수용자'에서 일거에 '말씀의 창조
자'로 전환하는 반전의 수단이 시집 출간이었다.* 고은도 시를 통해
그가 "히브리인이 아니고 한국인임을 깨달았다"라고 쓴다. 예리한
통찰이다.

　　그것은 잔디 씨 속에 이는 봄바람이다. // 그것은 눈먼 아이 가
　슴에서 자라는 태양이다. // 그것은 언 땅 속에서 부릅뜬 개구리
　의 눈망울이다. // 그것은 시인의 말 속에서 태동하는 애기 숨소
　리다. // 그것은, // 그것은 내일을 오늘처럼 바라는 마음이요, 오
　늘을 내일처럼 믿는 마음이다.

---

* 문익환 시집 『새삼스런 하루』는 자신이 스스로 말씀이 되는 순간의 새삼스러움을
반영한 제목이다.

"믿음은 바라는 것들의 실상이요 보지 못하는 것들의 증거"라는 성서의 구절을 빌려, 그날그날을 살아가는 사람들이 '보지 못하는 것들'을 암시하는 시 「히브리서 11장 1절」의 주제어는 '믿음'이다.

우리는 흔히 믿음과 행위는 반대되는 것처럼 생각합니다. 믿음은 행위가 아니라고 생각하기 쉽습니다. (…) 고데라는 주석가는 "믿음은 최고의 행위"라고 말합니다. 왜냐하면 믿음은 자신을 내어 맡기는 일이거든요. (…) 물을 믿고 배는 뜨고, 공기를 믿고 비행기는 나는 것입니다.

문익환이 앞의 시를 쓴 의도는 성서의 뜻풀이에 있는 것이 아니라 바로 전해에 있었던 전태일의 '죽음'이 '바라던 것의 실상', 즉 전태일이 목숨을 바쳐서까지 보여주고 싶었던 것이 무엇이었던가를 말하려는 데 있다고 볼 수 있다. 하지만 '잔디 씨'에서 봄바람을 읽고, '눈먼 아이'에서 '태양'을 읽는 여섯 줄의 시에 담긴 사상적 실체를 통상적인 문학비평의 눈으로 해독하기는 어려워 보인다. 언제나 마술과 곡예의 불꽃을 뿜는 감각적인 시인들의 도취된 산문과 비교해 보면 문익환의 글은 냉정하고 침착하고 아무 색채가 없다. 누구도 선동하지 않고 구애(求愛)하지 않으며, 시적인 밑그림도 음악적인 율동도 포기한 문체! 이는 오늘날 문예창작학과에서 연마하는 화려한 언어 조탁 능력의 정반대편을 질주하는 것이다.

까닭에 문익환 시집의 발문에서 백낙청은 그의 시를 한용운의 경우에 비유한다. 소위 문단 바깥의 성취라는 것인데, 아니나 다를까 문익환의 시를 애송하는 독자는 문예주의자들이 아니었다. 한국 문단이 매해 이어오고 있는 탄생 100주년 기념행사에서도 그를 선정할지 그렇지 않을지 알 수 없다. 문단은 문단의 관행이 있기 때문이다. 한마디로 말해서, 화려한 언어 성찬의 경연장에서 읽기에 그의 시는 미학적 유행 사조(思潮)와 너무나 동떨어진 것이었다. 「꿈을 비는 마음」, 「오월의 양심」*, 「잠꼬대 아닌 잠꼬대」처럼 동시대적 감수성의 지평을 바꿔버리는 엄청난 성취를 후배 문청(文靑)들이 학습하거나 계승할 엄두를 내지 않는 가장 큰 이유는 그의 어문 구조가 갖는 파격적인 '체제 전복성' 때문일 것이다.

하지만 그의 시편들은 한 사람의 언술 체계에 내포된 사상 구조를 명료하게 드러낸다. 《신학사상》 1994년 여름호에 발표된 김기

---

* 가장 쉬운 말로 쓰였으면서도 가장 어려운 '관념'을 담고 있는 이 시는 문익환이 쓴 명시 중 하나에 속하지만 문단의 조명을 전혀 받지 못했다. 나는 『문익환 평전』에서 이렇게 소개했다. "여기서 문익환이 말하는 '그들', 곧 히브리인이자 한국 민중이요 또 광주시민이었던 그들의 이름을 80년대는 내내 '오월'이라고 불렀다. 그렇다, 오월! 김대중, 문익환 등의 구속과 함께 태어난 그 '오월'은 한국 시간으로 1980년 5월 27일 오후 2시경 광주 도청 옥상에서 최후 사살되었지만 한국인들의 의식 속에서는 끝까지 절명해 버리지 않았다. 부상한 채로, 그 '부서진 오월'은 묵시의 언어들을 발설하며 다시 숱한 젊은이들을 몽롱하고 달콤한 '비(非)정치의 지대'에서 깨어나게 만들었다. 그리하여 새로 태어나는 오월의 자식들은 다시는, 릴케의 시에 나오는 저 아름다운 은빛의 계절들 속에 파묻히는 게 불가능한 사람들이 되어야 했다. 그들의 성장에 의해 반도 곳곳에서, 삶을 오직 개인의 안락을 위하는 일에만 사용하던 모든 '사적(私的) 인간'들의 권리는 점점 박탈되었다. 그 전까지 맹위를 떨치던 세속적 출세자들의 영광은 이내 한국사의 변두리로 떠밀려 갔다. 오월의 양심이 개인에게서 '우리'에게로, 우리로부터 다시 역사에게로 크고 둥그런 파장을 그리며 멀리멀리 퍼져갔던 것이다."

석의 글 「생명의 바다에 통일배 띄우고— 문익환의 시세계」는 문익환 사상의 열쇠어라 할 '꿈'을 지목하여, "꿈은 기존의 것을 부정하면서 끊임없이 더 나은 것을 추구하는 이들에게 무한정으로 열려 있는 공간"으로 "체제의 논리를 해체하는 힘을 갖고 있(음)"(74쪽)을 밝히면서 "길은 염원만으로, 기다림만으로는 열리지 않는다. 문익환의 삶은 지금 여기에서 '기다림의 내용을 선취(先取)'하는 삶이다"(73쪽)라고 분석한다. 기다림의 내용을 '쟁취'해 나가는 게 아니라 '선취'한다는 말은 '엄숙하게 싸운다'는 말이 아니라 '기쁘게 살아버린다'는 말을 뜻한다. 그리고 결론을 "(문익환) 시인은 '길' 위에서 생각하고, '길' 위에서 살다가, '길'이 된 사람"으로서 문익환의 통일 이야기가 결국은 정치가 아니라 '생명'의 바다에 이르는 것이라고 아귀 짓는다. 중요한 지적이다. 문익환의 시는 길에서 부르는 노래였다. 다시 말해 그의 시는 픽션의 세계가 아니라 삶의 실제에 속한다는 의미인바, 표현의 과잉은 있지만 실천의 과잉은 없다는 뜻에서, 문익환의 시적 특성이 존재의 특성과 일치된다는 얘기이다.

내 생각에 문익환의 시에서 확인되는 독창성은 크게 세 가지로 요약된다. 하나는 시적 화자가 보여주는 섬김의 태도이다. 그의 언술 속에서 자화상은 언제나 폄하되어 있다. 문익환의 겸손이 세계를 가공하는 솜씨는 그와 반대되는 캐릭터와 정확히 대칭된다. 예컨대 히틀러는 평생 자신을 포장하려고 했다.* 히틀러가 '자아를 구

---

* 요하임 C. 페스트가 쓴 『히틀러 평전』(푸른숲)의 관점이 여기에 있다.

성하는 요소들'을 미화시키려 했다면 문익환은 '세계를 구성하는 요소들'을 미화시키려 했다.

또 하나는 시적 어조가 발산하는 예언자적 확신이다. 세계를 사건들의 인과적 연속으로 축소시키는 것에 맞서서 시는 정신의 자유로움과 탈선을 부추기는 불온한 것이다. 문익환이 시에 빠져들기 시작한 것은 바로 이러한 시의 불온성이 예언자정신의 본질이라 본 까닭이었다. 그는 예언자에 대해 『히브리 민중사』에서 이렇게 설명한다.

> 앞으로 올 일을 미리 점쳐 말할 수 있는 사람을 예언자라고 생각하기 십상이지요. 물론 예언자가 하는 일 가운데 이 일이 포함되지 않은 건 아닙니다. 그러나 예언자로 번역된 히브리어 '나비'라는 말에는 그런 뜻이 없습니다. 어떤 학자는 이 말이 '입에 거품을 문다'는 말에서 왔다고 하지요. 입에 거품을 물고 땅바닥을 뒹구는 사람, 이를테면 접신 상태에 빠진 사람이라는 거지요.

'꿈'을 '실제'로 여기고 '하늘의 뜻'과 '지상의 삶'을 동일화시켜 버리는 무당 같은 존재를 예언자라 한다는 것이다.

그리고 마지막 하나는 문익환의 시에서 맞춤법 파괴의 마술을 빚는 생명 충동의 발산이다. 박정철의 논문 「문익환의 시세계에 나타난 생명사상」은 그것을 문익환 사상의 단초로 본다.

삶은 선택을 허락하지 않는다. 생(生)은 명(命)이다. 살려면 살고 말려면 마는 것이 아니라 살지 않으면 아니 되는 것. 따라서 생명은 불가피하게 자라려고 하는 힘을 갖는다. 생명의 마음, 생명의 본능은 내일을 지향한다. 생명은 '지금 있는 것'이면서 '장차 있어야 할 것에 대한 꿈'을 내포하고 있다. 전태일이 받든 '생'의 '명'은 죽음이었고, 그 죽음은 '죽임'을 파괴하는 부활의 길을 향하고 있었다. (요지)

문익환 사상의 내부로 들어갈 수 있는 비상구가 바로 이곳에 있는 게 아닌가 한다.

4. 문익환의 '발바닥론'

이상의 고찰을 통해 명백해진 사실의 하나는 문익환이 언어를 독자적인 텍스트의 성채로 여기지 않는다는 점이다. 그에 의하면 언어는 발바닥이 땅에 남긴 것을 보충하는 주석(註釋)에 다름 아니다. 이를 '말보다 실천이 중요하다'는 국민윤리적 덕목으로 이해하는 것은 경솔한 태도일 것이다. 말년의 대표작이라 할『히브리 민중사』에는 그가 '발바닥'에 주목하는 이유가 이렇게 펼쳐진다.

모든 기쁨, 모든 영광을 남에게 돌리면서 자신은 말없이 땅을 밟을 뿐인 발바닥!

인류가 이룬 모든 생존과 문화의 밑거름이요, 원동력인 이 발바닥의 노고가 제도화된 역사 속에서는 언제나 묻히고 소멸된다. 왜? 역사는 기록할 수 있는 권력을 가진 자들이 전달하는 일종의 가공물이기 때문이다. 그는 발바닥이 아니라 손으로 쓰는 사상 같은 것도 신뢰하지 않았다. 권력을 쟁취한 자들만이 역사를 문자로 보관한다. 더욱이 문자는 현실을 재편집해 버린다. 그래서 『성서』까지도 히브리 민중사였던 것이 끝내 이스라엘 왕궁사로 둔갑되고 말았다.

여기서 제기되는 중요한 점 한 가지가 권력이 지탱하고 있는 '제도'와 생명이 처해 있는 '현실'이 동일하지 않음을 그가 직시한다는 사실이다. 가령, 5·18의 주역들에 대한 다음의 논평에서도 그 같은 태도가 드러난다.

그들은 결코 나라를 절대화하지 않았습니다. 나라가 최고도 아니요, 나라에 대한 충성이 우리의 마지막 충성일 수 없다는 것입니다. 나라의 명령이면, 누구나 절대 복종해야 하는 것도 아니었습니다. 그들은 나라라고 하는 무인격적인 힘을 절대적인 것이라고 생각하지 않았습니다.

편의상 구분하자면 '존재'의 문제가 있고 '관계'의 문제가 있는
데, 현실 속에서는 둘이 충돌하는 현상이 부지기수로 일어난다.

"문익점이가 누구 허락받고 목화씨를 붓두껍에 넣어 왔더냐? 그
목화가 이 백성을 얼마나 따스하게 했는데. 그 자손이라 할 수 없
구먼." 어떤 할머니가 이런 말을 해서 나를 기쁘게 해주는 거 있죠.
(…) 문익점 할아버지. 국제 밀수꾼 제1호지만, 이 불쌍한 겨레는
솜옷을 입을 때마다 그냥 그냥 고맙기만 했던 것 아니겠어요?

그가 노년에 쓴 편지에서 일말의 이기심이 숨어 있는 게 아닌지
의심하는 것은 매우 자연스러운 일일 수 있다. 사회적으로 봤을 때
흔히 준법정신이라 하는 말에 담긴 질서 존중의 가치를 임의로 경시
하는 것은 단견에 속하는 것이다. 하지만 문익환의 자리에 들어가면
전혀 다른 것이 보인다. 역시 『히브리 민중사』에 나오는 단락이다.

헌법을 공동체의 기틀이라고 할 때 거기에는 겉 기틀과 속 기
틀 둘이 있습니다. 겉 기틀을 권력구조라 한다면 속 기틀은 민초
의 인권보장이지요. 여기서 우리는 본말을 뒤엎어서는 안 됩니다.
겉 기틀은 속 기틀을 위한 것이거든요. 속 기틀이 목적이라면 겉
기틀은 수단에 지나지 않는다는 말이죠. 속 기틀이 절대적이라면
겉 기틀은 상대적이라는 말도 되구요.

'겉 기틀'이 권력의 측면을 가리키고 '속 기틀'이 생명의 측면을 가리킨다면 권력에 정당성을 부여하는 것―권력을 끌고 가는 것―은 '이념'이요, 생명에 정당성을 부여하는 것―생명을 끌고 가는 것―은 '꿈'이라는 생각을 펼치면서 생명은 '목적'이요, 권력은 '수단'이라고 주장한 셈이다. 그러니까 '존재'의 문제(하느님의 것)가 선차적인 것이고, '관계'의 문제(인간의 것)가 후차적인 것이므로, 그는 어떤 문제에 접근할 때도 '존재'에 관한 것을 중심에 세우고 '관계'에 관한 것들을 정돈해 들어가야 된다고 생각했다. 이 같은 인식을 가장 적나라하게 보여준 예가 '예수와 묵자'를 이야기하면서 촉발된 기세춘과의 논쟁이 아닌가 한다.

흔히 '예수'와 '묵자'에 대한 해석의 차이로 발생했다고 얘기되는 이 논쟁의 본질은 사실은 유목민에 대한 인식의 차이에서 빚어진 평화운동에 대한 논쟁이다. 본디 기세춘의 연구에 찬사를 보내기 위해서 주고받던 편지에서 문익환이 불가피하게 반론을 내놓기 시작하는 것은 기세춘이 유목민적 생존 형식의 본질을 미리 '침략문명'으로 단정함으로써 생산적인 논란을 사전에 봉쇄한다는 점에 있다.

유목이란 자급자족적인 경제체제가 아니며, 사회적 기능에서도 그 자체로 독자적인 내적 법칙을 갖는 체계가 아니며, 발전단계로 보아도 특정 단계의 독특한 사회정치적 체계로 볼 수 없다는 점은 같습니다. (『예수와 묵자』, 260쪽)

기세춘은 스탈린의 규정을 무조건 따르는 게 아니라고 말하지만 이 같은 인식은 사실상 스탈린 치하 소비에트 과학아카데미의 입장에서 전혀 벗어나지 않는다.* 정주사회에서 유포된 다음과 같은 주장도 유물사관의 논거에서 파생된 것이다.

어쨌든 종속적 의존이거나 복속과 약탈이거나 유목사회와 정주사회 사이는 숙명적으로 강압적 관계라는 것을 누구나 인정하고 또 역사가 증명하는 사실입니다. (265쪽)

두 사람의 서신 교환은 본디 기세춘의 묵자 연구에 문익환이 감동을 받은 데서 비롯되었고, 학문적으로 방치된 영역에 대한 기세춘의 천착과 성과가 실로 지대함을 높이 사고 싶었던 자리이므로 딱히 의견 차이를 드러낼 상황은 아니었다. 무엇보다도 앞서 언급한 함석헌에 대한 해석이 말해주듯이 문익환은 이론을 구축하고 지식체계를 확립해 가는 것보다 훨씬 중요한 경지가 있다고 믿었던 입장에서, 그것도 옥중에서까지 논쟁을 펴가고 싶은 생각은 추호도 없었을 것이다. 그런데 이어지는 논란으로부터 발을 빼지 못한 이유는 그만큼 중요한 내용이 건드려진다고 생각했기 때문이었던 것으로 보인다. 가령, 기세춘의 다음과 같은 표현을 보면서 문익

---

* 소비에트 연구자들의 이 같은 견해를 극복한 기념비적인 저술이 블라디미르초프가 쓴 『몽골 사회 제도사』(주채혁 옮김, 대한교과서주식회사, 1990)이다.

환은 유목문명을 토대로 전개된 『성서』의 언어들이 모두 보편성을 결여한 것으로 희화화되는 것을 기독교 연구자의 입장에서 간과하기 어려웠을 것이다.

저는 평등사상은 고사하고 더구나 평화사상은 유목 전통에서는 나올 수 없다고 확신에 가까운 믿음을 갖고 있습니다. (266쪽)

그래서 문익환은 "목자들이 바라는 것은 평등이요 평화였"음을 알리기 위해 열심히 다양한 예를 들어 설득해 보려 한다.

묵자가 생각했던 것처럼 의(義)에도 양(羊)이 있거든요. 양 같은 '나(我)'가 의이군요. 그동안 짧은 운동 경험에서 양같이 약한 듯한데 착하고 어진 사람들이 정의감이 강하다는 것을 발견하고 놀라게 되더군요. 그리고 그 정의감은 양 같은 평화를 지향하는 것이라는 것도 알게 되었습니다.

양은 스텝 지역 생태계의 생명줄인 초지의 제1차 소비자에 속한다. 포유류이면서도 초원계 먹이사슬의 최하층에 놓이는 생명체로서 양은 위기에 처할 때마다 자신보다 강한 존재를 따르며 의탁하는 습성이 있다. 그래서 양이 목자를 대하는 마음은 신실하기 그지없어서 심지어는 목자가 도살하려고 심장 부위를 칼로 찔 때조차

도 눈물을 흘릴 뿐 저항하지 않는다. 그렇다면 목자는 '한가로이 피리나 부는 낭만적인 목동의 상'에 안주할 여지가 없다. 자신에게 목숨을 내맡긴 양의 건강 상태를 매일 점검하여, 그에 마땅한 '일용할 양식' 즉 풀포기 앞으로 안내해야 한다는 도리에 쫓기게 된다. 적어도 초원에서 목자의 헌신이 절대적일 수밖에 없는 이유는 양의 순종이 절대적이기 때문에 생겨나는 것이다. 『성서』가 은유의 기초로 사용하는 "주는 나의 목자시요 나는 주님의 양"이라는 언술은 이곳에서 나왔다. 문익환의 설명에는 바로 그에 대한 심도 깊은 인식이 전제되어 있다.

> 양(羊)에게서 의(義)만 본 것이 아니라 선(善)도 보았고 미(美)도 보았던 것 아닙니까? 양을 의와 선과 미의 실체로 보았다면 양을 치는 목자들도 긍정적으로 보았던 것이 아니겠습니까? 유목민에 대한 기 선생의 생리적인 거부감이 어디서 생긴 것인지는 모르지만 재고돼야 하지 않을까 싶습니다. (172-173쪽)

실로 놀라운 진술이 아닌가 한다. 스텝 지역에서 발생되는 재앙 '조드'는 여름철의 기후 건조로 인한 가뭄 끝에 가을과 겨울에 한파가 몰려옴으로써 광야에 산재된 몇천만 마리의 짐승이 동시에 숨지는 사태를 말한다. 목자는 봄부터 여기에 대비하여 '조드'로 동사(凍死)할 가축의 수를 최소한으로 줄여야 하기 때문에 겨울을 날

수 없는 허약한 개체를 희생시켜 초지를 절약하는 지혜를 발휘한다. 그래서 목자에게는 어린 양이 자신의 안내를 받아들여 극심한 한파에도 끄떡없을 만큼 살이 올랐을 때 뒤뚱거리는 엉덩이만큼 예쁜 것은 세상에 없다고 말한다.* 이것이 문익환이 말하는 양(羊)이 살쪄서 커(大) 보이는 형상, 곧 미(美)이다.

바로 이 논쟁에서 문익환에게 주목할 것은 두 가지가 아닌가 한다. 하나는, 한 존재(그것이 개인이든, 가족이든, 사회든, 국가든, 문명이든)의 속 기틀을 읽는 눈이다. 그것들의 자아 혹은 정체성을 결속하는 '수단(=권력)'의 눈으로 타자를 읽다 보면 개인 중심, 가족 중심, 사회 중심, 국가 중심, 문명 중심의 관점이 우선되기 십상이다. 가령, 문익환은 유목문명의 문제를 정주문명의 눈으로 읽는 게 아니라 '유목문명의 속 기틀'로 읽으려는 태도를 가지고 있었다. 문익환이 '보편'을 확보하는 자리가 바로 이 '속 기틀'의 관점에 있어 보인다. 또 하나는 평등과 평화를 식별하는 안목이다.

평화는 전쟁을 막는 일에서 시작되지요. 그 점에서 묵자는 평화운동의 올바른 출발점에 나섰다고 해야겠지요. 그러나 묵자가 전개한 평화운동의 본론은 평등사회의 건설이었습니다. 그것은 사회의 구조적인 문제인 동시에 사회 성원 전체의 의식 문제이기

---

* 나는 중세의 유목생활사를 다룬 소설 『조드』를 쓰기 위해 초원에서 1년 넘게 현지 취재를 한 적이 있다.

도 한 것이 아니겠습니까? (183쪽)

문익환에게서 평화사상이 흘러나오는 지점이 여기에 있다. 전쟁이 평화의 치명적인 장애 요소이지만 그렇다고 전쟁만 없어진다고 해서 평화가 오는 것도 아니다. 그는 이를 한반도적 불행의 근원인 분단의 문제를 지목해서 다음과 같이 논파한다.

전쟁을 막는 것만으로는 평화가 오지 않습니다. 6·25전쟁 이후 우리는 근 30년 동안 전쟁 없이 살아왔습니다.

그렇다고 이 분단이 평화였는가? "전쟁의 반대말은 평화가 아니라 일상"이라는 말도 있거니와 폭력의 구조를 내포한 사회의 일상은 결코 평화에 이를 수 없다. 문익환의 평화 실천이 사회운동을 향하는 이유도 여기에 있다.

지금은 고인이 된 브란트가 주재한 위원회(국제개발문제독립위원회)가 제3세계를 조사한 『남-북』이라는 책을 보면 평화의 적은 전쟁과 빈곤 두 가지라고 하거든요. 빈곤 자체가 평화의 부재인 거죠. 빈곤은 사회적인 온갖 모순과 갈등과 대립의 원인인 거죠. 전쟁과 전쟁 준비가 빈곤의 원인도 되고 결과도 되지만 한 원인, 한 결과이지 모든 원인, 모든 결과인 것은 아니지요. 전쟁보다 더 근원적인 것이 폭력 아니겠습니까? 불평등사회를 유지하려고 가진 자들이 휘두르는 힘은 물리적인 힘도 있지만 구조적인 힘이 더 큰 거죠.

북한의 인권 문제가 거론되는 자리에서 김대중도 "굶주림보다 큰 인권 문제는 없다"라고 말한다. 문익환은 전쟁을 막는 것이 평화운동의 출발이라고 보지만 평화운동의 본론은 평등사회의 건설에 있다고 본다. 그렇다면 평화운동의 결말은 어디로 가야 하는 것일까? 여기서 불평등을 유지시키는 구조적인 힘을 제거하는 일을 '제도 정치'가 떠맡는다고 한다면 더 멀고 깊은 실천의 길이 있어야 한다. 그것은 근본적으로 제도 정치가 감당할 수 있는 영역이 아니다. 문익환이 말하는 '민의 통일운동'이 제기되는 대목이다.

평화의 평(平)은 높낮음이 없는 걸 말하지 않습니까? 평화의 화(和)는 입에 들어가는 양식이 고르다는 것을 말하는 것이구요. 평등이라는 말에 없는 기쁨이 평화에는 내포되어 있는 거죠. (184쪽)

생명의 환희, 존재의 기쁨이 온전히 표출되는 삶을 문익환은 평화적인 상태로 생각했다. 바로 여기서 '권력'이 '평등'의 문제와 관련돼 있다면 '평화'의 문제와 관련된 것은 생명임을 생각할 필요가 있다. 문익환은 이를 매우 중요한 문제로 생각했다. 평등은 수단이고 평화가 목적이다! 그것이 결코 사변적인 문제가 아니라는 것을 문익환은 윤동주를 설명하는 자리에서 이렇게 밝힌다.

> 동주는 일제 강점 아래 있는 조국을 '감옥'이라고 보지 않고 '병원'이라고 보았다. 깊은 내면적인 침전 끝에 얻은 새로운 안목이다. 강점자의 손아귀에서 풀려나는 해방만으로 새 아침이 오리라는 소박한 신념이 부서지고 조국을 병리학적인 눈으로 보게 되었다는 말이겠다. 문제는 강점자에게만 있는 것이 아니라 피점령자, 피억압자 자신에게도 깊이 뿌리박고 있다는 사실에 그는 눈을 돌리게 된 것이다. (『문익환 전집』 6권, 360쪽)

평등이 사회적 약속을 재조정해야 되는 일이라면 평화는 신, 즉 우주나 자연의 움직임을 결정하는 자의 축복을 누릴 수 있어야 되는 일에 속한다. 문익환이 사회운동의 본령을 생명 치유 활동으로 보게 되는 계기가 여기에서 주어진다.

> 예수가 병을 고치는 일에 신명을 바쳤는데 그것이 바로 예수의 특이한 평화운동이었다는 점을 다음 편지에 쓰기로 하겠습니다.
> (185쪽)

돌이켜 보면 19세기를 살았던 강증산이 구릿골에서 만국의원 '광제국'을 거점으로 천지공사를 하고 다녔던 모습도 문익환이 말하는 종류의 평화운동이었다. 1992년 시점에서 후천개벽사상을 계승한 김지하와 구약의 예언자들을 연구한 문익환이 '생명사상'이라는 표현을 동일하게 쓰는 장면도 시사하는 바가 크다. 또한 문익환이 발바닥 치료를 할 수 있는 '파스 요법'을 터득하고, 숨져가는 김남주를 살리겠다고 병실을 찾아다닌 일도 상징적인 장면이 아닐 수 없다.* 역시 『예수와 묵자』에 나오는 말이다.

> 그러면 천륜과 인륜은 어디에서 만나는가? 생명에서 만납니다.
>
> (190쪽)

이 말을 다르게 고쳐 말하면 해방운동(평등운동)과 평화운동은 생명운동에서 만난다는 뜻이 된다. 이렇게 존재의 문제와 관계의 문제를 통일해서 인식할 때 '살림'의 길과 '죽임'의 길이 보이기 시작할 것이다. 이 '살림'의 길을 목숨이 취해야 할 자연(평화)의 상태로 유지시키자는 것이 문익환의 평화사상이요, 제도적 폭력으로 '죽

---

* 만성 병약자 문익환이 질병의 손아귀에서 벗어나는 것은 첫 번째 감옥에서였다. 이후 징역살이를 하는 민주투사들, 돈이 없어서 병원에 가지 못하는 노동자들에게 질병을 다스릴 수 있는 방법을 가르쳐주어야 한다는 사명감 때문에 독학을 하여 의료 행위의 깊은 영역까지 접근해 갔다. 실험 대상은 자신의 몸이었고, 실험 도구는 대나무 침이었다. 이 방면의 소양은 나중에 시술하기 까다로운 침 대신에 독창적으로 파스 요법을 고안하기에 이르렀다. 팔과 다리에 몰려 있는 경락을 하나하나 짚어가면서 단 5분 만에 종합건강진단을 끝내고 난 후 그 결과에 따라서 아픈 부위와 연관돼 있는 경락 위에 파스를 붙이면 감쪽같이 병을 낫게 하는 대증요법인데, 그는 이 방법으로 옥중에서 숱한 사람들을 치료하고 나와서 사랑하는 이웃들에게 '말씀'을 주는 것보다도 '파스'를 주는 일을 훨씬 더 중요하게 여겼다.

임'의 위기에 처한 존재의 서사를 반전시키려는 운동 형식이 '꿈'을 통해 '부활'에 이르게 하는 생명운동인 것이다.

그러나 이를 설명하는 그 어떤 문자 행위도 문익환의 발바닥이 지상에 기록한 족적에는 미치지 못한다.

5. 자기의 땅에서 유배당한 자들을 위하여

다시 문익환의 발바닥 이야기로 돌아와 보면, 그가 말하는 '발바닥'의 반대말은 '손'이나 '머리'가 아니라 '제도'가 되는 셈이다. 또한 문익환 발바닥 언어론의 즉자적인 해석은 누가 무엇을 말로 주장했는지 아니면 실천으로 보였는지를 가리키는 것이 되지만, 조금 더 나아가 문익환 사상의 본론에 들어가면 그것은 신과 인간의 것을 구분 짓는 종교적 차원의 사유, 우주의 움직임과 사람의 움직임을 가려가면서 논하는 과학적 사유의 것으로 폭넓게 확장된다.

문익환이라는 존재가 한반도적 평화의 한 상징기호로서 저잣거리에 등장한 것은 1976년이었다. 이후 18년 동안 여섯 차례 투옥되어 10여 년을 옥중에서 지낸다. 그 불타는 생의 전개를 일컬어 재야 운동권에서는 흔히 통일운동의 대부로 칭한다. 그러나 그 같은 범주화는, 절박한 통일운동의 중요성과는 별개로, 거대한 정신적 실체 하나를 매우 좁은 굴레에 가두는 격이 된다. 문익환과 김일성의 회담이 6·15정신을 낳았다는 사실도 국가적 의미는 클지언 정 사상의 본체가 되지는 못한다. 문익환은 사랑과 결혼, 출산과 양 육 등에 이르는 생명의 서사를 충과 효와 같은 체제 이데올로기에 뒤섞지 않고, 또한 공과 사와 같은 국가나 사회제도의 부속품으로 도 인식하지 않았다. 한 생명체가 출생에서 죽음에 이르는 길은 문 명이나 사상, 체제나 제도 따위가 만드는 것이 아니라 하느님이 내 려준 질서이자 생명 고유의 권한으로 이해하고 있었다. 나는 이 같 은 경향이 문익환의 삶에서 뚜렷하게 윤곽을 드러낸 정신적 요체 로서 그 실천 의지가 한국 현대사를 통해 눈부시게 발현되고 증명 된 '살아 있는 종교성'의 예가 되지 않을까 한다.

우리는 문익환의 위대성이 '정치사적 순간'이 아니라 '지난한 생 의 과정' 속에 담겨 있음을 간과해서는 안 된다. 예컨대 문익환의 일본 유학 시절 대동아전쟁이 목을 죄어올 때 조선의 모든 젊은이 가 역사의 물음 앞에 선 적이 있었다. 동시대에 같은 장소에 있었 던 네 친구는 모두 다른 방향을 보게 된다. 일제에 맞서, ①싸울 것 인가(송몽규의 선택), ②탈출할 것인가(장준하의 선택), ③견딜 것인가(윤 동주의 선택)? 문익환은 ④피하는 길을 택했다. 역사, 체제, 구조 안에 서 개인의 힘이란 얼마나 실낱같은 것인지, 절벽 같은 세상에 맞선 다는 것은 또 얼마나 무모한 것인지, 그 덧없음으로부터 자유로운 사람은 없다. 한국전쟁 때는 공교롭게도 판문점에서 분단 상태를 지속시키는 휴전협정을 통역해야 했다. 1980년대가 일반적으로 경도된 사회운동의 유물사관적 전망도 그는 공유하지 않았다. 역사가 발전한다는 주장에 대한 그의 비판적 태도는 확고했다.

우리 인간이 세계의 주가 아닙니다. 우리는 이 지구를 반대 방향으로 돌릴 수는 없습니다. 우리는 역사의 주도 아닙니다. 역사는 우리의 계획대로 움직여 가지 않습니다. 역사의 주가 되려던 모든 독재자들은 인류 역사의 패배자들이 되고 말지 않았습니까?

그뿐 아니라 국가체제에서는 '실정법 위반'이 되는 일이 하느님 앞에서는 적절한 일이 되는 예도 셀 수 없이 많다. 그리고 그 같은 실천은 때때로 둘도 없는 이웃과도 충돌하게 한다. 문익환도 예외가 아니었다. 그가 용틀임을 할 때마다 재야운동에 일찍 나섰던 동료들은 문익환의 '순진무구함'을 염려하고는 했다.

아무려면 재야운동에도 문법이 없지 않을 것이다. 문익환이 뛰어들어서 '야기한' 세 차례의 '돌발'은 모두 당대의 비체제적 권력 집단(재야)의 호흡에는 안 맞는 일종의 '혁명적 사고'에 속했다. 1976년 3·1민주구국선언 사건 때도 선배 활동가들이 경계하는 눈길을 보냈고, 김대중내란음모조작 사건으로 복역하고 나와 민통련 의장을 맡을 때도 동세대 활동가들이 급진성을 경고했으며, 1989년 방북을 감행할 때도 후배 활동가들이 공안정국을 부른다 하여 '부적합' 판정을 내렸다. 거기에서 발생될 수 있는 불화의 소지를 제거한 것은 합리적 논의가 아니라 문익환의 탁월한 '콤플렉스론' 이 보여준 겸손의 힘이었다. 그러나 세 차례의 거사가 모두 한국 민주화운동의 지평을 바꾼 기념비적 비약의 기회가 되었음을 훗날 누구도 부정할 수 없다. 특히 방북 사건은 남, 북, 해외의 민심을 동시에 흔들어버린, 민간인이 도모한 해방 후 최대 사건이었다 해도 될 것이다. 나는 그것이 20세기 한반도에서 펼쳐진 평화사상의 한 절정이었다고 본다. 왜냐?

우리의 남북관계는 언제나 정치, 경제, 군사적 소모전을 되풀이하고 있다. 누구나 여기서 생겨나는 문제들 때문에 '분단 극복'을 이야기해야 한다는 듯이 오직 이 문제에만 관심을 둔다. 그러나 정치, 경제, 군사적인 것만이 문제라면 '통일'과 같은 복잡하고 까다로운 문제를 반드시 이루어야 하는가, 개인의 삶에서 '국가'랄까 '국경'이랄까 하는 것의 중요성이 점점 줄어들고 있지 않은가, 하고 생각할 수도 있다. 실제로도 젊은 층이나 청소년 세대에서는 남북이 굳이 통일을 달성해야 하는가, 그냥 각자 알아서 잘 살면 되는 게 아닌가, 하고 반문하는 이가 많다.

그러나 인간에게는 72년 묵은 갈등과 그 극복의 어려움, 복잡함, 지난함이 아무리 피곤해도 절대로 포기할 수 없는 것이 있다. 삶은 국토 위에서만 전개되는 것이 아니라 생태공동체, 문화공동체 안에서도 존속된다. 그래서 그것은 마치 1948년 유엔한국임시위원단이 만들어졌을 때 단장으로 들어온 인도의 크리슈나 메논이, 동일한 언어와 동일한 문화전통을 자랑하는 '국가적 단일체'가 남북으로 이념을 달리하는 두 개의 제도적 대립 때문에 괴로워하는 것을 보면서 "신이 합한 것을 사람이 나눌 수 없다!"라고 말했던 것처럼 제3자에게도 당연한 것으로 받아들여진다. 누가 어떻게 설명해도 남과 북은 먼 과거부터 몇천 년에 이르는 삶의 문화를 함께 누렸으며, 앞으로도 이를 인위적으로 단절하기가 어렵기 때문에, 설령 서로가 죽도록 밉고 싫을지라도 매번 자신의 '온전성'을 유지하기 위해서 결국에는 다른 한쪽을 포기할 수 없다는 결론 앞에 이르게 된다. 나는 통일 문제가 우리에게 제기하는 가장 큰 질문이 여기에 있다고 본다. 남과 북은 왜 헤어지지 못하는가? 헤어져야 좋을 일이 그토록 많음에도 불구하고 지겹도록 만남을 꿈꾸고 있어야 되는가? 그것은 자연의 권력이 묶어둔 것을 사회의 권력이 나누어버렸기 때문에 생겨난 현상이다.

문익환은 신의 것을 인간들이 토막 내어가는 과정을 가장 근거리에서 가장 뼈아프게 목격한 사람의 하나였다. 윤동주가 일제강점기를 '감옥'이 아니라 '병실'로 보았던 것처럼 문익환의 통일론도 '해방'이 아니라 '살림'을 주제로 하고 있었다. 문익환의 본령이 '사회운동'보다 '평화사상'에 있었음을 주목해야 할 이유가 여기에 있다. 돌이켜 보면, 일제의 '강압적 근대'가 우리에게 가한 폭력의 해심은 바로 생명의 서사를 정상 가동할 수 있게 만드는 존재의 근거지를 파괴한 점이었다. 이 공동체가 감당할 수 없는 외압을 받았을 때 항일 투사는 싸우기 위해 마을을 뜨고, 출세한 친일 부역자는 이웃의 눈총을 피해서 동네를 빠져나가며, 말 없는 일손들은 제국의 부름에 하나하나 징발되어, 나중에는 노동력을 갖지 못한 아녀자들만이 뒤에 남아 아버지와 삼촌, 오빠 들을 기다리는 임시의 삶을 지탱했다. 그리고 그 '임시'가 2대째, 3대째 흘러서 이내 엎어진 성냥통의 성냥개비처럼 다시는 본디 자리를 찾을 수 없게 헝클어지는 것이다. 민족의 구성원들이 이렇게 남, 북, 해외로 뿔뿔이 갈라지면서 내면에 새겼던 '나그네 설움'의 정신은 두고두고 우리의 정신적 운명이 되었다.

일제가 물러간 후에도 이러한 사정은 극복되지 않았다. 박정희의 '조국 근대화'로 상징되는 남쪽 사회의 '압축적 근대'는 절대 빈곤을 벗어나기 위해 오직 앞만 보고 달렸던 뿌리 뽑힌 사람들의 슬픈 여로(旅路)였다. 그 길에서 지친 나그네들이 아무리 '고향이 있었던 자리'를 찾으려 해도 그것은 이미 사라지고 없는 '삼포 가는 길'*에 불과했다. 존재의 근원적 안식처가 확보되지 않는 한, 이산가족 상봉의 '눈물바다'와도 같은 그 어떤 일시적 감격도 이 민중이 미래를 향해할 수 있도록 놓아주지 않는다. 근거지 상실, 분단의 상처, 복구의 실패 등으로 인한 피해는 어떤 새로운 시대가 와도 우리에게 여전히 내면의 상처를 치유하지 못하게 하는 것이다. 문익

---

* 황석영의 단편 「삼포 가는 길」은 객지에서 떠도는 하층민들이 기를 쓰고 찾아가지만 고향은 이미 어디에도 없게 되는, 근거지를 박탈당한 자들의 슬픈 현실을 그리고 있다.

환의 통일운동은 이 같은 과정이 민족을 '죽임'의 상태로 내몰기 때문에 거행된 것이다. 그렇다면 그는 공동체적 내면, 즉 한민족의 집단감정을 치유하는 운동으로서의 통일운동에 투신해 온 셈이다. 김일성 주석을 만나는 자리에서 굳이 남북 공동의 응원가, 남북 공동의 사전 편찬 같은 민간 문화 사업을 제안한 이유도 똑같은 차원에서 읽어야 할 것이다.

같은 맥락에서 나는, 과거의 통일운동이 '존재의 온전성'을 회복하려는 근원적 전략을 채택하지 못했던 것은 시대적 한계였다고 본다. 모든 꿈이 1차적으로 독재 정부의 '반(反)민족성'에 막혀 있었기 때문에 노력의 전부를 '전술적 과제'에 쏟아야 했으니, 국가보안법을 해체하고, 대립과 긴장을 재생산하는 세력들을 견제하며, 민족의 화해와 통일의 분위기를 만들어내려는 노력이 그 실체였다. 그러나 통일은 "갈라지기 이전의 자리가 있는 과거의 어느 지점을 찾아"가자는 것이 아니라 '남북이 아직 가보지 못한 미래의 고향'을 만들어가는 일일 것이다.* 여기서 문익환의 통일운동은, 지상의 어떤 민족도 외세 때문에, 또한 지상의 어떤 민중도 위정자들 때문에 '존재의 온전성', '세계의 온전성'을 잃고 살 수는 없다는 점을 최종 전략으로 삼았다. 당연히 그의 노선은 민중의 삶의 터전으로서의 대지를 분할해 버리지 않는 '통이(通二)·통삼(通三)·통다중(通多衆)으로서의 통일'이었지 딱히 어떤 정치체제를 구현해 보려는 형

---

* 송두율, 『역사는 끝났는가』, 당대, 1995.

식의 통일이 아니었다. 그래서 "하나가 된다는 것은 더욱 커진다는 것이다!"라는 준열한 외침이 나온다.

6. 다시 신 앞에 선 인간들에게

역사에서 단일하고 연속적인 진화란 존재하지 않는다. "민주주의는 민중의 부활이요 통일은 민족의 부활"이라고 외친 문익환의 통일운동 방식은 사회운동 경험의 과학적 축적에서 자라난 것이 아니라 순전히 개인적 체험*을 통해서 확립된 문익환 사상의 생명운동적 성격에서 나온 것이다. "통일은 됐어"도 기독교적 상상력의 표출이다. 흔히 김대중의 노선과 변별력이 없었던 것으로 이해되는 통일론 자체도 문익환의 것은 '낮은 단계의 연방론'이라 하는 남과 북의 국가체제만이 아니라 민중의 삶의 터전을 지키는 관점에서 생활공동체의 마지막 단위까지 지방자치제가 이루어지는 것을 지향했다는 점에서 사상적 독자성을 뚜렷이 보여준다.

문익환은 소모적인 논쟁을 불러일으킬 이론 정립에 매달리지 않았지만 정작 그가 남긴 발자국들은 다음의 내용들을 큰 소리로 외치고 있음이 틀림없다.

---

* 언어의 결핍감이 여기에 있다. 보다 근접한 개념을 얻기 위해 '영적 체험'이라 지목하는 순간 문익환은 이리얼리스트에서 신비주의자로 둔갑되고 만다.

인간 삶의 영역 중에는 역사 단계에 따라 출현하는 특정한 사회제도나 체제가 함부로 취급해서는 안 되는 것들이 있다. 지상의 목숨들이 모여 사는 영토와 생태공동체, 언어공동체, 문화공동체는 인간관계의 범주를 넘는 하느님의 것이지 정권이나 통치자의 것이 아니다. 따라서 그 어떤 권력도 자신의 존속을 위해서 하느님의 것을 파괴해서는 안 된다. 민중의 삶의 단위를 인위적으로 분할하고 단절시키는 분단 통치도 체제가 하느님의 것을 함부로 망가뜨리는 행위에 속한다.

결론적으로 말해서 문익환의 삶을 통해 우리가 경험한 것은 단지 '정치적인 사건'이 아니라 "죽임의 역사를 살림의 역사로 전환하는 것"이었으니 문익환의 실천을 보다 적확히 말하면 그는 생명운동가였다. 그가 통일운동, 인권운동, 환경운동, 언어운동에 미친 영향들은 그것이 한 측면임을 전제로 다시 논평해야 할 것이다. 그러면서 각별히 주의해야 할 것은 20세기를 지배한 근대적 인식이 인간을 '전문화된 분야들의 동굴' 속으로 끌고 들어감으로써 '존재의 망각' 현상을 야기한 문명의 병폐에 문익환이 매우 적극적으로 대처했다는 사실이다. 민중적 관점에서 '전문성'의 문제를 비판하는 문익환의 태도가 가장 빛을 발하는 대목도 방북 사건 항고이유서에 나온다. 특히 한반도에서 통일 문제를 논할 때마다 문익환이 남북 양 체제 앞에서 애오라지 민(民)의 입장으로 서 있고자 했던 까닭이 여기에 있다.

그가 말한 민의 통일운동은 한마디로 하느님의 말씀에 귀를 기울이자는 운동이요, 과학적으로 논해서 우주의 명(命)이라 할 생태질서의 단위를 복구하자는 운동이다. 따라서 그것은 군사작전처럼 삼엄한 것이 아니라 식물이 자라는 것처럼 평화로운 것이어야 옳다. 정반대의 자리에서 지금 당장 핵과 전쟁의 모험 앞에 내몰려 있는 분단체제의 관리자들에게 민중이 엄중히 전해야 할 언어가 이것이 아닐까 한다. 괴테가 "모든 이론은 회색이요 살아 있는 것은 오직 저 푸른 생명의 나무이다"라고 했던 명제를 되돌아볼 필요가 있다. 문익환은 늘 여기에 주목했다.

우리는 움이 틀 때에 한 번 놀란다. 잎이 날 때 또 한 번 놀란다. 꽃이 필 때 또다시 한 번 놀란다. 열매가 열릴 때 진정 놀란다. 그리고 그 열매를 먹으면서 비로소 우리는 인생을 놀라움으로 진정 알게 되는 것이다.

나는 문익환이 우리를 이곳으로 데려가고자 안간힘을 썼다고 본다. 내가 문익환에게서 읽고자 했던 문익환의 평화사상이 한반도의 미래에 주는 함의가 여기에 있다.

늦봄의 편지

하늘과 민족과 시*

신경림(시인)

　현대 인물 가운데서 문익환 목사만큼 국민적 존경을 받는 인물은 드물 것이다. 새삼스럽게 말할 것도 없겠지만, 그는 통일을 위해서 아무도 할 수 없는 일, 감히 생각도 못 하는 많은 일들을 해내면서 1000명의 정치인이 할 수 있는 일을 혼자서 해냈다는 말을 듣기까지 했다. 국민의 정부가 하는 이른바 햇볕정책이 국민적 지지를 얻을 수 있는 주춧돌을 놓았다고 해도 결코 과장이 아닐 터이다.

　그가 이렇게 큰일을 할 수 있었던 원동력은 무엇일까. 나는 그것이 그의 시라고 생각한다. 물론 시라고 해서 다 이런 일을 하게 할 수 있는 것은 아니다. 이 세상에는 시는 어리석고 추악한 삶조차

---

* 문익환전집간행위원회 편찬, 『문익환 전집』 1권, 사계절, 1999, p.299-308.

감싸주고 용납한다는 그릇된 생각이 얼마나 넓게 퍼져 있는가. 그러나 문익환 목사의 경우, 그의 시를 빼놓고는 민족과 통일을 위해 개인적 행복과 평안과 목숨까지도 버린 헌신을 설명할 수가 없다. 그렇다면 그의 시는 어떠한 시인가?

첫 시집 『새삼스런 하루』의 후기에 따르면 그는 오십이 넘을 때까지 시를 써본 일도 쓸 생각을 한 일도 없었던 것 같다. 구약성서의 번역을 맡으면서 시가 40퍼센트가 넘는 그것을 완전한 우리 시로 채웠으면 하는 생각을 했고, 우리 시를 보다 잘 알기 위해서 써본 것이 말하자면 시인으로서의 첫걸음이 된 셈이다.

그러나 구약성서 공부로 30여 년을 살아온 자신의 시가 구약성서의 가락과 너무 다른 데 스스로 당황한다. 그러다가 깨닫는다. "이건 너무나 당연한 일이 아니냐고 깨닫게 되더군요. 나는 히브리인이 아니고 한국인인데 말이오."(『새삼스런 하루』의 후기 「당신에게」) 이는 매우 중요한 고백이다. 성서의 진리가 민족 밖에 있지 않고 민족 안에 있다고 깨달으면서 그의 시는 출발하고 있음을 암시하는 대목이기 때문이다. 이 깨달음은 일단 기쁨이었을 것이다. 첫 시집 『새삼스런 하루』가 온통 기쁨과 아름다움으로 충만해 있는 점에 주목할 필요가 있을 것이다.

아침 식탁에서 만나는
얼굴 얼굴이 새삼스러워

어느 하나 옛 얼굴이 아니다.

"처음 뵙겠군요!"
나는 눈으로 반가운 인사를 한다.

책가방을 들고
뛰어나가는
웬 사내 녀석의 뒤통수가
오늘따라
참 잘도 생겼다.

"잘 다녀 오너라!"
웬 여인의 낯선 목소리가
오늘따라
가을 하늘처럼 맑다.

대문을 밀고 날아 나오는 미소에
손을 흔들어 답례하는
나의 아침은
왠지 발이 허공을 딛는다.

버스를 타고 사무실에 나오고
웬 사람을 만나 커피를 마시고……

자욱한 담배 연기 속에서
왁자지껄하는
낯선 사람들의 말소리가
어디서 듣던 소리런 듯
오늘따라
새삼스럽다.

왼종일
원고지에 하늘을 메우다
말고

생소한 골목길들을 지나
아름다운 노을이 비낀 저
낯선 문짝을 열고 들어서면
처음 만나는 얼굴들이 또
나를 반겨 줄 테지

"처음 뵙겠군요!"

이 저녁에도 다시

눈으로 반가운 인사를 해야지.

　　　　　—「새삼스런 하루」 전문

　모든 것이 새삼스럽고 새롭고 기쁘고…. 이것은 곧 '새삼스러운 깨달음'에서 오는 것이 아닐까. 이 시에 깔려 있는 선의와 낙관도 간과해서는 안 될 것이다. 굳이 '새삼스러운 깨달음'에 연관시킬 것도 없이, 그가 본능처럼 가지고 있는 이 선의와 낙관이야말로 오십이 넘은 그로 하여금 시를 쓰게 하고 나아가 통일을 위한 가시밭길을 걷게 만드는 힘이 아니고 무엇이겠는가. 그의 선의와 낙관을 엿보게 하는 시 한 편을 더 읽어보자.

나의 영혼이

핏줄 속으로 빨려 들어

눈썹까지 선혈로

물들인다.

손바닥에 스며 나온

내 영혼의 빛깔이

아내의 볼에서

연분홍 코스모스로 피었다가

싱그런 가을 바람에 실려

아이놈들 얼굴에

미소로 번진다.

―「내 영혼의 빛깔」 전문

영혼이 핏줄 속으로 빨려 들어가 선혈로 물들었다가 그 영혼이
손바닥으로 스며 나와 아내의 볼에서 연분홍 코스모스가 피고 다
시 아이놈들 얼굴에 미소로 번진다⋯. 얼마나 어린애다운 발상인
가. 공자는 『논어』에서 "시 300편이 한마디로 삿된 생각이 없는 생
각"이라고 『시경』을 요약하면서 시를 정의했지만, 이는 문익환 목
사의 초기 시 전부에 해당하는 말이다. 그리고 이 '사무사(思無邪)'
가 성서의 진리를 민족 안에서 찾게 된 기쁨과 무관하지 않다고 단
정한대도 억지는 아닐 터이다. 아니, 이 '사무사'가 거꾸로 성서의
진리를 민족 안에서 찾는 길잡이가 되었을 수도 있다.

『꿈을 비는 마음』은 그가 민족운동가, 통일운동가로서 모습을
드러내고 그로 해서 징역을 사는 등 적잖이 시련을 겪은 뒤에 내놓
은 시집이다. 그러나 '사무사'를 기저로 하는 그의 시의 밑바탕이
변하지 않고 있음은 그가 후기에서 스스로 밝히고 있는 바와 같다.
그는 말한다.

"나는 여전히 순수 예술론자입니다. (⋯) 모든 비순수와 담을 쌓
고 지내는 빛바랜 순수가 아니라, 모든 불순한 것을 불살라 버리는

불길의 순수 말입니다. 아름다움을 사랑하는 마음에도 변함이 없습니다. (…) 모든 지저분한 것까지 속으로 새겨 꽃피우는 진달래나 개나리의 아름다움 말입니다. 나는 낙천가로 태어난 모양입니다. 나는 비관할 줄 모릅니다. 수염까지 희끗희끗해 가는 나이에, 아직도 어린애 같은 꿈을 곧잘 꿉니다."(「둘째 시집을 내면서」)

그러나 그가 겪는 시련은 그의 시에 아름다운 슬픔 같은 것을 보태어 그의 시를 보석처럼 빛나게 만든다.

밤하늘에 뿌려진

슬픈 별들을 쳐다보노라면

내 몸은 모래알처럼 줄어든다

가물가물 사라지며

네 눈물 빛깔로

50억 광년을 반짝이다 꺼질

다만 별빛이고 싶다.

—「밤하늘」 전문

감방 쪽으로 돌아서는 길목에서

말없이 지켜보던 개나리 꽃봉오리들

활짝 피며 흩날릴 그 금싸라기들은

영영 볼 길이야 없겠지만

—「전주교도소로 이감되던 날」 전문

그러나 아무래도 그의 가장 치열한 시 정신은 민족 현실을 아파하는 시, 통일을 염원하는 시에서 찾아야 할 터이다. 특히 1989년 그가 평양행을 하기 직전에 쓴 「잠꼬대 아닌 잠꼬대」는 그가 얼마나 순진무구한 마음으로 통일을 위해 몸 바치기를 바랐는가를 말해주는 절창이다.

난 올해 안으로 평양으로 갈 거야
기어코 가고 말 거야 이건
잠꼬대가 아니라고 농담이 아니라고
이건 진담이라고
(…)

객쩍은 소리 하지 말라구
난 지금 역사 이야기를 하고 있는 거야
역사를 말하는 게 아니라 산다는 것 말이야
된다는 일 하라는 일을 순순히 하고는
충성을 맹세하고 목을 내대고 수행하고는
훈장이나 타는 일인 줄 아는가
아니라고 그게 아니라구

역사를 산다는 건 말이야
밤을 낮으로 낮을 밤으로 뒤바꾸는 일이라구
하늘을 땅으로 땅을 하늘로 뒤엎는 일이라구
맨발로 바위를 걷어차 무너뜨리고
그 속에 묻히는 일이라고
넋만은 살아 자유의 깃발로 드높이
나부끼는 일이라고
벽을 문이라고 지르고 나가야 하는
이 땅에서 오늘 역사를 산다는 건 말이야
온몸으로 분단을 거부하는 일이라고
휴전선은 없다고 소리치는 일이라고
서울역이나 부산, 광주역에 가서
평양 가는 기차표를 내놓으라고
주장하는 일이라고

이 양반 머리가 좀 돌았구만

그래 난 머리가 돌았다 돌아도 한참 돌았다
머리가 돌지 않고 역사를 사는 일이
있다고 생각하나
이 머리가 말짱한 것들아

평양 가는 표를 팔지 않겠음 그만두라고

난 걸어서라도 갈 테니까
임진강을 헤엄쳐서라도 갈 테니까
그러다가 총에라도 맞아 죽는 날이면
그야 하는 수 없지
구름처럼 바람처럼 넋으로 가는 거지
—「잠꼬대 아닌 잠꼬대」 부분

분단 현실이 얼마나 숨 막히고 답답하면 역사를 산다는 것은 밤을 낮으로 낮을 밤으로 뒤바꾸는 일이요, 하늘을 땅으로 땅을 하늘로 뒤엎는 일이며, 맨발로 바위를 걷어차 무너뜨리고 그 속에 묻히는 일이라고 소리치랴.

또 통일에 대한 염원이 얼마나 간절하면 휴전선은 없다고 소리치고 서울역이나 부산, 또는 광주역에 가서 평양 가는 기차표 내놓으라 떼를 쓰라고 절규하랴.

이런 그를 사람들이 머리가 돌았다고 비웃을 것을 그는 모르지 않는다. "난 걸어서라도 갈 테니까"는 물론 심훈의 「그날이 오면」에서의 "종로의 인경을 머리로 들이받아 울리오리다"와 마찬가지로 과장이다. 그런데도 전혀 저항감을 주지 않고 호소력을 갖는 것은 어째서일까. 문익환 시의 바탕을 이루고 있는 '사무사'에 연유하는 것은 아닐까.

그는 구약을 번역하다가 시를 쓰게 되었고, 시를 쓰는 과정에서 성서의 진실을 민족 안에서 찾게 되었으며, 그 결과 그의 시가 분단 현실을 아파하고 통일을 염원하는 시를 지향하게 되었을 것은 당연하다.

한편 그가 생래적으로 가지고 있던 순진무구함, 이웃과 아름다움에 대한 믿음과 사랑, 낙관주의 등은 그의 시를 아름답고 깨끗한 시가 될 수 있게 했으며, 헌신적인 통일운동가가 되게 하는 데도 동력이 되었을 터이다.

일본의 한 신학자는 성서의 이념을 믿음과 실천이라는 두 마디로 요약한 바 있지만, 어떻게 보면 문익환 시는 이 성서의 이념을 가장 충실하게 형상화한 것이 아닌가 하는 생각도 할 수 있을 것 같다.

하지만 나는 그의 이 전집 중에서 가장 좋아하는 시 꼭 한 편만을 고르라면 서슴없이 「열두 달 아침」을 고를 것이다.

몇 대목만을 읽기로 하자.

일월의 아침

따다 남은 연시 하나
흰 눈 위에 제 속살 다 비우고

89

쭈그렁 바가지 얼굴로 달렸는 끝 가지에
사라질 듯 피어난 서릿발
황금빛 햇살을 받아
옥류동 물방울 소리를 날린다

이월의 아침

뜨거웠던 입김
눈꽃 송이 송이로 되살아나
유리창마다 온통 하얀 꽃밭이더니
커다란 백수정 속살로 아른거리며
서럽지 않은 눈물 한 방울 두르르 굴러내리다

삼월의 아침

난무하는 바다
서릿발 날리는 수억만 칼날 수억만 창끝을
날으듯 밟으며
햇살을 섞어 쏟아지는 눈발을 희롱하던
바람 이제사 추위를 타나
개나리 펼쳐지지 않은 꿈자락을 파고든다

사월의 아침

파아란 하늘이 좀 비꼈을 뿐

배꽃 송이 송이

연보라 자줏빛 꽃술

솜솜 주근깨로 돋았네요

사랑은 지치지 않아라*
―「고마운 사랑아」

류형선(작곡가, 음반 프로듀서)

　빈틈없이 열아홉 해를 거쳐온 옛일을 오늘 일처럼 쓰는 이 글은 문익환 목사 헌정음반 『뜨거운 마음』에 담긴 노래 열한 곡에 관한 것이다. 그 노래들은 모두 늦봄의 시(詩)를 마음으로 품고 쓴 몸뚱이 가락들이다. 늦봄의 시가 작곡가의 속내에 콕 와서 박힌 것들, 박혀서 떠나지 않은 것들, 굳은살처럼 이미 내 인생의 일부로 자리 잡은 것들에 관한 기록이 이 글의 주된 알맹이다.

　늦봄을 지렛대 삼아 살아온 여러 음악인들이 모여 '뜨거운 마음'이라는 타이틀로 헌정음반을 만든 것은 2000년 6월의 일이었다. 나는 작곡과 음악 프로듀서로 이 일에 참여했고, 정태춘, 김원중,

---

* 《기독교사상》 726, 2019, p.185-197.

홍순관, 전경옥, '노래마을'의 윤정희, CCM 아티스트 송정미와 조수아, 소리꾼 김용우, 기독노래모임 '새하늘새땅'이 노래를 불렀다.*

나는 '기록자'의 입장에 튼실하게 서서 이 음반이 만들어진 과정의 애틋하고 순전한 이야기를 쓸 것이다. 소소하고 시시껄렁한 일화도 방만하지 않게 쓸 것이다. 그러다 보면 긴 글도 되고 짧은 글도 되겠지만, 군더더기는 쓰지 않겠다. 다만 음악이 글로는 온전히 담기지 않을 것이니 몇 차례 연재가 계속되는 동안 그 노래들을 함께 들을 필요가 있다.

이 지상의 많은 시인들은 자신의 시가 노래로 불리는 것을 열망하지만, 늦봄의 갈증은 각별해서 자신이 직접 기존 찬송가 가락의 음수율에 맞추어 시를 썼다. 그리고 그것을 모아 노랫말 악보집을 만들기도 했다. 그 열망에 조응하며 탄생한 늦봄 헌정음반 『뜨거운 마음』. 노랫말로 쓰인 그의 시에 본래 한 몸 같은 가락을 입힌 후, 시인의 노랫말도 작곡가의 가락도 본래 자기 것인 양 부르는 여러 가수들에 의해 다양한 개성의 음악 콘텐츠로 분화(分化)되기를 바라며 만든 결실이다. 이를테면 늦봄 정신의 음악적 육화(肉化)이다. 이 음반의 재킷에 그 소치(所致)를 밝힌 바 있는데, 이 지면도 같은 심정으로 채울 것이다.

---

* 이 음반은 2000년에 '문익환기념사업회'와 '한국예술기획연구소'(대표 이금로)의 공동 제작으로 처음 발표되었다. 2011년에 한국기독교장로회총회(총무 배태진 목사)의 도움으로 네 곡의 트랙을 새로 녹음하였고, 재킷은 숨엔터테인먼트(대표 유수훈)의 기획으로 온전히 다시 만들어 재발매하였다.

문익환과 더불어 작품을 쓰고, 그의 시를 가슴에 담아 부르고, 그 노래의 결을 따라 악기를 타고 채워내는 이 모든 과정이 실은 감동 없는 삶에 익숙한 (이 음반에 참여한) 음악인 자신을 치유하고 북돋고 일깨우는 과정이었던 것이다. 우리 자신이 이렇게 기특하고 대견스러웠던 적이 또 언제였을까?

—『뜨거운 마음』 연출의 글에서

늦봄에 관한 전기나 회고록이 더러 있지만,『뜨거운 마음』 음반으로 규합된 늦봄과 음악인들의 밀도 높은 조우를 다룬 글은 아무리 뒤져봐도 없었다. 섭섭했고 답답했다. 하지만 어디 적당히 말 붙일 곳이 없었다. 곰곰이 생각해 보니 누가 대신해 줄 일이 아니었다. 열아홉 해 전에 시작한 일을 내가 아직도 내려놓지 못하고 이 지면을 마주하는 이유가 바로 이것이다.

늦봄의 옥중 콘트라팍툼, 『늦봄 문익환 목사 성가집』

1999년 4월, 아내와 함께 인사차 봄길 박용길 장로를 수유리 댁으로 찾아뵈었다. 서른여섯 된 나이로 막 늦장가를 든 터였다.

"문 목사가 그 노랠 얼마나 좋아했는지 몰라." 이따금 나를 만나면 봄길의 첫마디는 어김없이 그랬다. '그 노래'는 늦봄의 방북 소식을 아침 신문으로 접한 1989년 4월 2일, 하루를 꼬박 달구어 써낸 헌정곡 「그대 오르는 언덕」이다. 당시 나는 대학 4학년이었고, 이후로 30여 년을 꽉 채워 전업 작곡가로 살면서 400곡이 넘는 작품을 발표했지만, 아직도 많은 이들이 기껏 스물여섯에 쓴 이 노래로 나를 기억한다.

이런저런 음식을 대접받았는데, 기억나는 건 꿀에 찍어 먹으라고 건네준, 엄지보다 굵은 덩어리 인삼이었다. 다른 건 몰라도 그건 꼭 먹어야 할 것 같아 몇 차례 나누어 씹으며 소소한 정담을 나누었다. 막 나의 아내가 된 이는 CBS에서 일하며 인터뷰 관계로 봄길과 몇 번 왕래가 있었고, 늦봄의 까마득한 한신대 후배이기도 했다.* 사람과의 관계 면적이 제법 두텁고 말 붙임이 살가운 그 사람 덕분에 더없이 정겹고 안온한 대화가 우리 사이를 오갔다.

정담의 성찬이 무르익을 즈음, 봄길은 늦봄의 유품들이 진열되어 있는 방으로 우리를 안내했다. 여든을 훌쩍 넘겨 한국 현대사의 응집된 실체로 살아온 어른이 움직일 때마다 어린 시절 외할머니에게서 맡았던 눅눅한 냄새가 배어 나왔다. 그 냄새는 유품이 진열된 방 안에도 구석구석 깃들어 있었다. 오래된 것은 다 그만한 이유가 있고 그 이유의 대부분은 정당하다는 것을 증명해 보일 기세

---

* 어느새 마흔 끝 무렵을 살고 있는 아내 정경아 작가는 2019년 벽두부터 봄길 회고록을 집필 중이다. 10월쯤 세상에 내놓을 계획이다.

로 방 안을 가득 채우고 있는 오래된 찬송가, 낡은 성경책, 몇 개의 안경집, 옥중편지 묶음, 펴낸 책, 읽은 책, 나무 십자가, 허다한 사연들로 색 바래고 손때 묻은 장식과 그림들…. 눅눅한 배경음악 하나 깔아두고픈 심정으로 나는 유품들의 낱낱을 살펴보는 데 제법 많은 시간을 들였다.

그중에 내 눈에 쏙 들어와 박히는 얇은 책 한 권을 집어 들었다. 『늦봄 문익환 목사 성가집—통일맞이 칠천만겨레모임』. 가로세로가 딱 찬송가 크기로 된 스무 쪽 분량이었는데, 흑백의 조악한 인쇄 상태를 보니 정식 출판물이 아니라 워드프로세서로 누군가 타이핑한 것을 복사해서 나누어 가진 기념문집 수준이었다. 제목을 보고는 악보집을 기대했지만 막상 열어보니 기껏 노랫말 열다섯 곡이 수록되어 있었다. 봄길 말씀이, 늦봄이 옥중에 있을 때 기존 찬송가 가락의 음수율에 맞추어 새로 노랫말을 붙인 것이라 했다. 이를테면 이런 모양이었다.

〔영광의 주〕

새 찬송가 50장 (큰 영화로신 주)

옛 찬송가* 12곡 문익환 옥중작사 1982년

-----

* 여기서 '새 찬송가'는 1983년 11월에 한국찬송가공회가 새로 발행한 통일찬송가를 뜻하며, '옛 찬송가'는 늦봄의 교단(기장)에서 통일찬송가 발간 이전까지 사용하던 '개편찬송가'이다.

1. 　고마운 　사랑아 　샘솟아 　올라라
이가슴 　터지며 　넘쳐나 　흘러라
새들아 　노래불러라 　난흘러흘러 　적시리
메마른 　이내 　강산을

2. 　뜨거운 　사랑아 　치솟아 　올라라
누더기 　인생을 　불질러 　버려라
바람아 　불어오너라 　난너울너울 　춤추리
이언땅 　녹여 　내면서

3. 　사랑은 　고마워 　사랑은 　뜨거워
쓰리고 　아파라 　피멍든 　사랑아
살갗이 　찢어지면서 　뼈마디 　부서지면서
이땅 　물들인 　사랑아

　작사 연대가 열다섯 곡 모두 1982년으로 되어 있는 걸 보니, 세 번째 옥고를 치를 끝 무렵이나 혹은 그 전부터 써온 것을 콘트라팍툼(contafactum)* 노랫말 악보로 정리한 것이다. 행여 부르는 이들이

---

* 널리 알려진 노래(또는 민요) 선율에 성서 구절이나 복음의 메시지를 담아 새로 만든 노랫말을 붙여 부르는 것을 '콘트라팍툼(contrafactum, 노래 가사 바꾸어 부르기)'이라 한다. 종교개혁 이후 마땅히 부를 만한 회중찬송 레퍼토리가 부족하던 프로테스탄트 교회에서 널리 시행되었고, 이후에는 현행 찬송가의 모체가 되었다.

혼란을 겪을까 봐 새로 만든 노랫말은 원곡의 음수율에 준하여 줄 간격까지 꼼꼼하게 맞추어져 있었다. 원곡을 아는 이들에게는 충분히 악보 기능을 했을 것이다. 나는 위 노랫말 악보를, 훗날 내게 살짝 귀띔해 주었으면 기꺼이 아래와 같이 만들어드렸을 오선보 상태로 읽었다.

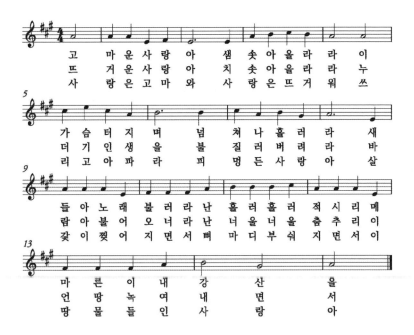

영광의 주
- 통일찬송가 50장 가락에 붙여 -

문익환

L. Edson. 1782.

당시 감옥은 필기구가 충분하지 않았으니 늦봄은 손가락으로 바닥에 음수율을 짚어가며 열 번 스무 번, 서른 번 거듭 불러보았을 것이다. 원곡 찬송가 가락이 지닌 구성의 틀이라는 제약 때문에 본래 한 몸인 것 같은 노랫말을 감각으로 찾는 게 그리 간단한 작업은 아니다. 머리로는 이미 잘 다듬어졌어도 자꾸 불러보면서 노래다운 느낌에 적합하도록 다듬고 또 다듬어야 했을 것이다. 기왕이면 입에 착착 달라붙는 노랫말을 위해 불러보고 또 불러보면서 감각적으로 승인할 수 있어야 했다. 시(詩)만으로도 충분해서 오히려 노랫말로 적합하지 않은 것들이 발견되면 무언가를 덜어내기 위해 안간힘을 썼을 것이다. 어떤 것은 메모해 두었다가 적확한 단어가 찾아질 때까지 오래오래 곱씹어 보았을 것이다. 단어 하나가 바뀌면 문장의 뉘앙스가 달라지듯, 가락의 느낌도 애초 품었던 것과 다르게 변색되어 처음부터 다시 손을 본 노랫말이 허다했을지 모를 일이다.

그러다 그만 길을 잃고 포기한 곡이 있었는가 하면, 어떤 노랫말은 3절까지 달음질로 쓰여서 그날은 깃털 같은 잠을 잤을 것이다. 또 어떤 곡은 아리디아려서, 전태일이나 김동수나 김상진이 자꾸 생각나서, 그 여린 영혼들이 당신의 통증으로 와닿아서, 가슴을 연신 쓸어내리거나 목울대가 저미는 것을 애써 누르며 꾹꾹 쓴 것도 있었을 것이다. 그리 애통하며 쓴 것을 노래를 부르는 이들도 같은 통증으로 공감할 수 있기를 갈망하며 이 옥중 콘트라팍툼이 겨우 겨우 빚어졌을 것이다.

다 알 수는 없다 해도 느낄 수는 있다. 때때로 느낌의 세계는 그 자체로 순전한 진실이어서 논리로 설명하는 게 군더더기 같을 때가 있다. 기껏 상상에 불과하지만, 나는 늦봄의 옥중 콘트라팍툼이 만들어지는 과정이 어제 겪은 내 일처럼 생생하다. 적어도 내가 상상하는 이 범위 안에 놓여 있어야 이 노랫말들이 빚어질 수 있는 것임을, 30년을 밥벌이로 음악과 씨름해 온 나는 감히 증명할 수 있다.

늦봄의 옥중 콘트라팍툼 열다섯 곡을 다 읽은 후, 삼가 여린 말 한마디 내려놓고 봄길의 집을 나섰다. "이 자료를 좀 빌려주세요. 제가 시간을 보내보겠습니다."

「고마운 사랑아」

늦봄은 자신의 시가 시집 안에서 안온하기보다 사람들의 일상 한복판을 종횡무진하기를 원했다. 노래가 시보다 더 우월할 수 있는 유일한 단서인 '일상성', 그 가치를 늦봄은 잘 알고 있었다. 그래서 굳이 노랫말로 시를 쓴 것이다.

하지만 늦봄 곁에는 작곡가가 없었다. 신랑이 신부 방을 드나들듯 감옥을 오가는 늦봄의 1982년 겨울 독방에는, 세상에 그 흔해빠진 작곡가 하나 없었다. 늦봄 곁에 없었으니 늦봄이 만나는 수많은 사람들 곁에도 없었다. 늦봄이 기존 찬송가 가락에 굳이 새로운 노랫말을 달아 붙여서라도, 달래주고 품어주며 싸매주고픈 애처로운 사람들 곁에, 늦봄의 노랫말과 본래부터 한 몸 같은 가락을 오롯하게 붙여줄 작곡가가 없었던 것이다. 그러니 늦봄은, 가락만 놓고 보면 기껏 서구 민요일 뿐인 찬송가 가락을 빌려 노랫말을 써야 했고, 나는 이 노랫말을 기어이 노래로 써내야 했다.

빚더미에 눌린 것처럼 주인 없는 그 노랫말을 곁에 두고 나는 몇 날을 시름시름 앓았다. 딱 한 곡이 만들어지면 될 것 같았다. 나머지 곡들은 봇물 터지듯 순식간에 써질 것이라고 근거 없는 확신이 거듭 엎쳤다 풀리는 시간들을 보내던 어느 날, 거짓말처럼 딱 한 곡이, 500억 년의 어둠을 날아온 별빛 한 줌 같은 딱 한 곡이 반짝 만들어졌다. 이 곡이다.

고마운 사랑아

문익환 작시
류형선 작곡

리   메 마 른   이
이 언 땅   녹

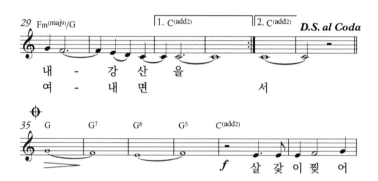

내 - 강 산 을
여 - 내 면 서

살 갖 이 찢 어

지 면서   뼈 마 디 부 쉬 지 면서

이 땅 물 들 인 사 랑 아

이 땅
물 들 인 사 - 랑 아

이유를 알 수 없지만, 나는 지금도 이 곡을 내가 쓴 곡이 아닌 것처럼 듣고 또 듣는다. 쑥스럽게 자주 찾아 듣는다. 그때마다 이 곡은 노래를 부른 정태춘이 쓴 것 같고 늦봄의 노랫말은 마치 내가 나 자신에게 써 보내는 위안 같다. 어쩌면 나는 이 한 곡으로 더 새로울 것이 없는 내 음악의 어떤 정점 하나에 진즉 가닿았는지 모른다.

남이 만든 곡을 부르지 않는 것으로 유명한 정태춘은 후배의 서툰 곡을 마치 자신이 오래 걸려 쓴 곡처럼 짙고 깊게 우려 불렀다. 그가 정녕 기개 높은 음악 지사(志士)인 증거는 이 곡에 담긴 성음* 하나만으로도 충분하다. (아뿔사! 이 글을 쓰는 2019년은 그의 음악 인생이 마흔 해를 맞는 해이다.)

간주의 첼로 선율에 묻어 있던 가락이 3절 후렴에서 코러스(chorus)와 현악 앙상블로 뒤엉켜 확장된 배경을 이루는데, 이 곡을 들은 많은 이들이 '아리디아려서 통증이 온다'고 말했던 그 선율의 출처는 1994년 1월 늦봄 장례식 때 관현악과 합창으로 연주한, 특히 노래모임 '새하늘새땅'의 솔리스트 방기순이 눈보라 흩날리는 수유리 한신대 교정을 울려버린 추모가 「늦봄 가시는 길목」(류형선 글·곡)의 주제 선율이다.

---

* 국악에서는 노래하는 이와 연주하는 이가 빚어내는 소리의 빛깔, 느낌, 해석, 개성 있는 발음 등을 통칭하여 '성음'이라 부른다. 성음을 한자로 어떻게 쓰는지에 관한 문헌상의 근거는 명료하지 않다. 다만 명인 김명환 고수의 전언에 의하면, 성품 성(性) 자에 가장 가깝다. 예컨대, 그 연주자(소리꾼)의 성품(性品)을 닮은 소리가 성음(性音)이다.

늦봄의 긴 장례를 치르던 한신대 수유리 교정에서 가장 가까운 여관방을 빌려 쓴 선율인데, 「고마운 사랑아」는 이 테마 선율을 지 렛대 삼아 쓴 작품이다. 나는 이 선율에 '늦봄 기억테마'라는 이름 을 붙였다. 이후로 늦봄과 관련된 음악 작업이 주어질 때는 반복적 으로 이 테마를 활용했다. 앞으로도 어김없이 그럴 것이다.*

늦봄 문익환 목사 헌정앨범 『뜨거운 마음』

봇물 터지듯 세 곡의 노래가 잇대어 만들어졌다. 모든 곡은 가 수 하나하나를 낱낱이 떠올리며 만들었다. 노래는 뭐니 뭐니 해도 노래 부르는 이의 표정과 호흡과 섬세한 숨결로 배어 나오는 것이 어야 비로소 생명력을 갖기 때문이다. 「뜨거운 마음」(홍순관), 「빛은 무덤에서 나온다」(새하늘새땅), 「이 작은 가슴」(송정미), 여기에 늦봄

---

* 필자는 2019년 8월 15일 개봉 예정인 CBS 다큐멘터리 영화 「북간도의 십자가」의 음악감독 및 작곡을 맡아 현재 막바지 작업이 진행 중이다. 이 영화에서도 문익환·문동 환·윤동주 등 북간도 2세대 크리스천들의 지사(志士) 이미지를 대변하는 용도로 '늦봄 기억테마'를 활용했다.

의 시에 붙인 「서시」(윤정희), 「두 하늘 한 하늘」(전경옥·김원중), 「평행선」(이정열), 「우리는 호수랍니다」(새하늘새땅·조수아·홍순관), 「비무장지대」(김용우) 이상 다섯 곡이 더해졌다.

늦봄이 평양으로 가기 위해 몸을 실은 비행기 안에서 공표한 성명서로 만난 서산대사의 시 「오늘 내가 디딘 자국은」을 이 음반의 프롤로그로 붙였다. 마지막으로 1989년 필자가 대학 시절에 쓴 헌정곡 「그대 오르는 언덕」을 에필로그로 붙여서 총 열한 개의 음원이 만들어졌다.

문익환기념사업회와 오래 동행해 온 한국예술기획연구소 이금로 대표를 만났다. 기억으로는 5분 남짓 사업 제안을 툭 한 것 같은데, 꾸부정한 표정의 그가 찰나의 지체 없이 툭툭 받아 음반의 기획을 진행했다. 2000년 6월의 일이니, 봄길 댁을 나선 뒤 1년 2개월 만이었다.

2011년에 새롭게 단장한 『뜨거운 마음』 재킷

우리는 굳이 문익환의 권위에 기대지 않는 음악 콘텐츠를 만들고 싶었다. 늦봄이 노랫말로 쓴 시는 노래를 만든 나와 노래를 부른 이들의 가슴을 달구는 용도로 충분했다. 늦봄을 기억하는 이들이 찾는 노래이고도 싶었지만, 노래가 좋아 찾아 듣다가 우연히 노래의 이면을 들여다보니 '아! 이게 늦봄으로부터 비롯된 노래였구나!'라고 뒤늦게 알아채는 수순으로 사람들의 일상에 용해되는 음악이길 원했다. 심지어 이 노래들을 제 일상의 길동무로 승인하며 살아가는 뭇사람들이 굳이 늦봄을 몰라도 괜찮을 것이었다. 민들레 홀씨로 아득히 번져 낯선 땅에 뿌리내리듯, 음악 콘텐츠로 늦봄이 분화될 수 있다면 이 음반을 만드는 정당한 연유로 충분했다.

열아홉 해 전에 우리가 품은 이 좌표는 오늘 이후로 문익환을 클릭하고픈 수많은 이들이 곱씹어 봐도 좋을 것이다. 굳이 문익환을 소환하지 않아도 좋을, 문익환으로부터 비롯된, 예술 콘텐츠!

문익환을 만난 감동의 실체는 무엇일까? …평온한 안식이거나 유쾌한 일탈이거나 신바람 나는 유희이거나 통렬한 질주이거나… 음악이 그런 것일 수 있지만, 굳이 문익환을 만나 음악이 덧입을 수 있는 변별력 있는 가치는 무엇일까? '역사에 대한 섬세한 감수성'이 아닐까 싶다. 문익환을 노래하는 것, 문익환의 시를 만나고, 그의 눈빛과 호흡을 되새김하는 일은 음악인 자신이, 혹은 우리들 모두가 역사에 대한 섬세한 감수성을 덧입는 일이다. 그것은 사람이 사람을 사랑할 수 있는 가장 고결한 수위일 것이다. 고결한 수위의 사랑이 다소 부담스러운 분들에게는 내 기억의 세포 속에 오래오래, 참으로 오래 묻어 있는 문익환 목사의 일갈을 추신한다.

"사랑을 가져라. 사랑은 지치지 않는다."

　―『뜨거운 마음』 연출의 글에서

「이 작은 가슴」 이야기*

박재훈(목사, 음악가)

울려내소서 그 푸른 마음을

이 작은 가슴 아프게 때리면서

하늘과 바다가 메아리치면서

큰 울음 터뜨리도록 울리소서 (1절)

울려내소서 그 의론 마음을

이 작은 가슴 아프게 때리면서

백두와 한라가 피눈물 쏟으며

---

* 박재훈, 『내마음 작은 갈릴리』, 성실문화, 2022, p.176-181.

큰 울음 터뜨리도록 울리소서 (2절)

울려내소서 그 쓰린 마음을
이 작은 가슴 아프게 때리면서
갈라진 겨레의 맺힌 한 씻고저
큰 울음 터뜨리도록 울리소서 (3절)
―「이 작은 가슴」

목사요, 예언자적 시인인 문익환(1918~1994) 목사님은 북간도 명동에서 문재린 목사님의 맏아들로 태어났다. 제2차 세계대전 말기에는 일본 동경에서 신학(일본신학교)을 공부하다가 귀국 후 해방을 맞았으며, 1946년에는 북한에서 부인 박용길 장로님과 함께 걸어서 남하, 그 이듬해 조선신학교를 졸업하였다. 1949년에는 미국 프린스턴신학교에 유학했다(그때 유니온신학교의 강의도 함께 들은 것으로 생각된다).

본래 구약을 일생 동안 연구해 온 문 목사님은 1968년부터 8년간, 대한성서공회의 신구교『공동번역』성서의 구약 번역 책임위원으로 있었으며, 이때 구약의 40퍼센트를 차지하는 시(詩) 번역을 계기로 시인이 되었다. 구약의 이사야서를 비롯한 모든 예언서와 시편을 위시한 성문서 등은 모두 시(詩)여서, 연구하면 할수록 고민을 더 하게 되었다고 그는 자신의 글에서 밝히고 있다. 구약의 시는 모두 히브리말이요 자기는 한국 사람이기 때문에 도무지 이해 안 되는 부분이 많아 결국 50세 늦은 나이임에도 불구하고 그때부터 한국 시를 많이 읽고 스스로 시를 쓰기 시작하였는데, 이렇게 해서 차차 구약의 시를 번역할 수 있게 되었다는 것이다.

평소 온화하며 말 없던 그분이 구약의 예언자들과 시를 공부하면서 달라지기 시작하였다. 해방되면서부터 남북으로 갈라진 두 개의 독재정권, 인권유린쯤은 식은 죽 먹듯 하는 두 군사정권을 생각하면서 그는 한없이 울분을 토하며 하나님께 부르짖었다. 문 목사님은 우리 민족이 사는 길은 3·8선이 무너지고 남북이 하나 되어 하나님 모시고 사는 길밖엔 없다고 내다보았다. 그래서 그는 북의 공산당도 남의 타락한 독재정권도 눈에 들어오지 않았다. 다만 모든 이념과 사상을 초월한 순수한 민족애로 우리가 뭉치기만 한다면 우리 민족이 우리 자신뿐만 아닌, 세계 역사에 공헌할 점이 많을 것이라는 사실을 그는 내다보았던 것이다. 그래서 그는 남쪽이 말리고 금하는 3·8선을 넘어 북행할 수 있었다. 우리 민족의 400만 명 이상의 생명을 삽시간에 앗아 간 6·25전쟁을 일으킨 원흉을 찾아가 그 문을 두들겨 보고 돌아왔고, 또 남쪽에서는 공산주의자라는 오해와 질타, 엄청난 고난을 받으면서도 오로지 통일의 날을 그리면서 주님께 부르짖은 참애족애국자셨다. 그는 (남북이 서로 원수로만 보고 대하는) 과거의 사람이 아닌 미래 통일국가의 환상(희망)에 사신 분이시다. 해방 후 남북통일을 위해 생명을 내놓고 일해

본 기독교인의 대표적인 분이 바로 문 목사님이시다.

정치가 중에서라면, 역대 대통령들 모두가 못 해봤지만 그래도 김대중 대통령은 자기 소신껏 한번 해본 분이라 할 것이다. 그는 요즘 아들들 문제 때문에 적지 않은 심적 고생을 겪고 있지만, 민족통일 작업에 있어서의 열정과 시도는 소신껏 해본 분이다. 일부 국민들의 오해와 통일 한국의 비전이 없는 정치가들의 방해가 있었지만 굶는 북한 동포를 눈물로 찾아간 김 대통령의 발걸음은 두고두고 되새길 쾌거였다.

문 목사님은 여섯 번이나 감옥생활을 했으며, 가난하나 정직하게 살기를 원하는 사람들 편에 서서 진정한 복음 선포자로서 사시다 1994년 1월 18일, 통일의 언덕을 멀리 바라보면서 운명하셨다.

내가 문 목사님을 만난 것은 1986년 4월, 나의 오페라 「에스더」 공연(김자경오페라단) 때 서울 나왔다가 신라호텔에서 만난 것이 마지막이었다. 넓은 호텔 로비 한구석에서 만났지만 내 눈에 비친 그분은 참자유인이셨다. 얼굴에서 흘러넘치는 평화스러움, 가만가만히 말하는 그 소리에도 거침없는 자유함이 있었다. 대화하는 우리 두 사람을 감시하는 비밀경찰들의 눈빛이 사방에서 빛나고 있었음에도 말이다. 그날, 문 목사님은 나에게 다섯 편의 시를 주시면서 작곡을 부탁하셨다. 한 편 한 편 파란 종이에 정성을 들여서 쓴 애절한 통일 염원 찬송시 다섯 편을….

나는 문익환 목사님을 우리 민족의 예레미야라고 생각해 본다. 이쪽에 가서 올바른 얘기를 하고, 저쪽에 달려가서 목멘 소리로 호소해도 저들은 모두 하나님의 법에서 떠난 죽음의 길로만 달리며 의인의 소리를 외면하는, 그래서 마침내 옛날 예레미야처럼 홀로 애타서 죽게 했던 역사가 우리 이 세대에서 재현된 것이 아닌가 생각하게 된다. 이 노래의 4, 5절을 읽으면서 노래해 보자.

울려내소서 그 어진 마음을
이 작은 가슴 아프게 때리면서
그리던 평화를 한 아름 안고서
큰 울음 터뜨리도록 울리소서 (4절)

울려내소서 그 환한 마음을
이 작은 가슴 아프게 때리면서
바우와 보라가 손잡고 춤추며
큰 웃음 터뜨리도록 울리소서 (5절)
—「이 작은 가슴」

「평화의 씨앗」도 그때 받은 시다.

깊은 어둠에 묻힌 이 강산

쇠북소리로 울려주소서

은은히 퍼지는 푸른 마음에

숲속의 멧새들 깃을 치오리 (1절)

깊이 잠들은 앞뒷마을을

쇠북소리로 울려주소서

은은히 퍼지는 푸른 마음에

풀잎의 이슬이 눈을 뜨오리 (2절)

―「평화의 씨앗」

이 작은 가슴

문익환, 1982

박재훈, 1984

평화의 씨앗

문익환, 1983

박재훈, 1983

겨레말큰사전의 날들*

정도상(소설가, 전 겨레말큰사전남북공동편찬사업회 상임부이사장)

1. 회령의 말을 듣고 자란 소년

문익환은 북간도의 명동 출신이다. 명동에는 여러 개의 마을이 있었는데, 문익환은 장재촌에서 살았고, 명동소학교를 다녔다. 명동소학교 바로 옆에는 명동교회가 서 있다. 소학교와 교회를 함께 다닌 친구로 윤동주와 송몽규가 있다. 문익환의 어머니는 물론이고 윤동주와 송몽규의 어머니는 회령 말로 이야기를 나누었다. 명동소학교 4학년이 되자 문익환의 눈에도 물색(物色)이 조금씩 보이기 시작했다.

---

* 《문학의오늘》 28, 2018.

몸도 커졌고, 정신도 조금 높아졌다. 윤동주는 하늘과 바람과 별을 좋아했고, 문익환은 봄바람이 부는 명동교회 첨탑 십자가 아래에서 성경 이야기를 들었다. 주일 오후, 예배가 끝난 뒤에 어머니를 비롯한 명동촌의 아주머니들이 교회 앞마당에 나와 조곤조곤 이야기를 나눌 때마다, 문익환의 귀에 들려오는 함경도 사투리가 정겨웠다. 찬송가를 '찬숑가'로 마소(馬牛)를 '무쇼'로 발음하는 부드럽고 지극한 말씨. 그 말씨를 듣고 있으면 노래처럼 들리기도 했다. 땅과 하늘과 사람이 만들어낸, 함경도 회령의 말들이 문익환과 윤동주의 몸에 차곡차곡 쌓였다.

'싸호는 한쇼롤 두 소내 자부시며'처럼 발음한다고 한준명 선생이 웃으며 말했다. 문익환은 그 말의 뜻이 무언지 몰랐으나, 그저 좋은 뜻이라고 생각했다. 한 선생은 회령 말은 세종대왕 시절의 말과 비슷하다고 말했다. 한글을 만드신 세종대왕은 좋은 분이시니, 회령 말도 좋은 것이라고 문익환은 고개를 끄덕였다.

검은 머리에 흰 수건을 두르고, 거친 발에 흰 고무신을 신은 어머니들. 흰 저고리와 치마에 흰 띠로 허리를 질끈 동여맨, 슬픈 몸집들. 교회 첨탑 위의 십자가에서 하느님의 말씀이 회령 말로 들려오는 것 같았다. 학교에서 배우는 일본(日本)말을 문익환은 왈본(日本)말이라며 싫어했다. 왈본말을 배우는 시간에는 시시덕거리며 딴전을 많이 피웠다. 하지만 배우지 않을 수 없었다. 조선말과 중국말 그리고 일본말을 동시에 배우며 학교에 다녔다. 서로 다른 말의 차이를 새삼스레 몸으로 느끼며 문익환은 어머니말의 섬세한 결을 차곡차곡 쌓아갔다.

하지만 어머니말(모국어)의 공동체는 일제 식민지 36년과 분단을 거치면서 상처 입었고 지극한 슬픔을 겪어야만 했다. 그리고 가장 친했던 동무 윤동주는 후쿠오카의 형무소에서 짧은 생애를 마치고 죽임을 당해야만 했다. 윤동주의 죽음으로 회령 말의 공동체에 문익환은 큰 빚을 지었다고 생각했다. 그 부채 의식은 평생토록 문익환을 따라다녔다. 문익환은 학업을 중단하고 북간도로 돌아왔지만 윤동주는 한 줌 재로 귀향했다.

어쩌면 문익환 목사가 유학을 떠나 히브리어를 전공한 것도 그 때문이 아니었을까? 영어 성경도 아니고, 영어 성경을 번역한 일본어 성경도 아닌 히브리어 성경을 모본으로 삼아 문익환 목사는 『공동번역』 성서를 번역했다. 히브리어를 읽어나가며 문익환 목사는 히브리 민중의 슬픔과 상처를 떠올렸고, 마침내 성서 번역이 끝나자 예수님을 따라 새로운 공생애(共生涯)를 시작했다. 그의 공생애는 끝없는 감옥살이로 이어졌다.

교도소에서 문익환 목사는 아들 문성근에게 보내는 편지에서 한글 표기의 변형을 시도했었다. 서구의 알파벳처럼 옆으로 붙여 쓰는 형태의 변형을 연구하고 시도했다. 그것은 한글을 빠르게 적기 위한 문익환 목사만의 표기법이었으나 나중에 컴퓨터가 상용화되면서 사용되지는 못했다. 그런 측면에서 보자면, 문익환 목사는 언어학에 대해 관심이 많았다. 물론 언어학자가 아니었으니 연구 차원으로 학문을 발전시키지 않았을 따름이었다.

문익환 목사의 한글 사랑에 대한 개벽적 전환이 온 것은 1989년이었다. 문익환 목사는 북한의 주석 김일성을 만나러 가면서 선물 하나를 준비했다. 『우리말 갈래사전』 한 권을 준비해서 문익환 목사는 평양에 도착했다. 왜 그랬을까? 그 질문에 대해 오래토록 생각했다. 그 질문에 사로잡히면 자꾸만 북간도의 명동 풍경과 명동교회 앞마당에서 문익환 목사의 어머니와 윤동주의 어머니가 회령말로 이야기를 주고받는 아스라한 풍경이 떠올랐다. 그랬다. 문익환 목사는 어머니말의 자식이었다. 그런데 어머니말마저 분단되어 있으니….

문익환 목사는 김일성 주석을 만나자 『우리말 갈래사전』을 선물로 주었다. 두 사람은 긴 시간 함께 이야기를 나누었다.

김 주석과 이야기를 나누는 그 몇 시간 동안 나는 여기서 동지들과 이야기를 나눌 때보다도 긴장하고 있지 않았던 것 같다. 나는 그와 흥정을 한다거나 줄다리기를 할 필요가 전연 없었기 때문이 아니었나 싶구나. 나는 사실 그에게 줄 만한 것이 하나도 없었거든. 그건 내가 그에게서 얻어낼 것도 없었다는 말도 되겠지. 오로지 통일에 대한 그의 심정과 복안이 어떤 것인지를 타진하고 싶은 마음뿐이었거든. 그의 마음을 열려면 내 마음도 열어야 한다고

해서 그냥 내 마음을 활짝 열어 보여주었다. 숨길 게 하나도 있을
수 없었지. 그러니 내게 무슨 긴장이 있었겠니? 내 쪽에 긴장이
없었으니까 그쪽에도 긴장이 생기지 않았고.

　　—1990년 3월 27일에 보낸 편지 중에서 일부

그렇게 이야기를 나누다가 문익환 목사는 실현 가능한 몇 개의
제안을 했고, 김일성 주석은 받았다. 그중 첫 번째 제안이 바로 '남
북측 공동국어사전 편찬사업'이었다. 이 제안에 대해 김일성 주석
도 긍정적인 답변을 내놓았다. 어머니말의 역사에서 참으로 위대
한 순간이 아닐 수 없는 제안이었고 답변이었다. 문익환 목사가 평
소 우리말의 중요성에 대해서 정확하게 인식하고 있지 않았다면
불가능한 일이다.

　새삼스럽게도 문익환 목사는 윤동주의 친구였다. 그것만으로도
문익환 목사는 모국어의 속살이 지닌 역사성과 문화의 총체를 알
고 있었다. '릴케 시집'을 번역하여 출간했고 이어서 첫 시집을 상
재한 것은 윤동주에 대한 그의 사랑이 세월이 흘러도 육신적으로
각별했기 때문이었다. 문익환 목사는 시인이었다. 시인이었기에 언
어에 관심을 갖는 건 너무나도 당연했다고 본다. 문자로 기록되는
문어(文語)의 시인이 아니라 어머니말을 쏟아내는 구어(口語)의 시
인이었다. 정교한 문장의 구사 따위에는 관심이 없었다. 왜냐하면
민중은 정교한 문장을 구사하기보다 입에서 나오는 어머니말로 세

상을 사는 존재였기 때문이었다.

문익환 목사는 정교한 문장을 만들기보다는 다른 세상을 열려고 하는 개벽의 말을 시에다 쏟아냈다. 그것은 문익환 목사가 정교한 문장을 만들 재능이 없어서가 아니었다. 심지어 문익환 목사는 유엔의 동경사령부에 한글학교를 열 정도로 어머니말에 애정이 깊었다. 그리고 휴전회담의 통역장교가 되어 동경에서 판문점까지 헬기로 왔다 갔다 하면서 문익환 목사는 분단의 현장을 언어로 뼈저리게 느꼈던 사람이었다. 그것을 모르면 문익환 목사가 김일성 주석에게 말의 통일에 대해 제안했다는 것을 이해하기 어렵다.

2. 어떤 순간―마음을 흔드는 파장으로부터

작가로서 나는 모국어에 생애를 기대어 살아가고 있다. 나의 조국은 모국어다. 모국어 안에서 나는 온전히 읽고 쓰는 삶을 살아왔다. 나의 조국은 모국어지만 문학적 영토는 상처이다. 나는 상처에서 발원된 이야기들을 모국어의 문장과 단어 들로 구성하여 작품을 창작해 왔다. 개인적인 상처든 사회적인 상처든 중요하지 않으며, 상처의 크기도 중요하지 않다. 작가는 자기 자신의 상처에서 시작하여 다른 사람의 상처를 들여다보는 사람인 것이다. 작가는 말[言語]에 기대어 상처로부터 질문을 만들어내는 존재다. 누천년 동안 쌓이고 쌓인 모국어의 숨결과 갈래, 미세한 떨림과 울림을 몸으로 느끼며 살아가는 작가로서 나는, 언제나 모국어에 빚지고 있는 사람이기도 하다.

2000년대 초반 (사)통일맞이 사무처장으로 근무할 때였다. 통일맞이 사무처장으로 근무하게 된 것은 어쩌면 운명이었다. 1993년 어느 가을날에 인사동에 있는 작은 사무실에서 문익환 목사님을 만나 뵈었다. 물론 1980년대 후반 대학생 시절에 이미 학교에 모시기 위하여 수유리를 방문한 적도 있었다. 인사동 작은 사무실에서 문익환 목사님은 나에게 '통일맞이 운동'의 중요성을 말씀하시며 함께 일하자고 제안했다. 당연히 그렇게 하겠다고 대답을 드렸다. 하지만 목사님과 함께 일하지는 못했다. 1994년 1월에 지리산에 있는 작은 마을의 초가에서 군불을 때다가 라디오 뉴스로 목사님의 서거 소식을 듣고 부랴부랴 수유리로 향했었다.

2000년에 김대중 대통령과 김정일 국방위원장 사이에 합의한 6·15공동선언이 발표되었고 남북의 민간교류가 시작되었지만 '문익환 목사를 기념하는 사업'이나 '통일맞이 사업'으로는 북측을 방문할 수 없었다. 김대중 정부 시절에도 문익환 목사는 여전히 '사면되지 않은 국가보안법 위반자'에 불과했다. 당시에는 나 역시도 국정원의 특별관리대상이었다. 전화는 도청당했고 일거수일투족을 감시당하고 있었다. 다행인 것은 내가 통일맞이의 사무처장이 아닌, 민족공동행사 추진본부 소속이면 방북을 승인해 주었다는 점이다.

그러던 어느 여름날, 에어컨도 없는 신길동의 옥탑방 사무실에서 문익환 목사의 북측 방문 기록인 『걸어서라도 갈테야』(1990, 실천문학사)를 손에 잡고 읽게 되었다.

다음으로 실현가능한 구체적인 일들을 몇 개 제안해 보았다. 첫째, 남북측 공동국어사전 편찬사업. 긍정적인 답변이었다. (51쪽)

어떤 전율 같은 것이 등뼈를 훑고 지나갔다. 그 순간, 마음을 흔드는 파장이 물결처럼 일어났다. "그래, 이거야. '남북공동국어사전'이야말로 최고의 통일맞이 사업이 아닌가. 역시 목사님은 시인이야."

문익환 목사의 가문은 조선의 최북단 회령에서 건너온 유랑민이었다. 그들은 15세기 국어를 사용하던 사람들이었다. 대지를 유랑하던 가문의 자식으로 문익환 목사는 땅의 진실을 온몸으로 체득한 사람이었기에 가능한 일이었다. 윤동주에 대한 부채 의식으로 문익환 목사는 우리나라 최초로 릴케 시집을 번역하기도 했다. 문익환 목사는 우리말을 사용하는 것, 우리말로 시를 쓰는 일, 시에 겨레의 상처를 담아내는 일에 최선을 다했다. 그는 시를 위한 문장, 문장을 위한 문장을 쓰지 않았다. 그런 사람이었으니 김일성 주석에게 공동국어사전을 만들자고 할 수 있었다.

그 이후 나는 민간교류로 북의 민화협 관계자들을 만날 때마다 '남북공동국어사전'을 이야기했다. 남북공동국어사전은 김일성 주석의 유훈 사업이라는 점도 강조했다. 그들은 그냥 듣고 말거나 고개를 끄덕이는 정도로 반응했다. 그들의 미지근한 반응을 나는 충분히 이해했다. 국어사전을 공동으로 만드는 일에 대해 쉽게 상상이 되질 않기도 하려니와 긴급한 일도 아니기 때문이라고 짐작했다. 하지만 포기하지 않았다. 만날 때마다 문익환 목사의 꿈을 이야기했다. 거의 세뇌하듯이 이야기를 꺼냈더니 그들도 나를 만나면 "또 공동국어사전?"이라며 농을 건넬 정도가 되었다.

2003년 7월, 마침내 '통일맞이' 단독의 북측 방문이 승인되었다. 김형수 작가가 『문익환 평전』을 집필 중인데, 문익환 목사의 평양 방문을 취재하겠다는 취지로 방북을 신청했더니 승인이 떨어진 것이었다. 나는 '통일의 집'을 찾아가 박용길 장로님께 남북공동국어사전 편찬사업을 시작하자는 내용으로 '김정일 국방위원장님께 드리는 편지'를 써달라고 요청하였다. 박용길 장로님은 단정한 글씨로 '남북공동국어사전'의 편찬을 간곡하게 호소하는 친서를 완성하였다.

배우 문성근, 작가 김형수와 함께 평양에 도착하여 안경호 조국평화통일 위원장을 통해 김정일 국방위원장에게 박용길 장로님의 친서를 전달하였다. 박용길 장로님의 친서 때문인지 북의 당국자들의 태도가 달라지기 시작하였다. 2004년 3월 중국 연길에서 남의 통일맞이와 북의 민화협이 '문익환 목사 방북 15주기 기념 학술 세미나'를 할 때 의향서를 작성하게 되었다.

3. 보통 사람들의 입말, 겨레말

그 의향서에 최초로 '겨레말'이라는 개념이 나온다. 의향서를 쓰기 직전까지 나는 고민에 고민을 거듭하였다. '남북공동국어사전'의 이름을 무엇으로 하느냐의 문제를 반드시 풀어내야만 했다. 표준어도 문화어도 아닌 공통의 기준을 찾아내야만 사전을 편찬할 수 있다고 생각했다. 그때까지 내 주위에는 국어학자가 단 한 명도 없었다. 홀로 고민에 고민을 거듭하다가 문익환 목사라면 어떻게 했을까를 상상했다. 대지의 자식이자 회령 말을 어머니말로 삼은 목사님이라면…. 문익환 목사라면 분명히 '보통의 입말', 회령 촌놈의 말을 사용했겠지, 라는 생각이 떠올랐다.

'그래, 표준어가 아닌 보통어 개념으로 사전을 편찬하자. 표준어나 문화어는 국가적 기준이니, 겨레가 사용한 보통의 입말로 가보자. 표준어로는 우리 겨레가 사용한 모든 말을 담아낼 수가 없는 것 아닌가.'

보통어 개념을 표현하고 우리말 전체를 포괄하는 단어를 찾다가 마침내 '겨레말'을 떠올렸다. 나는 '겨레말이란 우리 겨레가 사용하는 보통의 입말'이라고 정의하였다. 아마 문익환 목사도 동의하는 개념이라고 확신했다. 북측의 사회과학원 언어학연구소에서 나온 언어학자들도 겨레말의 개념을 설명하자 흔쾌히 동의했다.

'의향서'를 작성하고 난 뒤에 미친 듯이 국어학자들을 만나 '겨레말큰사전 남측편찬위원회'를 구성하였고, 고은 시인을 편찬위원장으로 모셨다. 그렇게 1년의 시간이 흐른 뒤에 2004년 12월 금강산에서 '겨레말큰사전남북공동편찬사업 합의서'를 체결하였고 2005년 2월에 '겨레말큰사전남북공동편찬위원회'가 공식적으로 출발하게 되었다. 이 과정에서 박용길 장로의 노고가 아주 컸다는 점을 고백하지 않을 수 없다. 김정일 위원장한테 보내는 친서를 단아한 글씨로 써준 것은 물론이고, 이해찬 국무총리를 만나 간곡하게 사업을 지원해 달라는 어려운 요청도 마다하지 않았다. 문익환·박용길 부부가 없었다면, 겨레말큰사전남북공동편찬사업은 한 걸음도 앞으로 나가지 못했을 것이다.

2005년 2월부터 시작된 남북공동편찬사업은 1989년 4월 1일에 문익환 목사와 김일성 주석이 서로 만들자고 말을 꺼낸 이후로 16년 만에 비로소 첫발을 내딛게 되었다. 그로부터 1년에 4회씩 남북공동의 편찬위원회를 개최하면서 2009년 가을까지 사업을 진행하였다. 그러나 이명박 정부는 2009년 겨울부터 편찬사업을 전면적으로 중지시키고 말았다. 북측 편찬위원회에 안부를 묻는 팩스마저도 보내지 못하도록 하였다. 2014년 후반에 4회 정도 남북공동의 편찬회의를 진행하도록 했다가 또 중지시켜 지금에 이르고 있다.

'겨레말큰사전'은 남북의 언어를 통일시키는 사전이 아니라 결집하는 사전이다. 남북의 언어 차이는 전라도 말과 경상도 말의 차이가 있는 정도이다. 하지만 우리는 오랜 세월 분단된 상태로 살아왔기 때문에 북측 지역의 언어가 남측 지역의 언어와 어느 정도 다른지 알지 못한다. 어떤 사람들은 그냥 가만히 있다가 통일이 되면, 경제력이 강한 남측의 언어로 통합이 될 터인데 어찌하여 '겨레말큰사전' 따위를 만드느냐고 강력히 반대하기도 했다. 경상도가 잘살고 경제적 지배력이 있는 언어이기 때문에 전라도 말은 사라져도 된다는 논리와 다르지 않다. 참으로 위험한 생각이라 아니할 수 없다.

'겨레말큰사전' 이전의 우리 민족이 갖고 있는 모든 사전은 분단된 사전이다. 대한민국 국립국어원이 만든 『표준국어대사전』은 휴전선 이남의 사전이고, 북측의 언어학연구소가 만든 『조선말대사전』은 휴전선 이북의 사전이다. 한글을 창제한 이후에 우리 민족은 단 한 번도 온전한 세종대왕의 언어공동체를 통합하거나 통괄하는 사전을 가져본 적이 없다. 우리말과 우리말의 기호인 한글이 국가의 공식 언어가 되었을 때, 우리 민족은 이미 분단의 비극에 놓인 상태였다. 조선어학회 성원들도 분단되어 남과 북으로 갈라졌다. 하지만 조선어학회가 없었다면 1945년 8월 15일 이후, 한글맞춤법과 그 사용이 안정적으로 정착되기는 어려웠을 것이다.

표준어와 문화어는 지난 70여 년간 우리 민족의 언어생활에서 국가의 언어로 독점적 권력을 누리고 있었다. 그로 인해 우리말의 숨결과 오랜 역사를 지닌 지역어들이 소멸되는 비극을 맞이하게 되었다.

그래서 통합된 국어사전을 만들고자 한다면 기준을 뭐로 세워야 하는지에 대해 고민이 많았던 것이다. 나는 국어학자로서가 아니라 모국어를 조국으로 두고 있는 작가의 입장에서 고민했다. 긴 고민 끝에 '겨레말'이라는 보통어의 기준을 생각해 낸 것이다. 표준어가 아닌 보통어, 우리 겨레가 사용하는 입말, 이것을 겨레말이라고 나는 규정지었다.

겨레말이라고 하는 것은 남측의 표준어도 아니고 북측의 문화어도 아니고 우리 겨레가 사용하는 입말인데 이걸 보통어라 부른다. 표준어 때문에 제일 빨리 그리고 많이 사라진 말이 어느 지역의 말일까? 바로 서울말이다. 서울의 지역어가 사라진 것이다. 서울·경기·인천의 지역어가 모두 소멸되어 버린 것이다. 서울·경기 지방도 원래 토박이들이 쓰던 사투리가 굉장히 셌다고 전해진다. 표준어 정책으로 인해서 서울·경기 지방의 고유한 언어가 소멸되었다는 것은 매우 큰 언어적 손실인 셈이다.

겨레말큰사전 편찬사업을 하면서 남의 『표준국어대사전』, 북의 『조선말대사전』 중에서 공통되는 단어 20만 개를 올리고 두 사전에 없는 단어 10만 개를 올리기로 결정했다. 두 사전에 없는 단어

10만 개는 각각 새롭게 조사하기로 했다. 지역어 조사를 먼저 하기로 했다. 우리 남측은 전라도·경상도·충청도, 경기와 강원도까지를 모두 조사했고 심지어는 중앙아시아·중국 연변·사할린·일본까지 아울러 어휘 조사를 진행했다. 우리 겨레가 쓰는 입말이니까….

세종대왕의 언어공동체라 하면 남북 지역만 있는 게 아니다. 재외 동포가 살고 있는 지역은 다 포괄되는 것이라고 생각했다. 북측도 처음에는 곤란하다고 했지만 나중에는 지역어 조사를 진행했다. '겨레말큰사전'에는 소위 신어(新語) 어휘 10만여 개가 새로 올라오게 되었다. 그러니까 완전히 다른 사전 하나가 탄생하는 것이다. 전문어, 고유어, 지명, 인명 등이 빠진 33만 개 단어니까 어마어마한 사전이 등장하는 것이다.

중앙아시아의 우즈베키스탄은 스탈린한테 교포들이 1930년대에 강제 이주당한 곳이다. 블라디보스토크, 연해주에서 중앙아시아로 강제 이주를 당했는데 오히려 여기가 '언어의 섬'으로 남아 있었다. 15세기 우리말의 상태로, 뚝 떨어진 섬으로 남아서 오히려 보존이 잘되어 있는 것을 보았다. 그뿐만 아니라 그들 역시 신문도 냈고 시·소설도 출판했다. 《레닌기치》라는 신문도 전체를 가져와서 입력을 마쳤고 그쪽의 시와 소설도 입력하여 자료로 사용하고 있다.

가령 '작가'라는 단어를 쓴다고 하면, '작가는 글을 쓰는 사람'이라는 뜻풀이가 들어가고 '작가'가 들어간 문장을 남측 문학작품에

서 한 문장, 북측·해외의 문학작품에서 한 문장씩 세 개를 쓰기로
했다. 용례를 풍부하게 사용하려고 소설책 6000권 분량의 말뭉치
도 구축했다.

4. '통일'이 아닌 '통합' 그리고 '펼쳐 보이기'

'겨레말큰사전'은 남북의 공동국어사전이지만, 통합하거나 통일
하는 사전은 아니다. 경상도 말과 전라도 말을 통합하거나 통일할
수 없는 이치와 같은 것이다. 이질화를 막는다고 억지로 통일시키
거나 통합하는 것은 폭력이라 생각했다. 우리말을 있는 그대로 펼
쳐서 보여줘야 된다고 생각했다. 그래서 각각의 지역 언어가 온전
히 보존되도록 하는 목표를 갖고 있는 것이다. 그런 의미에서 두음
법칙 같은 경우를 살펴보면, 북측은 '로동'이라고 쓰고 '로동'이라
고 읽는다. 남측은 '노동'이라고 쓰고 '노동'이라고 읽는다. 한자어
의 '勞'의 본래 발음은 '노'가 아니라 '로'이다. 어느 쪽이 옳고 그르
다의 문제가 아니니 이 둘을 다 싣는 방향으로 가고자 하는 것이
다. 왜냐하면 이것은 남북이 분단되어서 생긴 게 아니기 때문이다.
지역의 차이인 것이다. 경상도와 전라도의 차이처럼 황해도, 경기
도 이상은 주로 그렇게 써왔다. 글자를 쓰고 표현을 한 것이다. '로
동'이라고 쓰고 '로동'이라고 읽었다. 그것에 어찌 가치를 부여할

수 있단 말인가. 두음법칙이라는 것은 남측만의 언어 법칙이지 우리 민족 전체의 언어 법칙이 아닐 수도 있는 것이다. 이 차이를 인정해야만 하는 것이다.

사이시옷도 남측에서는 너무 과도하게 쓰고 있다. 학굣길, 장맛비, 국숫집, 휘발윳값…. 현실에서는 발음하지도 않는데 방송에서는 자막에다 마구잡이로 사이시옷을 사용하고 있다. 국립국어원이 사이시옷 조항을 빨리 개정하여 이런 폐단을 줄였으면 좋겠다.

'자장면'이 표준어라는 사실에 대해 국립국어원에 근무하는 분들과 많이 다투었다. '나는 자장면을 평생에 한 번도 안 먹어봤다. 자장면 먹고 성장한 사람 있으면 나와봐라.' 그래도 '자장면'으로 쓰고 '짜장면'으로 읽으라고 했다. 아니 어떻게 자장면으로 쓰고 짜장면으로 읽느냐, 그럼 '잠뽕'이라고 쓰고 '짬뽕'이라고 읽느냐고 자주 따졌다. 이렇게 따지고 따져서 자장면과 짜장면을 병기하기로 했다. 하지만 시간이 지나면 사람들은 자장면을 안 쓰게 될 것이다. 자장면은 소멸되고 짜장면만 남게 되는 것이다.

그런 세부적인 차이들을 조율하며 작업을 하는 데 어려움이 많지는 않았다. 무엇보다 남북의 학자들, 연구자들이 상당한 토론과 토의를 매우 진지하게 해왔다. 북측의 언어학자들은 남측의 언어에 대해 잘 이해하고 있는 편이었다. 남측에서도 비교적 북측의 언어에 대한 연구가 활발한 편이었다.

언어학자들이니까 언어에 대한 이해는 깊기 때문이었다. 대화가 잘되는 편이었다. 합의도 잘되고. 그래서 다투거나 그러는 경우가 거의 없었다. 따지고 보면 조선어학회가 8·15 이후에 분단되는데 조선어학회 반이 북측, 평양으로 간 것이었다. 반은 남측에 남아 있고. 그래서 '겨레말큰사전'은 조선어학회의 복원이라고 할 수도 있겠다.

5. 앞으로의 길

　모국어공동체를 문익환 목사의 말투로 바꿔 말하자면 '어머니말의 공동체'가 된다. 그러나 불행하게도 분단체제는 어머니말의 공동체에도 엄중하게 작용하고 있다. 독일도 통일 이후에 서쪽 지역의 언어 사용자들이 동쪽 지역의 언어 사용자들을 차별했다고 한다. 독일의 통일은 생명평화의 과정이 생략되어 있기 때문이라고 생각한다. 문익환 목사는 감옥에서 마음공부를 통해 생명평화사상에 이르렀다. '겨레말큰사전'에 생명평화사상이 담겨야만 하는 이유이기도 하다.

　국경이 근대가 인위적으로 구획한 경계라면, 같은 말을 사용하는 공동체는 그 자체로 삶의 공동체라 할 수 있다. 해외 동포들이 사용하는 말을 조사하고 어휘를 수집해야 하는 이유는 그 하나만으로도 충분하다. 또한 지역어도 마찬가지이다. 이미 누천년에 걸쳐 삶의 심연이 표현되고 있는 어휘를 표준어가 아니라는 이유만으로 하위언어로 포함시켜 왔는데, 이 점은 되도록 빨리 시정되어야 한다고 본다. 표준에 의해 비표준으로 밀려났던 지역어들을 살려내는 것이 우리말 곳곳에 숨어 있는 우리 민족의 유산을 발굴하는 일이 될 것이다. 갈릴리교회를 시작한 문익환 목사라면 겨레말큰사전 편찬사업의 핵심이 지역어와 비표준어의 등재에 있다는 사실에 박수를 보낼 것이라고 생각한다.

지역어와 비표준어의 등재는 표준어 사용자들의 차별을 미리 차단하고 서로를 존중하도록 하는 목적을 가졌다. 차별과 혐오를 차단하고 배려와 존중을 배치하는 건 그 자체로 생명 사랑이기 때문이다.

그래서 중국, 러시아, 일본, 미주 등 재외 동포들이 사용하는 우리말 조사, 남북 각각 지역어 조사 용역팀을 운용하여 생동하는 입말 조사, 현장어휘 조사, 문헌어휘 조사를 마쳤다. 특히 재외 동포들이 비록 일부지만 우리말의 원형을 잘 보존하고 있는 점에 크게 주목했다.

재외 동포들의 경우 남과 북 양쪽 문법과 어휘에서 많은 혼동을 겪고 있었다. 특히 조선족 동포의 경우, 국어 관련 교재는 북쪽의 것을 사용했으나 문화생활은 남쪽의 것으로 하고 있는 형편이었다. 이런 혼돈으로 인해, 겨레말큰사전 편찬을 가장 독촉하고 있는 사람들이 재외 동포라고 할 수도 있다.

그런 실용적인 측면뿐 아니라 문화 정체성의 근간인 말의 외형을 확장함으로써 그동안 남과 북의 중앙으로 한정되었던 문화적 양태를 확장하고 민족문화를 풍부하게 하는 데도 많은 기여를 할 것으로 기대한다.

지금은 남북관계가 전면적으로 냉각되었고, 그 어느 때보다 분단체제가 맹위를 떨치고 있다. 반면에 겨레말큰사전 편찬사업은 거의 집필을 끝내놓고 남북 간의 합의를 기다리고 있는 중이다. 남과 북이 만나 합의에 이르기만 한다면 언제든지 문익환 목사와 박용길 장로의 꿈이었던 '겨레말큰사전'이 겨레 앞에 상재될 것이다.

문익환 옥중서신의 특성과 활용*

오명진(한국외국어대학교 정보기록학과 초빙교수)

1. 머리말

역사란 우리 자신을 맑은 물줄기로 경험, 확인하는 일이요, 이어받은 과제를 이룩해 가는 일이라고 저는 확신합니다. 역사란 결코 지난날의 일들을 찾아내는 지적인 작업에 멎는 것이 아니죠. 역사란 지난날에서 우리 자신을 확인하고 거기서 이루려다가 채 못 이룬 일을 이어 그 과제를 이룩해 가는 일이 아니겠습니까?

(문익환 1981. 4. 6)

---

* 《기록학연구》66, 2020, p.317-355.

옥중서신은 감옥에서 쓰여진 편지를 말한다. 신약성경의 저자로 알려진 사도바울은 편지의 형태로 많은 글들을 남겼는데 그가 쓴 네 개의 편지인 에베소서, 빌립보서, 골로새서, 빌레몬서는 '옥중서신'의 원형으로 알려져 있다. 일반적으로 옥중서신은 수용자인 개인이 쓴 편지이다. 정치적으로 엄혹한 시절을 건너왔던 우리나라에는 수많은 양심수들이 감옥을 거쳐 갔고 옥중편지들이 쓰였다. 대표적으로 통일혁명당 사건으로 구속되어 18년간 옥살이를 하였던 신영복 선생의 편지는 책으로 나와 대중에게 널리 소개되었고 큰 반향을 일으키면서 널리 읽히는 편지가 되었다.* 김대중 대통령의 옥중서신도 유명한데 서울대병원 시절 썼던 편지는 당국의 심한 감시와 통제의 상황 속에서 몰래 못으로 눌러 편지를 써야만 했던 시대를 고스란히 보여주고 있다.** 이 옥중서신들은 개인의 사적 감정의 편린을 담는 것을 넘어 깊은 사색과 보편적 가치를 담고 있으며 그 자체로 한국 현대사의 귀중한 사료이다.

수유리에 있는 문익환 통일의 집은 작은 빨간 벽돌집으로 상공부 주택으로 건립되었고 늦봄 문익환 목사와 가족들이 1970년부터 살던 집이다. 1994년 문익환 목사가 세상을 떠난 후 부인 박용길은 '통일의 집'이라는 현판을 써 붙이고 집을 일반에 공개하였다.

* 신영복, 『감옥으로부터의 사색』, 햇빛출판사, 1988; 신영복, 『엽서』, 너른마당, 1993.
** 김대중, 『옥중서신 1: 편지로 새긴 사랑, 자유, 민주주의—김대중이 이희호에게』, 시대의 창, 2009; 이희호, 『옥중서신 2: 편지로 새긴 사랑, 자유, 민주주의—이희호가 김대중에게』, 시대의 창, 2009.

이 집은 문익환 목사의 탄생 100주년을 맞아 시민들의 성금으로 복원하여 2018년 6월 1일 박물관으로 재개관하였다.* 통일의 집이 이렇게 박물관으로 재탄생하게 된 것은 통일의 집에 문익환과 박용길이 생산, 축적해 놓은 다량의 근현대사 사료들이 보존되어 있기 때문이다. 특히 문익환은 목회자, 교수, 시인, 민주화운동가 등 다방면에서 활동하면서 시, 설교, 성명서, 연설문, 학술논문, 수필에 이르기까지 다양한 형식의 기록화된 흔적들을 남겼다.**

문익환의 옥중서신은 그가 민주화운동의 과정에서 수감되어 썼던 편지들로 첫 번째 옥에 갇히게 되었던 1976년의 민주구국선언 사건부터 민주열사 장례위원장을 맡아 재구속되었던 1993년까지에 걸쳐서 작성된 것이다. 이 편지들은 작성된 기간이 긴 만큼 남겨진 양도 상당하며 특히 목회자, 교수 시절부터 많은 글을 써오던 그가 맘대로 글을 쓸 수 없었던 시기에 썼던 특별한 글이기도 하다. 문익환은 일생에서 가장 치열하고 사회적으로 영향력을 미쳤던 마지막 18년 중 10년 3개월이라는 긴 시간을 감옥에 있었고, 세상으로 편지를 보냈다. 그의 편지 속에는 개인적인 안부와 회고, 감

---

* 문익환 통일의 집에 붙어 있는 안내문의 내용. 통일의 집 박물관은 사단법인 통일의 집에서 운영하는 미등록 사설 박물관으로 서울시 미래유산(2013-098)으로 지정되어 있다.

** 통일의 집 사료의 전체적인 현황은 2만 5000여 점이 넘는 정도라고 뉴스(《경향신문》 2018. 5. 27, 「절차적 통일보다 우리 마음속 통일 앞서야」) 등을 통해 보도된 바 있지만 통일의 집이 자체적으로 소장하고 있는 것과 아울러 민주화운동기념사업회에 위탁 보존되고 있는 것들을 포함하여 전체적인 분석이 필요하다.

상과 활동이 담겨 있지만 이것은 동시대의 사람들과 사회를 보여주며 그의 시선을 통해 격변했던 한국의 민주화와 통일운동의 역사를 경험할 수 있게 한다.

이제 문익환이 쓴 마지막 옥중서신이 작성된 지도 30년에 가깝다.* 그간 문익환 옥중서신의 존재와 내용은 여러 지면을 통해 다양하게 소개되었고 다양한 간행물로 재탄생했다. 일정 기간별 서신을 묶어서 나온 단행본만 여섯 권이고 문익환 사후에는 주로 서신의 내용을 편집하여 재구성하거나 특정 구절, 문단 등을 해석하여 소개한 책들이 간행되었다.** 그러나 활발했던 옥중서신 간행 활동에 비하면 옥중서신의 관리와 보존의 문제는 크게 주목받지 못했다.*** 게다가 옥중서신들은 이미 생산된 지 많은 시간이 흘러서 갈수록 노후화되고 있어 원본 사료들을 장기적으로 보존하기 위한 기술적, 재정적 지원도 시급하다. 이러한 문제들을 해결하기 위해서는

---

* 1993. 3. 4.(제411신)이 감옥에서 보낸 마지막 편지로 문익환은 이틀 뒤인 3월 6일 안동교도소에서 가석방되었다.

** 문익환의 옥중서신집. 문익환, 『꿈이 오는 새벽녘』, 춘추사, 1984; 문익환, 『통일을 비는 마음』, 세계사, 1989; 문익환, 『하나가 되는 것은 더욱 커지는 일입니다』, 삼민사, 1991; 문익환, 『목메는 강산 가슴에 곱게 수놓으며』, 사계절, 1994; 문익환, 『더욱 젊게』, 사계절, 1994. 또한, 문익환 사후에도 여러 책이나 잡지에 그 내용이 소개되었는데 대표적으로 다음과 같은 것들이 있다. 문익환, 『청소년이 읽는 우리수필 2. 문익환』, 돌베개, 2003; 한신대학교 평화교양대학 엮음, 『장준하, 문익환 다시 읽기』, 한신대학교 출판부, 2019. 잡지에 소개된 대표적인 옥중서신으로 한국신학연구소에서 간행하는 《살림》에 1991년 9월호부터 1993년 3월호까지 문익환의 옥중서신이 연재되었고 문익환, 「문익환 목사의 옥중서신」, 《한국기독교와 역사》 2, 한국기독교역사연구소, 1992, p.143-159에는 육필원고의 형태로 실려 있다.

*** 이와 관련해서는 4.1 옥중서신의 활용 현황과 시사점 부분에서 다룬다.

옥중서신에 대한 다양한 활용 요구에 대응할 수 있으면서도 장기적으로 안전한 보존이 이루어지기 위한 전략과 지원이 필요하다. 특히, 문익환 옥중서신은 주로 오프라인 사본 제공과 편집된 간행물의 형태로 활용되고 있는 상황으로 이를 변화하는 기술 환경을 고려한 사료 기반의 서비스 형태로 탈바꿈시키기 위한 노력이 필요하다.

이러한 상황에서 이 글은 옥중서신의 온라인 서비스 제공을 위한 방향과 전략 수립을 목적으로 문익환 옥중서신이 가지는 기록 관리 대상으로서의 특성을 고찰해 보고자 하였다. 이를 위해 옥중서신의 생산 배경으로서 개인의 삶과 사회적, 구조적 배경인 감옥 생활을 둘러싼 맥락을 분석하였다. 특히, 수용자*에 관한 형 집행과 처우를 담고 있는 『행형법』(법 제105호)에 주목하여 감옥 규정이 서신 생산에 어떤 영향을 미쳤는지를 파악하였다. 이어 사단법인 통일의 집의 보유 상황을 중심으로 옥중서신의 잔존 현황을 소개하고, 이 편지들이 일반적인 사적 편지가 갖는 일반적 특성에서 나아가 문익환 옥중서신만이 갖는 고유한 특징을 생산, 유통, 관리의 측면에서 분석하고자 하였다. 이를 본 연구에서는 서신의 수신자 특성, 서신의 재생산과 유통 과정의 특성 그리고, 봉함엽서라는 작성 매체의 특성 차원에서 정리하였다. 마지막으로 문익환 옥중서신의 현황과 관리 대상의 특성에 기반하여 온라인 서비스로 이용자에게

---

* 수용자란 수형자, 미결수용자, 사형확정자 등 법률과 적법한 절차에 따라 교도소·구치소 및 그 지소에 수용된 사람을 말한다(형의 집행 및 수용자의 처우에 관한 법률 제2조).

제공함에 있어 과제를 제안하였다.

2. 옥중서신의 생산 배경

1) 개인의 삶과 감옥

개인 기록은 공적 기록에는 남겨질 수 없는 다양한 개인의 관점이 담겨질 수 있기에 역사를 풍부하게 구성하는 데 기여할 수 있다. 남겨진 기록을 기반으로 다양한 연구가 가능하다는 점에서 개인의 기록관리 문제는 우리 사회의 역사를 어떻게 남길 것인가에 있어 중요한 과제로 다루어져야 할 것이다.[*]

일반적인 공적 기록이 법규와 업무 맥락 속에서 생산되지만 개인 기록은 특별한 생산 동기보다는 다만 자신의 필요나 편애와 같은 이유로 작성하고 유지하는 것이다(Hobbs 2010). 홉스(Hobbs)는 개인 필터(personal filter)라는 개념을 통해 개인의 특성이 개인 나름의 고유성을 띠면서 개인 고유의 독특한 사회상이 그려질 수 있다

---

[*] 개인에 관한 연구로서 인물 연구는 역사 연구의 꽃이라고 얘기하지만 인물 연구는 쉽지 않은 주제로 알려져 있는데 그 이유는 무엇보다도 연구의 대상이 되는 인물의 객관화가 쉽지 않기 때문이다. 실제 인물 연구에서도 논란이 될 수 있는 부분에 대한 적극적인 연구는 나오지 않는데 이에 대하여 여러 가지 이유가 있겠지만 일정 부분 그것을 뒷받침할 자료의 부족은 중요한 이유가 된다(박태균 2018, p.27).

고 하였다(Hobbs 2010). 하지만 기록 속에 남겨진 개인 고유의 독특함은 어떠한 맥락 속에서 이해되고 해석되어야 할 것일까. 이는 분명히 법규와 업무에 관한 이해와 분석 속에서 파악된 공적 기록의 맥락과는 다를 것이다. 일반적으로 사적인 기록은 기록의 생산, 관리 이력에 관한 문서화가 체계적이지 못하기 때문에 기록을 관리하기 위한 맥락을 파악하기가 쉽지 않다. 그럼에도 기록에 관한 맥락은 무엇보다도 기록을 이해하는 배경이 되어준다는 점에서 가능한 한 기록관리의 과정에서 풍부하게 확보될 필요가 있다. 이와 관련해 생산자인 개인의 삶과 개인적 특성, 내·외적 환경이라는 관계 속에서 파악이 매우 중요하다(오명진 2017, p.85-90).

개인의 서신은 개인 기록의 대표적인 유형 중 하나로서 아카이브의 주요한 관리 대상 중 하나이다. 일반적인 사적 편지와는 다르게 문익환의 옥중편지는 한국의 민주화운동 과정과 긴밀하게 결합되어 생산되었다. 이 편지에는 감옥 안의 일상과 활동, 문익환의 민주화, 통일, 평화에 관한 철학과 사상, 감옥 밖으로 보내는 안부와 다양한 인물들과의 교류를 담고 있다. 따라서 문익환의 옥중편지의 생산 배경을 이해하기 위해서는 이와 관련된 개인의 삶에 관한 이해가 필수적이다. 특히, 개인의 사상과 활동, 사회적 존재로서 인간에 대한 구조적 이해가 필요하다.*

문익환은 1918년 민족교육과 독립운동의 중심지였던 만주 북간도 명동촌에서 태어났다.** 목회자이자 신학 교수, 시인이기도 하였던 문익환의 삶은 1976년 3월 이후 큰 변화를 맞았고 여기에는 '3·1 민주구국선언 사건', '김대중내란음모조작 사건', '문익환 목사 방북 사건'이라는 한국 현대사의 세 가지 굵직한 사건들이 있다.***
그는 이 사건들을 통해 우리나라의 민주화, 통일운동의 중심에 있었고 그의 삶에서 감옥생활은 바로 이 사건들에서 비롯된다. 3·1 민주구국선언 사건으로 1976년 3월 2일에 처음으로 서대문구치소 생활을 시작한 문익환이 겪은 여섯 차례의 구속과 수감생활은 123 개월이라는 긴 시간 동안 이어졌다. 이 글에서는 문익환 옥중서신의 직접적 배경으로서 1976년 이후의 그의 삶을 여섯 차례의 투옥

---

* 문익환에 대한 직접적인 연구 중에서 그의 생애를 전체적으로 다룬 것으로는 평전과 신학대학의 학위논문이 대표적이다. 이러한 신학적 차원에서의 접근을 제외하고는 문익환 연구는 주로 그의 통일운동을 방북과 4·2공동성명 등 그의 방북 사건에만 한정해 이해하는 단편적인 연구가 대부분이다(이유나 2014, p.7). 이와 관련해 문익환 연구자인 이유나는 문익환의 통일사상을 이해하기 위해서는 그의 개인적, 사회적 차원에서의 삶 즉, 성장 배경, 영향을 미친 사건과 활동이 고려되어야 한다고 하였다. 특히, 문익환의 성장 배경인 가족환경과 지리적 환경, 학업과 스승 및 교우관계, 1950-1970년대에 개신교의 통일론, 민주통일국민회의와 민통련 단체 내에서의 위상과 관계, 범민련 활동 등에 주목하였다(이유나 2014, p.8).

** 문익환은 명동학교, 은진중학교, 평양 숭실학교에 다녔으며 이후 도쿄의 일본신학교, 한국신학대학, 미국 프린스턴신학교에서 신학을 공부하였다. 1955년부터 한빛교회 목사와 한국신학대학 교수로 일하였다. 1968년부터 신구교 공동 성서 번역 사업의 책임위원으로 성서를 쉽고 아름다운 우리말로 번역하였고 그 과정에서 자신도 시를 쓰기 시작했다. 그리고 1976년에 3·1민주구국선언문을 쓰고 구속된 이후로 18년 동안 여섯 차례, 10년 3개월 동안 수감생활을 하였다. (수유리에 있는 한신대학교 대학원 교정에 세워진 문익환 목사의 기념비 참조)

*** 그가 장준하의 죽음 이후 58세에 신학자이자 성경번역가에서 재야운동에 나서게 되면서 표면적으로 큰 변화를 맞았다고 일반적으로 알려져 있지만 이미 1970년 전태일이 죽은 시점부터 시작되었다(김형수, 2014)는 주장도 있다.

시기를 중심으로 살펴보았다.*

문익환의 첫 번째 감옥생활은 3·1 민주구국선언 사건**에서 「3·1 민주구국선언 성명서」를 작성한 혐의로 시작되었다. 이 성명서는 일본의 경제침략, 차관경제의 부조리, 노동자의 노동 3권 회복, 유신 철폐와 민주 회복 등을 요구하는 내용을 담고 있으며 전직 대통령, 유명 정당인, 교수 등 20여 명이 긴급조치 9호 위반 혐의로 입건되었다. 이 사건에서 문익환은 5년 형을 언도받았다. 이듬해 6월, 전주교도소에서 죽을 결심으로 '나라와 민족의 장래를 위한 옥중단식'을 시작하였으나 21일 만에 중단하였고 22개월간의 복역 기간을 보낸 뒤 1977년 12월 31일 형 집행정지로 풀려났다.

하지만 이듬해인 1978년 10월, 유신헌법의 비민주성을 밝힌 성명서를 발표한 혐의로 형 집행정지가 취소되면서 그는 재수감되었다. 그렇게 시작된 두 번째 감옥생활은 15개월간 이어졌으며 10·26 사건으로 박정희 대통령이 비극적인 죽음을 맞고 대통령 긴급조치가 해제되면서 1979년 12월 석방되었다.

---

* 이 내용은 김형수가 쓴 평전의 내용을 중심으로 이유나(2014), 이문영, 한승헌, 이해동 외(2000), 문익환(1990), 통일의 집 보유 각종 기록물을 토대로 확인된 사실을 중심으로 구성하였다.

** 1976년 3월 10일 정부에서는 이 사건을 '일부 재야인사들의 정부전복 선동사건'으로 규정하고 관련자 전원을 긴급조치 9호 위반 혐의로 입건한다고 발표했다(김형수, 『문익환 평전』, 380쪽). 이 사건의 피고인은 윤보선·김대중·정일형·함석헌·윤반웅·문익환·함세웅·신현봉·김승훈·이문영·서남동 등 모두 18명에 달했다(민주화운동기념사업회 연구소 2006, p.304).

세 번째 감옥생활은 김대중내란음모조작 사건* 때문이었다. 말 그대로 신군부에 의해 조작된 사건이었지만 이 사건으로 인해 김대중의 측근 및 재야인사 등 연루자들은 많은 고초를 겪어야 했다. 문익환은 1980년 5월 17일 밤에 체포되어 외부와의 연락이 일체 단절된 가운데 안기부에서 55일간 혹독한 조사를 받았고 이후 육군교도소로 송치된 후에야 가족들을 만날 수 있었으며 비공개로 군사재판을 받았다(이문영, 한승헌, 이해동 외 2000).** 문익환은 이 재판에서 내란음모죄로 20년을 구형받고 공주, 안양을 옮겨 다니면서 32개월 동안의 수감생활을 해야만 했다.

네 번째 감옥생활은 당시 민주통일민중운동연합 의장이었던 문익환이 서울대에서 한 강연을 두고 대중을 선동한 죄로 지명수배되고 이어진 대구 계명대 강연 이후 자진 출두하면서 시작되었다. 이때 문익환은 집회와시위에관한법률 위반으로 구속되어 14개월 동안 서울구치소와 청주, 진주교도소에서 복역하였다. 이후 대통령 후보였던 노태우 민주정의당 대표의 '6·29민주화선언'으로 사회의 흐름이 바뀌면서 시국사범들이 하나둘 풀려났고 문익환도

---

* 1980년 전두환 등 신군부세력이 김대중 전 대통령에 대해 북한의 사주를 받아 5·18 광주민주화운동을 일으킨 주모자로 지목하고, 재야인사 20여 명과 함께 군사재판에 회부한 사건을 말한다. 1995년 '5·18민주화운동에관한특별법'이 제정되면서 관련자들의 재심 청구가 받아들여졌고, 이후 2001년과 2003년에 무죄판결과 명예회복이 이루어졌다.

** 당시 아내들이 중심이 된 구속자 가족들의 활약이 컸는데 형사들은 박용길(문익환), 김석중(이문영), 이종옥(이해동) 등 아내들에게 도봉산 1, 2, 3호라 암호명을 붙이고 감시를 하였다.

1987년 7월 8일 정부의 가석방 결정으로 진주교도소에서 출감하게 된다.

다섯 번째 감옥생활은 당시 TV 등 매체의 보도로 대중들에게 크게 각인되었던 문익환 목사 방북 사건* 때문이었다. 그의 방북은 1989년 신년, 김일성의 초청으로 시작되어 정경모, 유원호와 함께 3월 25일부터 4월 3일에 걸쳐 8일간의 일정으로 진행되었다. 문익환은 8일간 북한에 머물면서 김일성과 두 차례 회담을 가졌으며 북한 측 조국평화통일위원회 위원장이었던 허담과 공동 명의로 '4·2남북공동성명'**을 발표하는 성과를 이뤄냈다. 이후 문익환은 베이징과 도쿄를 거쳐 김포로 입국함과 동시에 국가보안법 위반 혐의로 구속됐다.*** 그의 방북 사건은 사회적으로 큰 파장을 일으켰으며 이 사건으로 문익환은 칠십이 넘은 나이에 수감되어 19개월간 감옥에 있어야 했다.

---

* 대학생들의 통일운동이 탄압받고 각계의 남북교류 제의가 거부되는 등 통일운동에 대한 탄압이 주어지고 있는 가운데 1989년 3월 25일 문익환·정경모·유원호 일행의 방북이 결행되었다(민주화운동기념사업회 연구소 2006, p.537).

** 4·2공동성명은 남북이 공존의 원칙에서 다방면의 교류를 통한 점진적 연방제로 합의했다는 점에서 커다란 역사적 의의를 찾을 수 있으며, 1991년 김일성의 신년사에도 영향을 주어 '느슨한 연방제'로 바뀌게 하였고 '낮은 단계의 연방제'로 이어지는 2000년 6·15공동선언에도 일정 정도 영향을 주었다고 볼 수 있다(이유나 2019, p.56).

*** 문익환이 방북을 결심하게 된 계기와 결정적 동기에 관해서는 후에 문익환 목사의 북한 방문기 『나는 왜 평양을 갔나』와 방북 재판 '상고이유서'에서 구체적으로 확인할 수 있다. 그는 자신이 왜 방북을 결심하게 되었으며 어떤 준비 과정을 거쳤고 북한으로 가서 보고 듣고 느낀 점, 김일성과의 회담 등에 관해서 소상하게 기록으로 남겼다(문익환, 『나는 왜 평양을 갔나』, 삼민기획, 1989; 문익환, 『문익환 전집』 5권, 사계절, 1999).

어느 때보다 감옥에서 힘든 시간을 보냈지만 문익환은 출감하자마자 곧바로 방북 보고 대회를 시작으로 다시 통일운동으로 뛰어들었다. 그리고 이듬해 6월, 문익환은 학생들의 분신 정국에 장례위원장을 맡았던 일로 인해 형 집행정지가 취소되면서 재수감되었다. 또다시 이어진 21개월 동안의 감옥생활은 1993년 3월 6일 가석방으로 마무리되었는데 그로부터 1년이 채 지나지 않아 심장마비로 갑작스럽게 생을 마감하였다. 18년 동안 여섯 차례, 10년 3개월 동안의 수감생활은 이렇게 끝이 났다.

목회자이자 교수, 성경학자였던 그가 민주화와 통일운동가로서 삶의 방향을 세운 시점이 그의 나이 58세였던 것을 떠올려보면 그는 그때로부터 생을 마감하기 전까지 새로운 삶을 감당하기 위해 긴 시간을 감옥에 머무는 것을 선택했다고 이해된다. 그는 편지에서 이 선택에 대한 스스로의 평가를 다음과 같이 내리고 있다.

첫 번 감옥 생활에서 기쁨을 인생의 본질, 우주의 뜻이라고 깨닫기는 했는데, 나의 마음은 끝내 '기쁨의 신학'을 발전시킬 심정이 되지 않았던 거요. 그러다가 두 번째 감옥에 가면서 나는 '눈물'을 주제로 하는 연작시를 지었거든요. 그러다가 세 번째, 이번에는 '슬픔'의 깊이를 언뜻 들여다보게 되었구려. 그것은 정말 순간이었소. 그러나 그 순간은 나를 아주 돌려세우는 순간이었소.
(문익환 1980. 11. 22)

여기야말로 이 민족의 모든 부조리가 모이고 쌓이고 비벼대며 아우성치는 곳 아닙니까? 세상은 이 사회의 치부라고도 하구요. 가장 썩어 있는 곳이라고도 하구요. 그러나 새살은 바로 이 밑바닥에서 솟아나야 합니다. 바로 거기에 하느님은 또다시 저를 처넣으셨습니다. 저는 그 좀 퀴퀴한 냄새를 맡으며 또 얼마를 여기서 지내게 되었습니다. 아픔의 현장, 문제의 현장에 와 있다는 것은 중요한 일입니다. 하느님은 저를 쓰려고 이렇게 또다시 민족사의 대학원 제4학기에 보내주신 겁니다. 열심히 공부하고 열심히 생각하겠습니다. (문익환 1986. 6. 9)

감옥생활에 대한 문익환의 편지 구절들은 억압과 고통의 시간을 건너서 평화와 행복의 시간을 이루고자 했던 그의 의지를 보여준다. 문익환은 "감옥에 들어오지 않았더라면 난 인생을 헛살 뻔했다. 예수를 헛믿을 뻔했다"(문익환 1992. 3. 7)라고 하였으며 이에 대하여 문익환의 평전을 쓴 작가는 "감옥은 그에게 그리스도의 세계를 확장시켜 준 곳이였으며 그래서 그의 종교적 세계관이 커져가는 경로는 그가 쓴 숱한 옥중서신들에 새겨져 있다"(김형수 2018, p.480)라고 평가하고 있다.

1976. 3. 2.	'3·1 민주구국선언 사건'으로 구속
1977. 6.	전주교도소에서 21일간 '나라와 민족의 장래를 위한 옥중 단식'
1977. 12. 31.	22개월 복역 후 형 집행정지로 가석방
1978. 10. 13.	유신헌법 비민주성을 밝힌 성명 사건으로 형 집행정지 취소되어 재수감
1979. 12. 14.	15개월 복역 후 석방
1980. 5. 17.	'김대중내란음모조작 사건'에 연루되어 '내란예비음모죄'로 구속
1981. 9.	공주교도소에서 24일간 김대중의 처우 개선과 생명의 안전 보장을 위한 옥중 단식
1982. 12. 8.	32개월 복역 후 형 집행정지로 가석방
1986. 5.	서울대·계명대에서 한 강연이 선동죄로 지명수배 ('집회와시위에관한법률' 위반)
1987. 7. 8.	14개월 복역 후 형 집행정지로 석방
1989. 4. 13.	'방북 사건'으로 '국가보안법' 위반으로 구속
1990. 10. 20.	19개월 복역 후 형 집행정지로 가석방
1991. 6. 6.	강경대 열사를 비롯한 많은 열사들의 장례위원장 등의 활동으로 형 집행정지 취소로 재수감
1993. 3. 6.	21개월 복역 후 형 집행정지로 가석방

<표 1> 문익환 목사의 감옥일지

2) '행형법'과 서신의 생산과 검열

　감옥에서 외부로 나가는 편지들은 근본적으로 당국의 엄중한 감시와 규제 속에서 작성된다. 또한 검열 대상으로 검열에 통과하지 못하면 압수되거나 흔적도 없이 사라질 수 있었기 때문에 이를 피하기 위한 노하우가 필요했다. 물론 갖은 노력에도 불구하고 검열로 압수되거나 검게 칠해져 알아볼 수 없게 되는 경우 또한 다반사였다. 문익환이 감옥에 있었던 1976-1993년의 18년간 적용되었던 수용자의 처우에 관한 법령의 변화를 살펴보면 문익환 서신의 생산과 검열의 상황을 어느 정도 짐작할 수 있다.

　우리나라에서 수용자에관한형집행과처우에관한법률은 1950년에 '행형법'(법 제105호)으로 제정되었다. 이후 몇 차례의 일부 개정을 거치면서 작은 변화들이 있었는데 2008년도 12월부터는 '형의집행및수용자의처우에관한법률'(법 제8728호)로 전면 개정된 법이 적용되고 있다. 이 중 서신과 관련한 조항의 변화만을 살펴보면 다음과 같다.

　먼저, 제정법에서는 접견과 서신을 묶어 비교적 간단하게 규정하고 있다.* 즉, 수형자는 타인과 접견하거나 서신을 수발할 수 있

---

* 이 법은 수형자를 격리보호하여 교정교화하며 건전한 국민사상과 근로정신을 함양하고 기술교육을 실시하여 사회에 복귀케 함을 목적(제1조)으로 하며 형무소에 수용된 수형자를 대상으로 한다(제2조).

되, 친족 이외의 경우 "필요한 경우"라는 단서를 두었고 접견과 서신 수발에 "형무 관리의 입회 또는 검열"을 명시하고 있었다(행형법 제17조). 이 법은 1973년도에 개정되었으나 "형무 관리"가 "교도관"으로 명칭이 바뀌는 정도에 머물렀다. 한편, 시행령을 살펴보면 보다 구체적인 사항을 규제하고 있는데 바로 서신의 횟수를 제한하고 검열의 세부사항을 규정하였다. 이에 따르면 구류는 "10일에 1통", 징역은 "1월에 1통"이었으며 교도소장은 "재소자가 수발하는 서신을 검열하여야 한다"라고 명시하고 있다. 또한 수형자가 발송하는 서신은 "봉함하지 않고 교도소에 제출"하게 하여 검열을 당연시하였으며 한편으로 수형자가 수령하는 서신은 "교도소에서 개피"하여 "검인을 압날"하도록 하였다. 즉, 수신된 서신의 봉투를 열어 그 내용을 검열하였음을 서신에 표시하도록 하였다. 이것이 감옥으로 보내진 많은 서신 등 자료들에 빨간색 검인 도장이 찍혀 있게 된 이유이다. 또한 법에는 "수형자의 교도상 부적당하다고 인정되는 서신"은 그 수발을 허가하지 않았다(이상, 행형법 시행령 제61-63조).

이러한 규정은 1995년도 행형법 시행령에 이르러서야 서신 발송의 횟수를 제한하지 않도록 개정되었다. 현재 시행되고 있는 형집행법에서는 보다 폭넓은 서신의 자유가 허용되고 있는데 편지의 내용은 특별한 사유가 없는 한 검열받지 아니하며(형집행법 제43조 1항, 4항) 또한, 수용자가 보내거나 받는 서신은 법령에 어긋나지 아니하면 횟수를 제한하지 아니하고, 특별한 경우를 제외하고는 서신을 보내려는 경우 해당 서신을 봉함하여 교정시설에 제출하도록 되어 있다(형집행법 시행령 제64조, 65조).

이상의 내용을 토대로 보았을 때 문익환이 옥중서신을 쓰기 위해 처했던 당국의 규정은 매우 엄격하였음을 알 수 있다. 즉, 외부와의 접견이 극히 한정된 가운데 쓸 수 있는 서신의 수마저도 매우 제한적인 상황이었다. 다만 법령에는 "소장의 권한과 재량"을 두도록 하여 그러한 사항이 인정되는 경우 서신 횟수가 증가될 수 있었다(형집행법 시행령 제61조 1, 2항).[*]

> 접견 과장님 특별 배려로 부랴부랴 붓을 들었소. 모처럼 견우직녀처럼 만나는 날, 그것도 당신의 환갑날 접견 뒤가 흐려서 미안, 미안.
> 환갑 잔치는 내가 나갈 때까지로 미루고, 그때까지는 나이 먹는 걸 중단하고 있으시오. 그때까지 쉰아홉에 머물러 있는 거죠.
> (문익환 1979. 9. 1)

한편, 감옥 규정은 서신의 작성 횟수뿐 아니라 내용에도 많은 영향을 끼쳤다. 특히, 작성된 서신은 검열이라는 단계를 거친 후에 발

---

[*] 소장의 권한과 재량에 해당되는 사항으로는 행형 성적이 우량한 수용자의 경우거나 소장이 특별히 필요하다고 인정하는 때가 해당된다. 아마도 이것이 문익환이 4차 감옥 이후 서신을 자주 쓸 수 있었던 근거일 것으로 짐작된다.

송되면서 서신의 내용에도 영향을 주었다.* 이러한 검열에 걸리지 않기 위한 방법은 여러 가지가 있었다. 가급적 검열로 훼손되는 부분을 줄이기 위해서 서신 내용을 작성할 때 각별한 노력을 기울였는데 문익환은 사라지는 편지가 있는지를 확인하기 위해 편지마다 번호를 붙였다.** 문익환이 쓴 옥중서신에는 다섯 번째 감옥 시절부터 서신에 번호가 매겨져 있는데 다섯 번째 감옥 시절에는 제1신부터 제216신까지, 여섯 번째 감옥에서는 제1신부터 제411신까지 편지에 번호가 매겨져 있다.

이렇게 매일 날짜와 번호를 쓴 것은 잃어버리거나 혹시라도 편지가 검열에 걸려 못 받게 될까봐서였다. 덕분에 우리들은 편지들을 순서대로 읽으며 그 변천사와 사람들의 근황과 생각의 흐름, 당시의 시대상을 알 수 있다. (문영금 2019)

또한, 내용을 적을 때도 검열을 의식하여 표현에 각별히 신경을 쓰고 조심을 하면서 자체검열을 하였고 때로는 검열을 피하기 위해 그들만의 암호 표현도 자주 사용했다.

---

* 이는 외부로부터 받는 서신에도 마찬가지로 적용되어 옥중으로 전달된 서신들은 검인 도장이 찍힌 것들이었으며 종종 압수도 이루어졌다.
** 이 방법은 감옥에 있는 문익환을 위해 하루도 빠짐없이 3000여 통에 달하는 편지를 보냈던 그의 부인 박용길이 먼저 사용하였다.

편지에는 중요한 인물들과 장소들은 나오지 않았다. 흡사 암호문을 읽는 것 같았다. 가령 김근태는 병민이 아빠, 감옥에서 도움을 주었던 교도관 부부를 조카로 표현했고 인권위원회 사무실과 유가협은 종로 5가, 창신동으로 적혀 있었다. 다른 가족들 편지에는 까만 줄로 그어져 있는 편지도 많다는데 두 분은 자체검열로 문제의 소지가 있는 부분들은 두 분만 아는 암호로 피해 가셨던 것이다. (문영금 2019)

한편, 문익환은 이러한 과정을 통해 그만의 깨우침을 찾고 있었다. 1986년 6월 20일 편지에서 그는 검열에 안 걸릴 말을 찾으면서 알게 된 평범한 말들의 소중함을 이야기하고 있으며, 7월 30일 편지에서는 일제강점기를 살면서 잃어버렸던 습성을 다시 찾게 된 기쁨을 편지에 표현하기도 하였다.

밖에 있을 때는 검열에 걸릴 말만 하다 여기 들어와서 검열에 안 걸릴 말만 골라 쓰다 보니 어라, 이건 정말 소중한 걸 찾은 셈이네요. 검열에 안 걸릴 소리, 그건 평범한 소리 (…) "밥 먹었어", "아직 안 먹었어" 그 정도의 말만 알아들을 수 있으면 되는 평범한 소리 (문익환 1986. 6. 20)

일기를 쓰는 일도, 편지를 쓰는 일도 일본인들의 번뜩이는 눈에 언제 걸릴지 모른다는 생각에 10대에 이미 포기해 버린 생활 습성인데, 이제 나의 생애, 날마다 이만큼의 생각을 정리해서 쓰는 습성이 이 나이에라도 다시 생겼다는 건 참 다행한 일이라고 해야겠지요. (문익환 1986. 7. 30)

하지만 그럼에도 불구하고 검열을 완벽히 피하지는 못했는데 엽서는 부분적으로 검게 칠해지기도 했으며 검열에 걸려 압수당했다가 문익환이 출감할 때 들고 나온 서신들도 있었다. 〈그림 1〉은 1979년 11월 16일 자 옥중서신으로 검열로 한쪽 부분이 전부 검게 그어지고 뒷면에도 그 자국이 선연하다.

〈그림 1〉 1979. 11. 16. 옥중서신   출처: 사단법인 통일의 집

이러한 서신의 작성 배경은 문익환 옥중편지가 개인의 사적 편지라는 특성을 넘어 한국의 민주화활동 과정과 밀접히 관련되어 있고 그의 여섯 차례에 걸친 감옥생활이라는 구체적인 맥락 속에서 집합적으로 생산된 것임을 보여주고 있다. 즉, 문익환 개인의 사적 편지지만 공적이고 사회적인 특성을 갖는다. 이러한 맥락은 옥중서신 전반을 관통하는 특징으로 서신을 관리, 활용하는 데 고려되어야 할 사항이다.

3. 옥중서신의 특징

1) 범위와 규모

일반적으로 편지란 수신자와 발신자 간에 주고받은 것으로 주로 수신자가 소유하게 된다. 문익환이 쓴 옥중편지들은 거의 전부가 가족들에게 보내졌고 이것은 아내인 박용길 장로가 가지고 있다가 후에 민주화운동기념사업회 사료관에 위탁했던 것을 사단법인 통일의 집이 넘겨받아 관리하고 있다. 여기에는 문익환이 감옥에서 보낸 편지와 함께 감옥에서 압수되어 발송되지 못한 것을 문익환이 출옥할 때 가지고 나온 즉, 소인이 찍히지 않은 것들도 포함되어 있다. 현재 통일의 집에는 부분적으로 결실된 부분을 제외하고는 전체 수감 시기별 옥중서신이 남겨져 있다.* 문익환 통일의 집에서 관리하고 있는 옥중서신의 현황을 구속된 차수별로 구분하여 살펴보면 다음의 〈표 2〉와 같은데 수감 시기마다 다르긴 하지만 편지들은 한 달에 한 통씩 혹은 여건이 허락될 때는 더 많은 수가 옥중에서 보내졌다.

구분	수감 기간	수감 장소	서신 건수
1차	1976. 3. 2. - 1977. 12. 31.	서대문, 전주	9
2차	1978. 10. 13. - 1979. 12. 14.	서대문, 안양	13
3차	1980. 5. 17. - 1982. 12. 24.	육군 남한산성, 서대문, 공주, 안양	33
4차	1986. 5. 20. - 1987. 7. 8.	서울, 청주, 진주	139
5차	1989. 4. 13. - 1990. 10. 20.	안양, 전주	212
6차	1991. 6. 6. - 1993. 3. 6.	영등포, 안동	402
합계			808

〈표 2〉 구속 차수별 서신 작성 현황

일반적으로 옥중서신의 숫자는 구속 수감된 차수가 증가할수록 늘어나고 있다. 전체 투옥 기간인 123개월을 기준으로 일률적으로

---

* 부분적으로 소재가 확인되지 않은 편지는 대표적으로 『문익환 전집』 5권 2부에 회고록 형태로 실려 있는 1992년 2월 12일부터 3월 25일까지 작성된 옥중서신(제129-164신)이다.

계산해 보면 월별로 약 6.7통의 서신이 남겨져 있는 것으로 확인된다. 이 중 몇 가지 특징적인 부분을 살펴보면 우선 첫 번째부터 세 번째 감옥 시기에는 편지들이 대략 한 달에 한 번씩 작성되었다.

초기 감옥 시절은 작성된 편지가 상대적으로 적다는 특징 외에도 수감 후 첫 편지를 보낸 시점이 늦다는 특징도 확인된다. 특히, 첫 번째 감옥 시기의 편지는 단 9통뿐으로 수감 기간이 22개월인 것을 감안하면 현저히 적은 양이다. 또 첫 번째 감옥에서 첫 번째 편지를 쓴 시점이 감옥에 수감된 지 45일 만으로 상당히 늦다.* 이에 비하면 두 번째 감옥에서 쓴 편지는 13통으로 수감 기간인 15개월 동안 거의 한 달에 한 통이 남겨져 있다. 하지만 '김대중내란음모조작 사건'으로 구속되었던 세 번째 감옥 역시 첫 번째 감옥처럼 구속된 이후 6개월이나 지난 시점(1980. 11. 22)에 첫 번째 편지가 보내졌고 한 달에 한 통 정도가 작성되었다.**

상대적으로 서신을 자유롭게 쓸 수 있게 된 것은 네 번째 감옥 이후로 보이며 이때부터 서신의 숫자가 급격히 증가하고 있다.*** 특히 네 번째 감옥은 이전 수감 기간에 비하면 상대적으로 짧은 기

---

* 이 편지는 "정말 정말 보고픈 당신께"로 시작되는데 건강과 수감생활에 대한 얘기와 아내에 대한 애틋한 감정을 표현하고 있으며 총 다섯 장의 편지 중 중간 두 장이 분실되었다. 첫 번째 감옥에서 쓴 두 번째 편지로 파악되는 것은 첫 편지가 작성된 날짜로부터 1년이 지난 1977년 4월 16일 자이다.

** 당시 문익환을 비롯한 연루자들은 초기에 외부와의 연락이 단절되었다가 육군교도소로 송치된 이후에야 면회가 허락될 만큼 엄혹한 시간을 보냈기 때문에 서신을 보낼 상황조차 되지 못했던 시간들로 짐작된다.

*** 서신의 숫자가 증가한 이유에 관해서는 152쪽의 각주 참조.

간임에도 불구하고 작성된 서신의 수가 급격하게 늘었다. 총 14개월 동안 쓴 총 139통의 서신이 남겨져 있으며 수신인도 다양하게 가족, 친지(동생, 삼촌, 고모, 며느리, 조카 등)들로 확대되었다. 이후 다섯 번째 감옥에서는 사흘에 한 번, 여섯 번째 감옥에서는 이틀에 한 번 이상 편지를 보낸 것으로 확인된다. 전체 수감 기간 중 가장 많은 편지가 남아 있는 기간은 여섯 번째 감옥 기간으로 소재가 확인되지 않는 70여 통을 제외하고도 총 400여 통의 편지가 남아 있다.

문익환의 옥중서신은 수감 기간 전체 중에 지속적으로 작성되었다. 따라서 이 편지들은 간헐적으로 여러 수신자들과 오간 개별적인 편지라기보다는 비교적 지속적이며 대상별로 내용별로 숙성된 집필 활동의 결과물로 비유하는 것이 적절하다. 따라서 문익환 옥중서신은 일반적인 개인 기록물로서 편지가 수신자, 발신자 등의 맥락과 함께 건 단위로 관리되는 것과는 달리 일련의 묶음으로서 다루어질 필요가 있다. 서신의 집합과 집합에 포함되는 일련의 서신들을 식별하고 그 배경이 되는 정보 즉, 여섯 차례의 구속 배경인 감옥에 가게 된 경위나 관련 사건, 인물과 단체, 사회적 분위기, 수감 기간 등에 관한 이해를 축적하여 관리와 서비스가 이루어질 필요가 있다. 한편, 개별 편지들 간에도 다양한 관계가 존재하는데 이 관계는 문익환이 편지를 작성한 목적과 수신자를 통해 파악될 수 있을 것이다.

2) 작성 목적과 수신자

문익환이 감옥에서 쓴 편지는 거의 전부 가족들에게 보내졌다.* 하지만 내용적으로 보면 옥중서신은 가족들에게 보내는 편지일 뿐 아니라 그의 영역에 존재하는 많은 개인, 단체들과 교류하고자 작성된 서신이다. 이 글에는 이를 '대표 수신자'와 '세부 수신자'로 역할을 구분하여 설명하고자 한다.

먼저 '대표 수신자'란 편지의 수신인란에 적힌 인물로 통상적인 수신자를 의미한다. 옥중서신의 '대표 수신자'는 모두 가족으로 그중 9명에게 보내진 편지가 전체의 약 97퍼센트(678통)에 해당한다.** 9명의 대표 수신자별 수신 횟수를 살펴보면 아내인 박용길(522통), 첫 손자 문바우(40통), 어머니 김신묵(37통), 장남 문호근(23통) 순으로 많은 수의 편지가 보내졌다.

'대표 수신자'별 수신 현황은 감옥 시기별로 차이가 관찰된다. 우선 첫 번째 감옥 시기에는 수신자가 모두 아내인 박용길 장로이며 두 번째 감옥 이후 다양한 가족들로 늘어났다가 다섯 번째 감옥 이후로 다시 박용길의 비중이 압도적인 것을 확인할 수 있다. 두 번째 감옥(1978. 10-1979. 12)에서 쓴 편지의 수신자는 박용길 외

---

* 수신자로 등장하는 가족만 23명에 달한다.
** 어머니 김신묵과 아내 박용길, 아우인 문동환, 자식인 문호근, 문영금, 문성근, 며느리 정은숙, 손자 손녀인 문바우와 문보라이다.

에도 문바우가 자주 등장한다. 문바우는 늦봄의 첫 손자인데 태어난 지 얼마 안 된 손자가 편지를 읽을 수도 없었을 터임에도 수신자로 되어 있어 눈길을 끈다. 비슷한 시기에 쓰여진 세 번째 감옥 (1980. 5-1982. 12)의 서신의 수신자는 문바우(15통), 박용길(3통) 외에 역시 갓 태어난 손녀인 문보라를 수신자로 하는 편지(15통)가 다수 존재한다. 대표 수신자로서 문바우, 문보라의 존재는 이 편지가 특정 개인보다는 가족 공동에게 보내진 편지의 성격을 갖고 있음을 보여준다. 한편, 서신의 수가 급격하게 느는 시기인 네 번째 감옥 (1986. 5-1987. 7)부터는 늘어난 서신 수만큼 가족의 범위도 확장되고 수신인도 다양해졌는데 직계가족뿐 아니라 일가친지(동생, 삼촌, 고모, 며느리, 조카 등)들로 수신자가 확대된 것을 확인할 수 있다.

이러한 일반적인 수신자 외에 옥중편지는 다수의 '세부 수신자'를 갖는다는 특징이 있다. 감옥은 외부의 접견과 서신이 극도로 제한된 상황으로 그 안에서 편지를 쓰는 것은 문익환에게 매우 중요한 일상이었고 외부 세계와의 연결 통로였다. 이에 문익환은 한 장의 편지에 여러 명에게 보내는 사연을 담곤 했다. 1979년 5월 16일자 서신(《그림 2》)은 두 번째 수감 기간 중에 작성한 것인데 수신자는 문바우지만 하나의 엽서를 나누어 어머니, 아내, 며느리, 매제, 조카, 동생, 딸과 사위 각각에게 사연을 보냈다.

가족들을 대상으로 보냈던 이러한 편지들 속에는 감옥 내 일상을 전하고 안부와 건강을 챙기는 내용들이 많다. 초기에 문익환이 보냈던 편지들은 가족들을 향한 문익환의 감성이 담겨 있는 사적 내용으로 문익환의 남편, 아들, (시)아버지, 할아버지로서의 인간적 모습을 보여주며, 현재를 살고 있는 평범한 개인들도 공감할 만한 일상적인 주제를 담고 있다.*

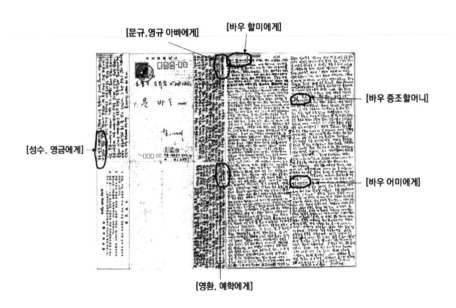

[문규,영규 아빠에게]　　[바우 할미에게]

[바우 증조할머니]

[성수, 영금에게]

[바우 어미에게]

[영환, 예학에게]

<그림 2> 1979. 5. 16. 옥중서신　　　　출처: 사단법인 통일의 집

---

* 특히 문익환은 그를 둘러싼 가족공동체의 거의 모두에게 편지를 보냈는데 그 안에는 아버지, 아들, 형, 남편, 시아버지로서 문익환의 세심한 상대에 관한 관찰과 배려, 조언이 담겨 있다.

성수, 영금에게

아무 배경도 기반도 없는 데서 생을 설계해 나간다는 일이 어떤 것인지 나는 잘 안다. 계획대로 바람직한 방향으로 일이 전개되지 않는다고 너무 초조해하지 말아라. 주어진 오늘을 주어진 제약 속에서나마 충실히 살아가노라면 모든 일이 뜻하지 않은 보탬이 되어 돌아온다. 우리 세대의 좌절을 너희 세대가 겪는다는 것은 바라지 않지만, 나의 생을 생각해 봐라. 스무 살에 신학교에 들어가서 서른여덟에 목사가 되었으니 나의 생이 얼마나 좌절과 중단의 연속이었는가? 그리고 그 후로 오늘까지의 나의 생도 결코 순탄하지만은 않았거든. 내가 순간순간을 최선으로 산 것도 아닌데, 그 좌절들을 하느님은 몇 갑절씩 축복으로 보탬해 주셨거든. 조바심을 털어버리고 마음의 여유를 회복하면 의외로 모든 일은 술술 풀릴 거다. (문익환 1979. 5. 16)

세부 수신자로는 매우 다양한 인물들이 포함되곤 했다. 문익환은 여러 가족은 물론이고 동료 신학자나 교수, 재야인사, 민주화와 통일운동을 함께했던 다양한 인물들에게 편지의 일부를 할애했다. 감옥에서 보낸 시간이 길었던 만큼 기념할 일이나 날짜에 맞추어 관련 인물들에게 보낸 편지도 적지 않다. 예를 들어 장준하 서거 14주년을 지나며 문익환은 고인이 된 장준하의 부인을 세부 수신자로 포함하여 편지를 보냈다(문익환 1989. 8. 18).

때로 문익환의 편지는 특별한 목적을 띠고 작성되기도 하였다. 대표적으로 방북 사건으로 수감되었던 다섯 번째 감옥에서 문익환은 수감 기간 동안 변호사들에게도 여러 장의 편지를 보냈다. 그 안에는 재판을 마치고 변호사들에게 감사를 보내고 통일에 관한 소신, 평양 방문의 정당성을 피력하기도 하였다(문익환 1989. 9. 23-10. 22). 이는 방북 후 귀국하자마자 곧바로 연행되어 수감되면서 충분한 의사 표현과 방북 성과를 설명할 길 없었던 문익환이 할 수 있었던 하나의 표현 방법이었다. 또한 여섯 번째 감옥 시절에 문익환은 다양한 신학적 주제들을 논하는 편지들을 썼다. 기세춘과의 묵자 논의는 감옥이라는 제한된 공간에서였지만 치열했던 그의 사고 과정의 증거이다.* 또한 안병무 박사와는 민중신학을, 박순경 박사와는 통일신학을 주제로 하는 열띤 토론을 편지를 매개로 이어나 갔다. 마지막 감옥이 되었던 안동교도소에서 문익환은 박용길에게 보내는 편지 형식으로 본인의 회고록을 일부 집필하기도 하였다.**

화해신학은 평화에 이르는 과정신학이요 실천신학이 되는 게 아 닐까요. 민주주의를 과정의 철학이요 과정을 중시하는 정치 이론이 라고 한다면, 화해신학은 평화에 이르는 민주적인 절차를 문제 삼

---

* 이 편지들 중에 기세춘 선생과 옥중서신으로 나누었던 대화는 후에 책으로 간행되 기도 하였다. 문익환, 기세춘, 홍근수 공저, 『예수와 묵자』, 일월서각, 1994.
** 안타깝게도 이 편지의 원본은 현재 소재가 확인되지 않으며 『문익환 전집』에 수록 된 편지의 내용이 남아 있을 뿐이다.

는 것이 되겠지요. 오늘 이 땅에서 지리적·사회적으로 대립하여 갈등하고 있는 세력들이 협상과 절충을 거쳐 조화를 이루는 것이 민주주의를 실천하는 일이라면, 그것이 바로 평화신학이 지향해야 할 것이라는 말이겠지요. 물론 협상의 주체로서 민중이 해방을 받아야 된다는 것이 전제되는 것이지마는요. (문익환 1992. 11. 25)

문익환의 옥중서신은 본인의 생각과 뜻을 전달하고 특정 사안에 관한 의견 교환 등 다양한 목적을 띠고 작성되었고 때로는 집필의 도구로서 활용되기도 하였다. 옥중서신은 특정한 개인에게 보내진 것이라기보다는 여러 명에게 보내진 경우가 많았고 그의 소식을 궁금해할 개인들 다수가 사실상의 공동 수신자였다. 이를 이 글에서는 대표 수신자와 세부 수신자로 구분하여 설명하였다. 문익환의 편지는 다양한 인물과 교류하는 통로였고 이를 통해 사상가로서 문익환은 성장하고 변화하는 모습을 보여주고 있다. 문익환은 접견 및 집필 활동이 극히 제한된 상황에서도 서신 교환을 통해 감옥 내에서의 사고를 멈추지 않았으며 오히려 그의 사상을 더 깊게 체계화시켰고 그 과정이 편지에 담겨 있다. 특히, 세부 수신자들은 서신이 다루는 민주, 평화, 통일, 자유, 신학 등 내용적 주제와 관련된 인물들로서 아카이브 서비스가 서신에 대한 주제적 접근을 제공하기 위해서는 반드시 분석되고 전거 등으로 관리 및 활용되어야 할 대상이다.

3) 사본의 생산과 유통

앞서 살펴본 '세부 수신자'라는 특징은 문익환 옥중서신에서 사본의 생산과 유통에 영향을 미쳤다. 가장 직접적으로는 세부 수신자가 존재했기에 그들에게도 편지는 전달되어야만 했다. 하지만 문익환이 생각했던 공개 범위는 그보다 넓었다. 그는 편지를 "공개 가능한" 편지로서 작성하였다. 이러한 그의 인식은 편지에도 나타나는데 "이 편지를 많은 사람이 보리라 생각"한다고 표현하고 있다.* 이는 바로 수신인에게 전달된 편지가 공유를 위해 유통되었다는 사실을 의미한다.

서신이 여러 개인 및 단체들과 공유되는 것이었다는 사실은 서신이 세부 수신자를 갖고 있다는 점뿐 아니라 가족들의 증언을 통해서도 확인된다. 세부 수신자들은 감옥으로부터 직접 편지를 수신받지는 못했지만 다른 경로를 통해 서신을 전달받았다. 여기에는 봉함엽서의 대표 수신자였던 가족들의 역할이 중요했다. 문익환이 보낸 편지가 집에 도착하면 아내인 박용길을 중심으로 가족들은 역할을 분담하여 서신을 유통시켰다. 복사를 담당하는 역할이 있었고 전체 혹은 일부를 다시 정서하기도 했다. 이렇게 만들어

---

* 문익환과 박용길은 자신들이 주고받았던 서신에 관해 여럿과 함께 '공유하는 것'이라 인식하였다. 어쩌면 민주화운동으로 세상에 나서면서 이미 그는 "공적인 입장에서 생각하고 말해야 하는 계제"가 되어버렸고 그에 익숙해졌지만 때로는 아쉬웠던 마음은 편지에서도 찾아볼 수 있다.

진 편지의 사본은 상황에 따라 각지로 배포되었다.

이런 과정에서 원래의 옥중서신에 대한 다수의 복사본이 만들어졌고 다른 필체로 쓰여진, 내용이 같거나 혹은 발췌된 형태의 필사본도 만들어졌다. 다음 〈그림 3〉은 1982년 6월 10일에 문익환이 쓴 옥중서신 원본과 이를 아내 박용길이 다시 정서한 옥중서신 사본이다.* 이렇게 생산된 사본은 여러 경로를 통해 국내외를 막론하여 문익환의 편지를 궁금해하는 여러 지인과 단체들에 배포되었고 그의 근황과 뜻을 전달하는 데 큰 기여를 하였다.

이런 활동의 중심에는 문익환의 가족들이 있었다. 문익환의 옥중서신이 모두 가족들에게 보내졌던 것은 행형법상 편지의 수신자가 가족으로 제한되어 있었다는 사실도 작용했지만 한편으로는 별도의 역할이 필요하다는 측면도 존재한다.** 따라서 옥중서신의 유통은 문익환이 가족들에게 보낸 편지가 집에 도착함으로써 종료된 것이 아니라 도착 이후의 재활용 및 배포의 과정이 동반되고는 하였다는 점에 독특한 특징이 있다. 주로 가족들이 수행했던 이 역할을 고려한다면 편지의 '대표 수신자'는 '서신 사본을 생성'하여 '편지를 유통'시킬 책임자라는 특별한 역할로 이해된다.

---

* 민주화운동기념사업회 사료관의 온라인 서비스인 '오픈 아카이브'에는 개인들이 기증한 옥중서신을 서비스하고 있다. 〈그림 3〉의 오른쪽에 있는 다시 쓴 옥중서신은 유통된 서신을 입수했던 개인이 민주화운동기념사업회 사료관에 기증한 것이다(출처: 민주화운동기념사업회 사료관 등록번호 523609, 기증자 이상철).

** 문익환이 감옥에서 여러 개인들의 주소를 모두 기억하기 어려운 탓도 있었을 것이며 그렇기에 가족들의 배포자 역할이 필요했다.

<그림 3> 1982. 6. 10. 옥중서신(왼쪽: 원본, 오른쪽: 박용길이 다시 쓴 사본)

출처: 사단법인 통일의 집(왼), 민주화운동기념사업회 사료관(오른)

 남겨진 편지들 간에 존재하는 다양한 관계에 관한 사례 중에서
도 1990년 6월 25일 자 서신의 경우는 독특하다. 동일 날짜가 적
혀져 있는 서신은 모두 세 건이 남아 있는데 그중 하나는 종결되지
못한 편지, 또 하나는 세 장에 걸쳐 쓰여졌으나 정작 부쳐지지 못
한 듯 소인이 없는 편지이며, 나머지 한 장이 소인이 찍혀 있는 편
지이다. 작성된 내용을 보았을 때 내용상 민족의 비극, 6월 25일을
맞이하여 작성된 것으로 보이는 이 세 건의 편지들의 관계는 명확
히 확인하기는 어렵지만 아마도 검열 등 감옥이라는 환경에 기인
해 다양한 이형이 생성된 것으로 추정되고 있다.

지금까지 살펴본 서신의 유통과 활용 특성에 대한 파악은 무엇보다 현재 남아 있는 다양한 편지의 형태를 식별하고 구별하는 데 기초적인 이해를 제공해 주고 있다. 한 건의 원본이 다양한 배포용 사본으로 만들어지기도 하였고 검열 등 외부의 영향에 의해 남겨져 있는 원본 서신 간에도 다양한 관계가 존재하고 있었다. 이처럼 옥중서신은 다양한 이형을 갖고 있고 또한 독특한 사본의 생성과 유통 과정을 갖고 있으며, 이에 관한 이해 없이 남겨져 있는 사본과 필사본을 이해하기는 어렵다. 이러한 특징들은 옥중서신의 원본과 다양하게 존재하고 있는 사본의 존재와 그 이유를 파악하는 데 결정적이다.

4) 작성 매체로서 봉함엽서

문익환의 옥중서신은 봉함엽서에 쓰여졌다. 봉함엽서란 우편엽서의 하나로 사연을 적은 쪽을 보이지 않게 겹쳐서 접으면 크기가 보통 엽서와 같아지며 편지처럼 봉할 수 있다.* 문익환이 1970년대 보냈던 우편도령**이 그려진 봉함엽서의 경우 펼치면 가로 19센티, 세로 30센티의 크기로 그는 엽서의 주소를 쓰는 부분을 제외하고

---

* 출처. [네이버 국어사전]. 한편, 1952년 5월 10일부터 발행을 시작하였던 봉함엽서는 '우정사업본부고시 제2007-22호'에 따라 2007년 9월 3일부로 폐지되어서 이제는 과거의 역사로 남겨져 있다.
** 봉함엽서에 들어 있는 우표 디자인으로 도령의 모습이 그려져 있다.

는 거의 모든 면에 빼곡하게 소식을 담아 보내고는 했다. 그가 쓴 봉함엽서가 앞뒤 빈칸 없이 깨알 같은 글씨로 내용이 채워질 수밖에 없었던 것은 수용자에게 허용된 서신 발송의 횟수가 엄격하게 제한되어 있었기 때문이었다. 이를 두고 문익환의 평전을 썼던 김형수는 "단 한 번의 기회에 좀 더 많은 사연을 담고 싶어 그의 글씨는 알아보기 힘들 만큼 작아졌다"라고 적고 있다.

한 달에 봉함엽서 한 장만 보낼 수 있던 시절의 엽서에는 상당히 많은 분량의 내용이 담겨 있다. 그가 처음으로 감옥에 수감되었을 때 작성했던 1977년 10월 14일 자 옥중서신(《그림 4》)도 이렇게 앞뒷면에 빼곡히 적어 보낸 편지 중의 하나이다. 이 편지에는 통일에 대한 의구심과 열망을 담아 지은 「꿈을 비는 마음」이라는 시가 담겨 있는데 하나의 엽서에 담긴 글자가 총 3412자로 이는 원고지로 26.8장에 해당된다. 엄격한 통제 속에서 하고 싶은 이야기들을 머릿속으로 되새겨 가며 겨우 봉함엽서 한 장에 담아내야 했던 간절함은 A4 한 장 남짓한 크기의 엽서에 이 많은 양의 글을 담게 했다. 허락된 지면이 제한된 탓에 봉함엽서 속에서는 띄어쓰기조차 쉽지 않았는데 그가 감옥에서 썼던 시들은 이를 극복하기 위해 띄어쓰기 대신에 '슬래시'를 사용하고 있다.

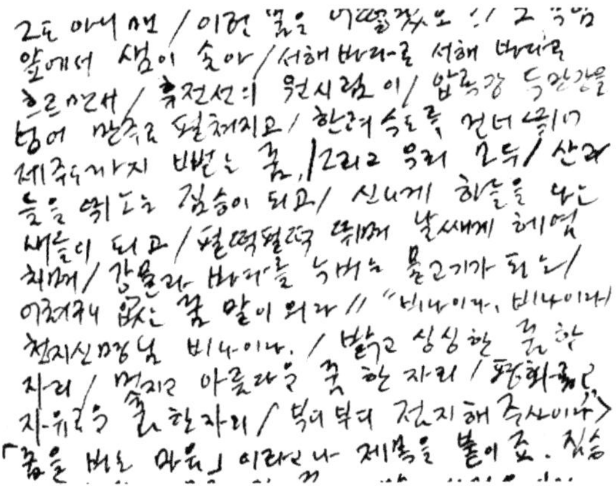

그도 아니면 / 이런 꿈은 어떻겠소 !! 그 [illegible]
앞에서 샘이 솟아 / 서해 바다로 서해 바다로
흐르면서 / 휴전선의 원시림이 / 압록강 두만강을
넘어 만주로 펼쳐지고 / 한려수도를 건너 멀리
제주도까지 뻗는 꿈, / 그리고 우리 모두 / 산과
들을 뛰노는 짐승이 되고 / 신나게 하늘을 나는
새들이 되고 / 펄떡펄떡 뛰며 날쌔게 헤엄
치며 / 강물과 바다를 누비는 물고기가 되는 /
어처구니 없는 꿈 말이외다 // "비나이다, 비나이다
천지신명님 비나이다. / 밝고 싱싱한 꿈 한
자리 / 멋지고 아름다운 꿈 한 자리 / 평화롭고
자유로운 꿈 한자리 / 부디부디 점지해 주사이다>
「꿈을 비는 마음」이라고나 제목을 붙이죠. 짐승

<그림 4> 1977. 10. 14. 옥중서신 중 시, 「꿈을 비는 마음」 일부

출처: 사단법인 통일의 집

특히 초반에 쓰여진 옥중서신들은 상황적 요인에 의해 봉함엽서 한 장에 깨알 같은 손글씨로 작성되었는데 앞뒷면 빈틈없이 작성되다 보니 흐름을 찾기 어렵기도 하고 읽기 자체도 쉽지 않다. 이런 특징은 감옥 후반기로 가면서 차츰 완화되었다. 당국으로부터 집필 허가를 받으면서 문익환은 감옥 내에서 제한적이지만 글쓰기를 할 수 있었고 시상이 떠오르면 노트에 적어놓을 수 있었다. 또한 한 달에 한 번 보낼 수 있었던 편지는 그 숫자도 점차 증가했는데 다섯 번째와 여섯 번째 구속되었을 때 감옥에서 문익환은 무려 500여 통이 넘는 편지를 보냈다. 한편, 봉함엽서의 양식은 시간이 흘러 1990년대 들어서면서 변화하였는데 위에서 아래로 따라가며 쓸 수 있게 바뀌게 되면서 네 귀퉁이를 찾아가며 읽어야 했던 사연도 보다 읽기 편하게 되었다(〈그림 5〉 참조).

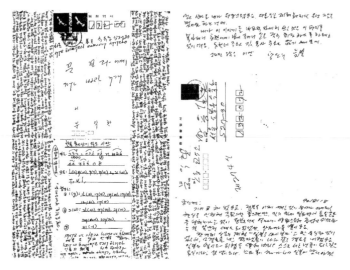

<그림 5> 봉함엽서의 양식 변화 (왼쪽: 1982. 5. 2, 오른쪽: 1992. 8. 18)

출처: 사단법인 통일의 집

4. 옥중서신의 온라인 서비스

1) 활용 현황과 시사점

문익환이 감옥에서 썼던 서신은 해당 기간 중 문익환의 삶과 생각을 보여주는 유일하며 대표적인 기록이다. 지금까지 옥중서신의 활용은 제공 주체에 따라 크게 둘로 나뉘는데 문익환 가족과 기념사업을 주관했던 주체들은 다양한 간행물을 편찬하는 방식을 주로 사용했다. 그러다가 민주화운동기념사업회 사료관의 지원으로 디지털화 사업이 진행되었고 그 결과물을 중심으로 사료관이 온라인 아카이브인 '오픈 아카이브'를 통해 옥중서신의 원문 서비스를 제공하고 있다.*

먼저 옥중서신은 문익환 생전부터 단행본으로 간행되거나 다양한 잡지 등 지면을 통해서도 널리 소개되었다. 이는 문익환 목사 사후 간행된 『문익환 전집』에도 비중 있게 포함되었는데 전집 중 옥중 서신이 세 권이고 회고록 형식으로 기술된 편지와 기세춘 선생에게 보냈던 편지들을 묶어서 통일과 신학 주제 부분에 싣고 있다(〈표 3〉 참조).** 또한 옥중서신은 일본어로 번역***되기도 하였고 다양한 간행물은 옥중서신을 대중적으로 알리는 데 큰 기여를 하였다.

『문익환 전집』			단행본	비고
5권	통일 3	2부	『통일3』	회고록 형식으로 기술
7권	옥중서신 1	1부	『꿈이 오는 새벽녘』(1984)	
		2부	『통일을 비는 마음』(1989)	어머니, 아들딸, 며느리, 손자에게 보내는 편지

---

* 민주화운동기념사업회 사료관의 온라인 아카이브 서비스.

** 문익환 전집은 사계절출판사에서 총 12권으로 간행되었다. 그중 『통일3』에 실린 옥중서신 내용은 문익환이 회고록 형식으로 기술한 것으로 당국에 압수되었다가 출옥 시 갖고 나온 것(1992. 2. 12-4. 21)이다. 하지만 전집에 내용이 실린 것 외에 원본의 소재가 확인되지 못하고 있다.

*** 일본의 주부들이 취미활동으로 한국어를 공부하면서 번역 대상물로 선정한 '가장 주목되는 한국어 텍스트'가 '문익환과 박용길의 편지'였다(김형수 2018).

8권	옥중서신 2	1부	『통일을 비는 마음』(1989)	아내에게 보내는 편지
		2부	『하나가 되는 것은 더욱 커지는 것입니다』(1991)	
9권	옥중서신 3	1부	『목메는 강산 가슴에 곱게 수놓으며』(1994)	
		2부	『더욱 젊게』(1994)	
11권	신학2			기세춘 선생에게 보내는 편지

<표 3> 『문익환 전집』 중 옥중서신 수록 현황

    하지만 활발했던 옥중서신 간행 활동에 비하면 옥중서신의 관리와 보존의 문제는 주목받지 못했다. 대표적인 문제들은 다음과 같았다. 우선, 다양한 간행물은 계속적으로 생산되었지만 어디까지나 원사료의 일부를 다루고 있을 뿐이며 편집자에 의해 재구성된 것일 뿐이었다. 예를 들어 1979년 10월 14일 자 「꿈을 비는 마음」이 실려 있는 서신의 경우 총 3412자(원고지 약 26.8장 분량) 중 836글자(원고지 약 5.7장) 분량의 서신 내용이 간행본에는 누락되어 있다. 이러한 사실은 원사료에 대한 직접적인 접근이 이어지는 것을 불가피하게 하였다. 책을 간행하면서 편지들은 각종 작업을 위해 보존 상자의 질서를 벗어나게 되고 이는 또 다른 문제를 발생시켰다. 특히, 간행 작업의 와중에 원사료의 관리와 통제가 제대로 이루어지지 않을 경우 원사료에 대한 훼손과 유실의 위험을 초래할 수 있다는 점에 주목이 필요하다. 실제로 문익환 옥중서신 중의 일부는 유

실되어 소재를 파악할 수 없다. 또한 편지들은 생산된 지 오랜 시간이 흘러 이미 노후화로 인해 곰팡이가 피거나 청색화가 진행된 것들, 부분적으로 구겨지고 훼손된 부분들이 발생하고 있다. 이러한 상황들은 활용의 요구를 지원하면서 장기적인 보존 대책의 마련이 시급하다는 점을 보여주고 있다.

한편, 민주화운동기념사업회 사료관에서는 '오픈 아카이브'를 통해 옥중서신의 목록과 디지털화된 사본을 온라인으로 서비스하고 있다. 하지만 기본적으로 기증자 박용길을 출처로 옥중서신을 건별로 관리하면서 통합검색을 통해 건별로 검색하도록 하고 있어 옥중서신이 가진 집합적 맥락이 제대로 제공되지 못하고 있다.* '오픈 아카이브'를 통해 이용자는 건별로 수신자와 발신자 그리고 간단한 배경 설명과 함께 직접 서신 이미지를 제공받을 수 있지만 정작 이용자들은 해당 편지 건에 관한 정보 및 내용만을 읽고 편지의 의미를 제대로 이해하기는 어렵다.** 다음의 〈그림 6〉은 '오픈 아카이브' 통합검색에서 문익환 옥중서신을 키워드로 검색한 결과

---

* 문익환 옥중서신은 민주화운동기념사업회 사료관에 기증된 것은 아니며 위탁관리 상태이나 시스템 기능 미비 등의 이유로 웹상에서 기증된 사료와 동일하게 표시되고 있다.

** 이와 관련해서는 민주화운동기념사업회 사료관의 분류 체계에 관한 이해가 필요하다. 사료관의 경우 출범 초기부터 기록물 출처의 복잡성과 특성을 고려하여 민주화운동기록물이 생산된 역사적 특성과 맥락을 고려한 범주를 설정하고 그에 따른 최상위 관리 그룹을 적용하였다(전명혁 2004, p.193-194). 이때 사용한 범주의 원칙은 주제적 접근보다는 현존했던 운동단체(출처)에 근거한 아래로부터의 귀납적 관점에서 시도된 것이었는데 이를 통해 출처에 따른 정리의 원칙을 존중하고 있다(전명혁 2003, p.73-74). 이에 따라 옥중서신은 위탁 출처인 박용길을 중심으로 날짜 건별로 관리되고 있는 것이다.

로 키워드 검색창에 '문익환 옥중서신'을 넣어 검색하면 키워드가 포함된 다양한 유형의 결괏값이 약 709건 검색되어 나온다.*

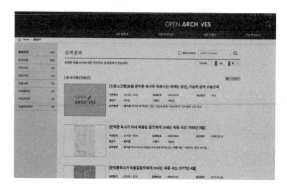

<그림 6> '오픈 아카이브'의 옥중서신 서비스 화면

또한 옥중서신의 경우 필사본 사료로서 이용자가 직접 읽기가 쉽지 않다는 점도 큰 문제가 되고 있다.** 결정적으로 대부분의 이용자는 엄중한 감시 속에서 빈틈없이 깨알 같은 손글씨로 썼던 봉함엽서를 제대로 읽기 어렵다. 이러한 가독성의 문제는 '오픈 아카

---

* 그중 문서 사료가 708건, 사료 콘텐츠가 1건이다. 검색일자: 2020. 9. 2., http://archives.kdemo.or.kr

** '오픈 아카이브' 서비스는 이용자를 위해 주요 사건이나 시기별 분류를 상위에 두고 아래 해당 건을 구성하여 이용자 친화적인 분류 방식과 정보를 제공하고 있지만 옥중서신의 경우는 이에 해당하지 않고 대부분이 건별로만 접근될 뿐이다. 사료 컬렉션이라고 부르는 이 분류 체계는 7개의 대표적 사건으로 중분류되어 있으며 개별 사료가 이 분류 체계에 매칭되어 있다. 옥중서신 중 몇 개의 건은 사료 컬렉션이라고 부르는 분류에 포함되어 있긴 하지만 기본적으로 사료 컬렉션에 의한 접근은 지원되지 않는다. 이 외에 사료관에서는 소장 기록 건을 묶어서 '발행'하는 콘텐츠를 통해서 시의성 있는 서신을 소개한 사례가 있다. 검색일자: 2020. 9. 10., https://archives.kdemo.or.kr/contents/view/334, 「문익환 목사와 한글날」

이브'가 쉽고 빠르게 디지털화된 편지를 보여줌에도 불구하고 정작 이용자가 내용을 읽고 그것이 갖는 의미와 가치를 미처 깨닫기도 전에 기록물에 대한 이용자의 흥미를 잃게 만드는 요인이 될 수 있다.

다음 〈그림 7〉은 1977년 10월 14일 자 「꿈을 비는 마음」이 적혀 있는 옥중서신의 건별 정보를 보여주고 있다.* 이 건별 정보는 서신의 생산자, 생산일자, 형태, 분량, 기증자, 등록번호 그리고 설명을 제시하고 있다. 이 중에서 설명 항목에 서술된 '불신앙을 이기기 위해 적었던 시'는 바로 문익환의 대표시 중의 하나인 '꿈을 비는 마음'이라는 시이다. 이 시는 1987년에 간행된 문익환의 시집 『꿈을 비는 마음』에 실려 있는데 이 시는 한 장의 편지에 담겨 감옥으로부터 처음 세상으로 나왔다. 이러한 관계와 맥락은 이 서신의 의미를 보여주는 데 중요한 정보이지만 현재의 서비스를 통해서는 짐작하기 어렵다.

| 사료정보

생산자 : 문익환	구분 : 문서
생산일자 : 1977.10.14	분량 : 2 페이지
형태 : 문서류	등록번호 : 00826759
기증자 : 박용길	

설명 : 문익환목사가 박용길상보에게 전주 교도소에서 보내는 서신으로 민주원칙으로 동일해야 한다는 의지를 표하고 불신앙을 이기기 위한 시를 적음

〈그림 7〉 '오픈 아카이브'에서 1977년 10월 14일 자 옥중서신 건별 정보

---

* 검색일자: 2020. 9. 2., https://archives.kdemo.or.kr/isad/view/00826759

또한, 구체적인 서신 내용과 작성 날짜를 알고 검색한 이용자라도 쉽게 서신 이미지를 찾을 순 있겠지만 정작 읽기가 어렵다면 서비스의 실효는 떨어질 수밖에 없을 것이다. 현재의 이러한 옥중서신 활용 상황은 아날로그 편지의 디지털화 서비스가 건별 접근 제공과 디지털화된 이미지 제공만으로 어떤 한계를 가질 수 있는지를 보여준다.

2) 온라인 서비스의 과제

이러한 옥중서신의 특징과 활용 현황을 고려하였을 때 옥중서신의 온라인 서비스의 과제는 크게 원사료관리 체계 강화와 서신 특성에 기반한 활용 전략 마련의 두 가지 측면에서 설정될 수 있다.

먼저, 옥중서신의 활용도 중요하나 실물로 존재하는 원사료의 관리와 통제도 그에 못지않게 중요하며 활용을 대비한 사료관리의 강화가 필요하다. 그간 다양한 옥중서신 간행물이 나왔지만 여전히 원사료를 직접 열람해야 하는 상황은 계속되고 있다. 무엇보다 이용자는 가공된 결과물뿐 아니라 원사료를 직접 이용하고자 하는 요구도 크다. 따라서 이러한 이용자의 요구를 지원하기 위한 대안이 시급하다. 옥중서신을 소장하고 있는 사단법인 통일의 집의 경우 오랜 기간 기록관리 인력이 부재하였고 소장사료의 1차적인 정리도 답보상태에 머물러 있다. 이로 인해 옥중서신도 부분적으로 소재가 파악되지 않는 것들이 다수 존재한다. 지금부터라도 원사료의 관리와 보존을 위해 소장목록과 실물관리가 안정적으로 이루어지고 이를 기반으로 풍부한 활용과 접근의 토대를 마련할 필요가 있다.

두 번째로 옥중서신이 갖고 있는 집합성에 근거한 정리와 기술체계의 보강이 필요하며 서신의 특성이 반영된 목록 및 검색도구가 개발되어야 할 것이다. 옥중서신이 갖고 있는 집합성, 세부 수신자의 존재, 서신의 다양한 이형, 재생산과 유통 과정의 특징, 그리고 봉함엽서가 갖는 매체적 특징 등은 옥중서신의 생산과 잔존 현황을 이해하기 위한 기본적인 배경이 되어준다. 또한 생산자 문익환에 관한 정보를 비롯해 그가 감옥에 수감된 배경과 사건들, 검열을 피하기 위해 사용했던 약어, 관련된 인물이나 단체 등에 관한 정보도 서신을 이해하는 데 귀중한 정보가 된다. 다행히 통일의 집에는 소장기록의 내용과 맥락을 파악하고 있는 가족 등 내부 이용자들이 존재하고 있어 한시라도 빨리 이러한 지식들이 소장기록 정리에 체계적으로 반영되도록 함으로써 후대로 이전될 수 있도록 해야 할 것이다.

세 번째로 옥중서신의 노후화에 대비한 장기보존 대책이 필요하다. 우선적으로 노후화가 이미 진행 중인 편지 원본에 대해 장기적인 보존에 대비해 보존용품 교체, 탈산 등 물리적인 보존 조치들을 서두를 필요가 있다. 아울러 원본 사료에의 잦은 접근은 훼손과 유실의 위험을 안고 있기 때문에 우선적으로 서신 전체를 대상으로 디지털 대체 사본을 완성하고 활용 시 원본 대신에 대체 사본을 통한 활용을 적극 권장해야 할 것이다.*

네 번째로 제한된 공간에 깨알같이 쓰여진 글씨로 인해 현저하게 떨어져 있는 가독성을 확보하기 위한 방안이 절실하다. '오픈 아카이브'의 서비스 사례를 보면, 이미지를 제공하는 것만으로 서비스가 실효를 갖기 어렵다는 점을 알 수 있으며 이미지 자체의 가독성에 관한 준비가 필요하다. 특히 개인의 필체 등 가독성을 낮추는 원인을 극복하기 위해서는 문익환의 글씨체를 잘 읽어낼 수 있는 통일의 집 내부 인력들을 통해 내용의 텍스트화 등 가독성 확보를 위한 사전 준비 작업을 진행할 필요가 있다.

마지막으로 이용자가 옥중서신을 잘 찾고 이해할 수 있도록 쉽고 편리한 온라인 활용 체계를 확보해야 한다. 이를 위해서는 이용자를 염두에 두고 서신과 관련된 주제, 인물, 장소, 사건 등 다양하고 친숙한 접근점을 제공할 수 있는 준비가 필요하다. 이와 관련하여 서신 내용의 텍스트화를 선행한다면 데이터화된 서신을 토대로 좀 더 다양한 의미 기반의 서비스를 제공할 수 있을 것이다.

---

* 현재 '오픈 아카이브'를 통해 온라인으로 제공되고 있는 편지들은 민주화운동기념사업회 사료관에서 기 수행된 디지털화 사업의 결과물로 그중 약 20퍼센트 정도는 이미지가 미구축된 상태였다. 하지만 이 글이 쓰여지는 과정 중에 통일의 집에서는 자체적으로 나머지 서신에 대한 스캔 작업을 진행하였다.

5. 맺음말

오래된 서신은 서신 자체와 남겨진 기록들만으로는 충분히 그 맥락을 파악하기 어렵다. 많은 매뉴스크립트 기관은 인프라의 부족에 허덕이며 그 와중에 관리와 보존을 위한 이력을 파악하고 잘 유지하는 것은 불가능에 가깝다. 이런 이유로 최후의 보루가 되어 줄 것은 결국은 사람의 기억일 뿐인 그런 상황을 아주 쉽게 만날 수 있다. 본 연구 과정에서도 옥중서신 및 관련된 다양한 문헌 자료를 조사, 분석하였으나 무엇보다 옥중서신의 생산과 유통 과정에 관여했던 가족들의 도움을 통해 옥중서신을 입체적으로 이해할 수 있었다. 따라서 언제라도 사라질 수 있는 맥락을 확보하는 활동은 시급하고 우선적이며 이와 함께 기록관리 체계가 확보되어야 애써 파악된 맥락을 토대로 의미 있는 시도가 진전될 수 있다.

문익환의 옥중서신은 통일의 집이 보유하고 있는 중요한 컬렉션 중의 하나이다. 그중에서 옥중서신과 직접적으로 관련될 수 있는 것들만 살펴보자면 우선 부인인 박용길 장로가 옥중으로 보냈던 "당신께"로 시작되는 3000여 통의 편지가 있다. 이 편지들은 통일의 집이 소중하게 보관하고 있지만 아직까지 전수조사조차 이루어지지 못한 상태이다.* 그 외에도 두 분이 각기 혹은 함께 받았던 다

---

* 작년에 통일의 집에서는 서울시에서 지원하는 민간단체 미래유산 사업에 선정되면서 박용길의 편지를 선별하여 편지집을 간행하였다(문익환 통일의 집 2019).

양한 개인과 단체 들이 쓴 편지가 보관되어 있다. 편지 형태 말고도 문익환의 옥중서신은 관련된 공적, 사적 영역의 기록들을 갖고 있다. 대표적으로 공적 영역에서 생산된 재판 기록, 수용 기록과 함께 연결된다면 동일한 상황 속에서 개인의 관점을 넘어서 다양한 해석과 확장이 가능하다. 재판 기록 속에 나타나 있는 피고인 문익환의 모습과 문익환이 쓴 편지 속의 재판에 관한 개인적 심경과 견해는 서로 보완의 가치를 가질 수 있을 것이다.

문익환 옥중서신에 적합한 온라인 아카이브 서비스를 제공하는 것은 서신의 가치를 발굴하고 이에 기반하여 이용자에게 아카이브의 효용성을 높이기 위한 노력이다. 왜 이 사료를 보존할 필요가 있는지, 사료의 장기적 보존과 서비스라는 비용을 감당할 타당한 이유를 보여주기 위한 노력은 아카이브의 가장 중요한 일이다. 이에 이 연구를 통해 온라인 서비스를 제공할 만한 대상으로서 옥중서신이 갖는 가치와 기록관리 대상으로서의 특성을 고찰해 보고자 하였다. 연구가 진행되는 과정 중에 이미 통일의 집에서는 이 연구에서 제안한 서비스의 과제들을 구현하기 위한 작업이 한창이다. 특히 서비스에 있어 핵심인 편지의 텍스트화 작업도 상당한 진척을 이루고 있어 이러한 서비스의 구현과 관련된 구체적인 내용들은 후속 연구를 통해 다루어보고자 한다.

생명의 바다에 통일배 띄우고*
― 문익환의 시세계

김기석(목사, 문학평론가)

나는 통일을 너무 쉽게 말하는가

나는 하느님을 너무 쉽게 믿는가

나는 역사를 너무 쉽게 사는가

나는 시를 너무 쉽게 쓰는가

나는 원수를 너무 쉽게 사랑하는가

아침이고 저녁이고 숨이야 쉬듯이

밤만 되면 깊은 잠에 떨어져 코라도 골듯이

―「나는-1」(5:166)

---

* 《신학사상》 85, 1994, p.61-79.

1. 시의 유혹

한 사람의 독자로서 문익환 목사의 시를 읽으려면 먼저 깊이 심호흡을 할 일이다. 그것은 문익환의 시가 암호처럼 난해해 오독의 가능성을 안고 있기 때문은 아니다. 난해시들은 오히려 평자들에게 대결의 전의를 가다듬게 하는 경우도 있다. 그러나 문익환의 시 세계는 명징(明澄)하다. 숨기는 것도 없고, 문학적인 뒤틀기도 눈에 띄지 않는다. 자기 자신에 대한 조그만큼의 가식(假飾)도 분식(粉飾)도 없이 심상에 비추인 진실을 오롯이 드러낼 뿐이다. 헤집어 보아야 아무것도 건져 올릴 것이 없다. 독자들 앞에 그의 시는 어떻게 살 것인가를 묻는 물음표로 나타난다. 게다가 역사는 말하는 게 아니라 사는 거라고 믿으며, 온몸으로 역사를 살았던, 또는 시(詩)를 살았던 그의 치열했던 삶까지 떠올리고 보면 문익환의 시세계를 헤쳐 나가야 할 평자의 무딘 칼날은 지레 주눅이 들고 마는 것이다. 그러나 한 거인의 흔적을 '시'라는 열려진 통로를 통해 추적하는 일은 행복한 일이 아닌가? 무딘 칼날이 아무것도 베지 못할 몽둥이로 판명된다 할지라도, 실패를 예감하면서 나는 그의 호흡에 나의 호흡을 조율하기로 작정한다.

문익환은 목사이다. 당연한 말이다. 문익환이라는 이름과 '목사'라는 직함 사이에는 틈이 없다. 십자가의 길을 걸어간 그의 삶의 증거이다. 문익환은 시인이다. 당연한가? 당연하다. 그는 생전에

『새삼스런 하루』(1973),『꿈을 비는 마음』(1978),『난 뒤로 물러설 자리가 없어요』(1984),『한 하늘 두 하늘』(1989),『옥중일기』(1991) 등 다섯 권의 시집을 냈다. 누가 시인인가? 시인은 시를 통해 세상을 읽고, 세상을 꿈꾸고, 세상을 아파하는 사람이라고 말할 수 있다면 그는 누가 뭐래도 시인이다.

그렇다면 문익환을 추동해 시에 복무시킨 그 운명적 힘은 무엇인가? 문익환은 자신이 시에 관심을 갖게 된 것은 1968년 구약성서 번역의 책임을 맡은 후부터라고 말한다. 시가 거의 40퍼센트를 차지하는 구약성서를 훌륭하게 옮기겠다는 일념으로 시작한 시 공부가 급기야는 자신을 시인의 운명 속으로 끌어들이는 계기가 되었다는 것이다(1:95-96). 그러나 정작 이미 오십 줄에 접어들었던 문익환을 시작(詩作)의 길로 유혹한 보다 내밀한 동기가 있다. "모든 욕망은 타자에 의해 매개되고 촉발된 욕망"이라는, 즉 욕망의 주체와 대상 사이에는 그 대상을 욕망하게 한 타자가 숨어 있다는 르네 지라르의 눈으로 볼 때(8:29), 시인이 되려 한 문익환의 내밀한 욕망을 매개한 '타자'는 민족과 겨레 앞에 스물여덟 살의 영원한 젊은 이로 남아 있는 어릴 적 친구 윤동주이다. 그 욕망은 선망(羨望)의 다른 이름이다. 마지막 시집인 『옥중일기』 책머리에 윤동주를 그리며 편지 형태로 쓴 글은 문익환의 선망을 가감없이 드러내 보이고 있다. 그 일부를 읽어보자.

동주 형!

형은 시집 한 권 남기고 갔는데, 난 다섯 번째 시집을 내게 되었군요. 꼭 죄를 얻은 것 같은 심정이군요.

나같이 평범한 시인도 감옥에 들어오면 시가 쏟아져 나오는데, 형같이 타고난 시인이 후쿠오카 형무소에서 억울한 죽음을 날마다 숨 쉬며 얼마나 절절한 시들을 짓썹었을까? 그 시들이 살아 나왔으면 형의 '하늘과 바람과 별과 시'는 습작에 지나지 않은 것이 되었을 텐데. 그 절절한 시들이 화장터의 연기로 사라져 간 걸 생각하면, 난 죽고만 싶은 심정이 된다오.

문익환의 욕망은 화장터의 연기로 사라져 간 윤동주의 시를 언어의 촉수로 더듬어 보는 것이다. 출발은 지기(知己)에 대한 막연한 선망이었지만 윤동주의 시심에 지펴 오늘 여기에서 윤동주를 되살리는 것이 시인 문익환의 욕망이다. 윤동주는 문익환의 시세계를 두루 꿰뚫어 보고 있는 두려운 눈이 되고 있다. 시인으로서의 문익환은 윤동주라는 맑은 눈을 가진 비평가의 시선을 항상 의식하고 살아왔다는 말이다.

그런데 어쩌자고 문익환은 현대사라는 뻘밭 위에 허위단심으로 기어가면서도 시인이기를 포기하지 않았는가? 이 물음에 대한 답은 시를 분석해 가는 과정에서 저절로 밝혀지겠지만 성급한 대로 말하자면 시는 문익환의 '꿈꾸기'이고, '숨쉬기'이고, '기도'이고, 하늘을 향한 '아우성'이다.

2. 맑은 시심(詩心)과 천진한 서정성

문익환의 시에서 돋보이는 것은 서정성이다. 역사를 사상(捨象)하고 심상에 비친 외부 세계를 조촐하게 그려낸 초기 시로부터, 역사의 한복판에서 치열한 난전을 거듭하여 얻은 후기 시에 이르기까지, 그의 시를 단단하게 떠받치고 있는 것은 서정성이다. 반드시 좋은 시(하지만 어떤 것이 좋은 시인가?)라고 말할 수는 없지만 초기 시 가운데 임의로 선택한 시 한 편을 읽어보자.

다독거리는 손끝에 햇순 만져지듯

늦봄 아지랭이에 노고지리 목청 풀리듯

처마 끝 풍경 소리에 달빛 부서지듯

따다 남은 사과 볼에 구름 자락 스치듯

아—
지는 해 바다 울리듯
―「고운 울림－2」(1:23)

문익환의 초기 시는 대상을 관조하는 서정적 자아의 천진성이 두드러진다. 인용한 시를 보더라도 '손끝, 햇순', '늦봄 아지랭이, '노고지리 목청', '풍경 소리, 달빛', '사과 볼, 구름 자락' 등의 현란한 비유어들이 "아ー" 하는 감탄사의 부추김을 받아 "지는 해 바다 울리듯"이라는 결구를 부둥켜안는다. 나이가 서정성의 걸림돌은 아니라 하더라도 이미 오십이 넘은 시인의 언어치고는 너무나 맑지 않은가? 이런 맑음을 감성의 과잉으로 매도하는 것은 온당한 태도가 아니다. 뒤늦게 시심(詩心)의 세례를 받은 한 시인의 새로운 '세상 읽기'로 보아야 할 것이다. 시의 화자가 시의 창을 통해 내다본 세상은 너무도 새로운 세상이 아닌가? 늦둥이 시인에게 세상은 암호로 가득 차 있는 비의(秘義)의 세계이다. 시인은 베일을 들추고 오래전부터 거기에 있는 '뜻'을 찾아낸다. 찾아낸 그 '뜻'이 '아ー' 하는 감탄사를 자아내고 시의 화자는 그것을 표현하고 싶은 욕망을 느낀다. 그렇다고 그 욕망을 남김없이 드러낼 수는 없다. 그렇다면 '울림'이 사라지기 때문이다. 문익환은 그 미세한 울림을 위해 배려를 게을리하지 않는다. 인용한 시를 보더라도 '…듯'과 같은 비유법 뒤에 숨겨져 있는 서정적 자아의 울림이 시의 맛을 내고 있다. 그러나 첫 시집에 수록된 시 가운데 시적 완성도가 높다고 볼 수 있는 시는 그다지 눈에 띄지 않는다. 대부분의 시들은 시적 대상물에 대한 묘사에 치중하거나, 심상의 드러냄에 그치고 있다. 개인적 서정의 한계라 할 것이다.

역사가 사상된 서정성, 혹은 개인의 감성에 바탕을 둔 천진성은 부등깃처럼 위태롭다. 아니, 그것은 어쩌면 진정한 의미의 서정성이라고 말할 수 없을지도 모르겠다. 서정성의 베일 뒤에 인간의 잔인성, 편협성, 비굴함을 숨겨둔 경우가 얼마나 많은가? 진정한 서정적 영혼은 가공(架空)의 세계에 안주하는 사람이 아니라 부동(浮動)하는 현실과 사물의 근저를 꿰뚫어 보는 눈을 가진 사람이다. 현실의 칼바람 앞에서도 눈을 감지 않는 영혼에게 열리는 보편적 세계가 '건강한 서정성'이다. 김인환은 시의 운명적 자리를 이렇게 말한다.

시는 어렴풋한 꿈속에 있는 것이 아니라 현실 속에 있는 것이다. 그러나 타성적이고 관습적인 현실이 아니라 인간이 자신의 내부에서 진실하게 경험하는 현실 속에 있다. 시가 제아무리 드높은 것이라 할지라도 그것의 최종적인 존재 이유는 대지를 세계로 변형하는 데, 다시 말하면 지상에 살고 있는 인간의 생존 조건을 심화시키는 데 있을 것이다. 사물과 인간이 깃들이고 있는 장소의 의미를 찾아냄으로써만 시는 날것 그대로의 사실이 의미의 영역으로 옮겨지는 진정성을 구축할 수 있다. 현실의 지형학을 외면할 때 시는 일종의 고급 수사학 연습으로 타락한다. 시에서는 현실을 초월하려고 꿈꾸는 일이 사물의 본질에 침투하려고 꿈꾸는 일과 동일한 행동이 된다(9:167-168).

시의 세계는 호메로스가 '오디세이'에서 그린 것처럼 폭풍우도 불지 않고 구름도 없는 '아이테르'(에테르)의 세계가 아니다. 시의 세계는 현실 세계이다. 난폭하고 부패한 세상, 일상화된 정치적 억압과 지배 속에서 거짓과 왜곡에 길들여진 사람들이 자기분열을 경험하면서 그 심리적 보상을 위해 물질주의에 탐닉하는 이 산문의 시대(시적 리듬과 꿈을 저당 잡히고 현실의 덫에 치인 채 살 수밖에 없다는 의미에서)에 시인은 무엇을 꿈꾸고 노래할 수 있는가? 또 무엇을 노래해야 하는가? 자연을 찬탄하고 세계의 비의를 드러내는 것은 시인들이 양보할 수 없는 특권이자 의무이지만, 그것이 현실의 괴로움을 망각하도록 가공의 현실을 제공할 뿐 현실을 직시하고 변화를 꿈꾸도록 하지 않는다면, 현실 정합성을 잃어버린 종교가 그러하듯 시는 '아편'에 지나지 않을 것이다.

3. 문지방을 넘어서

1970년대의 엄혹한 현실은 하느님에의 헌신이라는 또 다른 욕망에 사로잡혀 있던 문익환의 의식 세계에 불어온 폭풍우였다. 독재 정권에 의해 자행된 인권유린과 폭력의 현실 속에서 문익환은 자연과 인생의 아름다움만을 노래할 수는 없었다. 그의 시 속에 고통과 아픔이 배어들기 시작했다. 역사의 부름에 선뜻 응답하지는 못하지만 괴로움조차 없는 것은 아니다. "머리 위로 쏟아지는 별들의 / 함성 / 말이 될 리 없어 / 식은땀만 흘리며 섰는 / 벙어리 / 아득한 연륜"(1:80-81). 경계선상에 서서 벙어리처럼 식은땀만 흘리고 있는 시의 화자의 모습이 보이지 않는가?

문익환이 문지방을 넘어 역사의 한복판에 뛰어들게 된 계기는 너무나 예기치 않게 찾아왔다. 절친한 벗 장준하의 느닷없는 죽음이 그것이었다. 그의 죽음을 문익환은 하느님의 부름으로 이해한 듯하다. 하느님이 손짓하여 부르는 십자가의 길 끝에는 감옥이 기다리고 있었다. 그런데 감옥생활은 시의 창을 통해 세상의 숨은 뜻을 읽는 데서 출발한 문익환의 시세계에 놋주발처럼 쨍쨍한 땅의 서정을 제공했다. 버리면 얻는다 했던가.

부서진 번개 불
까맣게 속이 타는 빛의 씨알들
처럼

왜 자꾸만
기도가 하늘에서 쏟아질까
이 작은 방에

쓰리고 아픈 눈물에 젖은 기도들이

뼈 마디마디 울리는 기도들이

하늘도 되돌려주는 기도들이

이젠 세상으로 흩어질밖에 없어라

어두워 오는 하늘 아래

파아란 횃불로 타오르려고

—「301호실」(2:12)

놀랍지 않은가? 기도가 하늘에서 쏟아지다니. 우리가 하늘로 날리는 기도가 빛의 씨알이 되어 이제 우리에게로 되돌아오고 있다. 어두워 오는 하늘 아래 파란 횃불로 타오르려고. 땅과 하늘의 뒤바뀜이다. 아니, 땅과 하늘의 이원론은 극복되었다. 하늘은 땅으로 내려오고 땅은 파아란 횃불이 되어 하늘로 오른다. 전복적(顚覆的) 상상력이다. 그것이 반성적 성찰을 통한 인식의 전환인지, 계시적 깨달음인지는 알 수 없지만 전복적 상상력이야말로 문학의 우상파괴적 힘의 근거가 아닌가. 시는 꿈이다. 허망한 꿈도, 인과성에 매인 꿈도 아니고, 새로운 삶에 대한 인류의 소망에 바탕을 둔 꿈이다. 꿈은 언제나 불온하다. 꿈은 기본적인 질서를 전복하기 때문이다. 시인들은 언어를 통해 민주주의를 꿈꾸고, 민중해방을 꿈꾸고, 민족의 통일을 꿈꾼다. 그렇기에 시가 이 땅에 존재한다는 사실만으로도 이 세상은 추문거리가 된다. 문익환에게 감옥은 꿈꾸기의 막다른 골목이 아니라 꿈의 실현을 다짐하는 빛의 고향이 되고 있다. 문익환은 감옥이라는 닫힌 공간 속에서 자기 내면에 도사리고 있던 감옥을 몰아냈다. "사랑하고 애끼는 / 살붙이 피붙이 마음붙이들과 / 같이 뒹굴며 울고 웃는 자유를"(2:54) 포기함으로써 '더 큰 자유'를 얻은 것이다.

봄이야 오고 있는데
머리맡에선 물이 얼었습니다
얼마나 추우랴 걱정하지 마십시오
가슴은 이렇게 뜨겁습니다
당신 생각을 하며 글썽이는
눈물이야 얼 리 있습니까
번개로 스치는 시를 잡아
언 손가락으로 자리에 긁적이는
자유야 자랑스럽습니다

이제 일어나 얼음을 깨고 두 손을 잠가
손에서 얼음을 빼겠습니다
—「어머니-4」(3:24)

군이 분석하지 않더라도 이 시는 읽는 이의 마음속에 깊은 울림을 준다. 시의 화자가 드러내고 있는 개인적인 서정이 보편적인 울림을 획득하고 있는 것이다. 그것은 시인과 독자 사이에 교감의 통로가 열리고 있기 때문이다. 이 시는 문익환의 서정이 어떻게 몸(육체성)을 얻고 있는가를 잘 보여주고 있다. '봄, 어머니, 눈물' 등의 시어와 '얼음, 언 손가락' 등의 시어는 서로 길항하는 것이 아니라 서로를 단단하게 부둥켜안고 있다. '봄, 어머니, 눈물' 등의 시어들은 '얼음, 언 손가락' 등으로 상징되고 있는 억압적인 현실의 힘을 비신화화하는 동시에, '얼음, 언 손가락' 등의 시어에 의해 그 울림을 확장하고 있다. 이 둘 사이를 매개하고 있는 것은 '자유'이다. 감옥의 봄밤은 유난히 춥다. 머리맡에 언 얼음을 보며 시인은 오히려 자기를 염려하여 잠 못 이루실 어머니를 걱정한다. 사랑하는 이들과 같이 뒹굴며 울고 웃는 자유를 포기한 것은 시인의 자발적인 선택이었지만 그들에 대한 정리(情理)까지도 포기한 것은 아니다. 포기라니? 그들이야말로 시인이 절망과 비탄의 늪에 잠기지 않도록 버텨 준 튼튼한 거멀못이라고 해야 할 것이다. 그렇기에 어머니를 생각하면 눈물이 나는 것이다. 하지만 아들의 가슴은 뜨겁다. 더 큰 자유를 위해 많은 것을 포기한 자의 행복이다. 번개처럼 스치는 시를 붙잡아 언 손가락으로 바닥에 쓰는 자유. 여기서 우리는 자유가 미학이 될 수 있음을 본다. 그러나 자칫 갇힌 자의 자기위안에 떨어지기 쉬운 이 시에 서정적 긴장감을 부여하는 것은 얼음을 빼기 위해 얼음을 깨고 두 손을 잠그겠다는 결의이다. 손에 박힌 얼음을 빼기 위해 얼음을 깨고 그 얼음물 속에 손을 잠그겠다는 빛나는 역설. 이것은 현실에서 패배당한 자들의 옹골찬 희망이다. 여기서 도 우리는 패배한 자들의 자리(물론 궁극적인 패배는 아니다)야말로 현실을 총체적으로 전복시키는 상상력의 근원지임을 확인하게 된다. 그런데 문익환이 깨려는 얼음은 무엇인가?

문익환이 상처투성이의 손을 들어 깨려고 했던 얼음은 거칠게 말해 두 가지이다. 하나는 민주주의의 열망을 짓밟는 억압적인 힘이고, 다른 하나는 겨레의 숨통을 죄고 있는 분단의 질곡이다. 겨울 공화국(양성우의 시집 제목)의 '주민'으로서, 겨레의 한을 풀어주어야 할 '한의 사제'로서, 벼랑에 몸을 던져 길을 열어야 할 '예언자'로서, 현실을 뒤집는 전복적 상상력의 '시인'으로서 문익환의 숨소리는 가빠지기 시작한다. 그는 "겨레의 허기진 역사에 묻혀"(2:42) 죽기를 소망했고, 죽지 못한 부끄러움에 몸둘 바를 모르다가도 자기 속에서 숨 쉬고 있는 것은 다름 아닌 "흐느끼며 휘몰아치는 바람"이며, "높아 가는 겨레의 숨소리"(2:44)임을 자각하고 몸을 곧추세운다. 그러나 이처럼 겨레의 아픔에 동참하려는 것은 문익환 자신의 의지라기보다는 필연에의 순응이다. 개인의 문제는 그가 서 있는 역사의 지평 속에서 형성되기 때문이다. 그러나 역사의 지향점을 가리키고 있는 그 필연의 이름은 하느님이다.

4. 땅의 슬픔, 하느님의 슬픔

하느님의 가슴을 두드리다 말고 저는
제 가슴을 열어 보여 드렸습니다.
그럴밖에 없었습니다.
갈비뼈가 앙상하게 드러난 좁은 가슴에는
오래된 생채기가 하나 있었습니다.
만사가 깜깜하기만 하던 십 대의 소년 시절
나라 잃은 설움에
뒷산 숲속을 밤새 헤매다가
모르는 새 가시에 찢긴 자죽입니다.

문득
지난 날 가슴을 치던 절망의 메아리가 들리는가 싶더니
그 자죽이 다시 찢기며
빨간 피가 스며 나오더군요.

후—
무거운 한숨 소리와 함께 눈물 한 방울
찢긴 생채기에 떨어져 핏물 들며
살 속으로 스며들었습니다.

찡하는 새 아픔이

온몸에 번져 나갔습니다.

가는 떨림으로

하느님의 응답은 그뿐이었습니다.

　　—「함선생님」(2:52-53)

　너희를 반드시 진멸하겠다는 앗수르 왕의 편지를 여호와 앞에 펴놓고 기신(氣神) 없이 앉아 있는 히스기야(왕하 19:14)의 심정이 이런 것이었을까? 식민지 치하가 아닌데도 우리 민중들이 겪고 있는 고통은 그때와 다를 바 없다는 참담한 자각. 시인은 하느님의 가슴을 두드리다가 자신의 가슴을 열어 보인다. 언어를 매개로 하는 문학 행위나 하느님을 향한 기도나 소통을 전제로 하기는 마찬가지이다. 그러나 소통의 언어가 막혀 있을 때 침묵하는 하느님 앞에 가슴을 열어 상처 자국을 드러내 보이는 것보다 더 절절한 기도가 어디 있을까. 식민 치하의 가시밭길에서 입은 상처, 아문 줄로만 알았던 그 상처가 도져 다시 피를 흘린다. 그것은 조국 땅에서조차 자유로울 수 없고, 폭력적 억압이 확대 재생산되는 현실의 어둠이 식민 치하의 어둠과 중첩되면서 증폭된 절망의 메아리가 상처를 덧냈기 때문이다. 그 피에 눈물 한 방울 섞여 살 속으로 스며든다.

　여기서 시의 화자는 가는 떨림으로 "찡하는 새 아픔"을 느낀다.

분노도 증오도 복수심도 아니다. 아픔이다. 그러나 어떤 아픔? 시인의 솜씨가 빛나는 것은 이 대목이다. "가는 떨림으로"(마침표로 달아 두지 않았음에 유의해야 한다)라는 시구 뒤에 이어지는 연(聯)과 연 사이의 짧은 기다림, 그리고 단도직입적으로 "하느님의 응답은 그뿐이었습니다"로 마무리되는 시행(꽉 다문 입술처럼 확고부동한 마침표에 유의할 것). "찡하는 새 아픔"이 다름 아닌 하느님의 응답임을, 다시 말해 하느님의 마음임을 알았을 때 시인의 아픔은 깨어 있음의 증거가 된다. 깨어 있는 자는 하느님의 어루만지는 손길에 아픔을 느낀다. 침묵하는 하느님은 아픔을 통해 임재한다. 아픔은 이제 시인과 하느님 사이를 잇는 소통의 통로가 된다.

얼음을 깨뜨리고 나가야 할 사람의 무기가 아픔이라니? 1980년대에 리얼리즘 논쟁을 이끌었던 논객들의 입장에서 본다면, 민주화 운동의 정신적인 지주였던 문익환의 이런 시어들은 광포한 세상과의 주체적 대립을 지레 포기해 버린 채 아픔을 사유화하려는 시도로 비판받아 마땅하다. 이데올로기 과잉의 시대에 당파성을 문학적 진실의 필요조건으로 보는 사람들은 그의 시를 반리얼리즘적인(과학성을 담보하고 있지 않다는 측면에서) 시로 분류할 것이기 때문이다. 사회주의적 리얼리즘을 신봉하는 사람들에게 문학의 사명은 사람들에게 삶에 대한 올바른 지식과 태도(간단히 말하면 '계급투쟁'이다)를 깨우쳐 주고, 사람살이에 질곡이 되는 것을 개조하는 데 도움을 주는 것이다. 김형수는 "사실주의와 반사실주의의 차이는 올바른 형상화 방법과 그릇된 형상화 방법, 예술과 반예술의 차이이지 결코 개성의 차이가 아니"라고까지 말한다(10:56). 문단의 일각에서 사회주의적 리얼리즘을 금과옥조처럼 여기던 시대에 '눈물'과 '슬픔'을 말하는 문익환의 시는 자연히 논의의 장 밖으로 밀려날 수밖에 없었다.

하지만 문익환에게 '아픔'은 결코 개인적 애상이 아니다. '아픔'은, 또 거기서 유래된 '슬픔'은 하느님의 마음에 이르는 통로이며, 그의 삶을 밀어붙이는 생의 근본 동력이다. 문익환의 하느님은 영원한 슬픔이다. 세상에 불쌍한 사람이 하나라도 있는 한 온통 사랑이신 하느님이 기뻐하실 수 없기 때문이다(공허하게 들릴는지 모르지만 이것은 문익환의 문학과 사상의 뿌리이다). '찡하는 새 아픔'이 하느님의 마음이듯 '슬픔'도 역시 하느님의 마음이다(6:142). 시인은 "새벽 하늘 퍼렇게 멍든 가슴으로 와락 다가서시는" "슬픔"이신 하느님께 묻는다.

> 당신은 우리의 노래만 들어도 목이 메이시죠
> 우리의 기도만 들으면 눈앞이 캄캄해지시죠
> 아—
> 우리는 아침 저녁으로
> 당신의 슬픔에 얻어맞으며
> 노래도 잃고 기도도 막히는 바닷가 모래알들에 지나지 않는가요
> —「예수의 기도-6」 부분(4:36-37)

문익환의 시에서 아픔이나 슬픔이 비애 쪽으로 방향을 잡지 않고 희망과 적극적인 의지로 전위되는 것은 땅의 슬픔이 하느님의 슬픔임을 알기 때문이다. 슬픔에 찬 눈으로 분열된 세상을 읽고, 아픔으로 상처투성이 세상을 어루만질 때 시인의 눈은 하느님의 눈이 되고, 시인의 손은 하느님의 손이 된다. 하늘과 땅의 이원론은 변증법적으로 지양되고 있다. 시인은 이제 하늘의 뜻을 거역할 수 없다. '당신의 길'이 곧 '나의 길'이 된다. 그 길 위 어디에서 쓰러질는지는 모른다. 하지만 그 길은 하느님의 슬픔에 얻어맞으며 가야 할 길이다. '당신'의 아픔이 발바닥을 사정없이 찌르기 때문이다.

당신이 절망하면서도
절망하지 않고 가신 길
내가 누군데 안 갈 수 있겠습니까
그런데 간밤 꿈에 당신이 끝난 데 다달아
그만야 숨이 막혀 쓰러지고 말았습니다
그러자 당신이 벌떡 일어서시어
나를 밟고 갔습니다
아픔이 온 몸에 번져 갔습니다
그제야 난 모든 것을 알았습니다
무엇이나 참된 것은
길일 뿐이라는 것을

―「나의 길 당신의 길―나는 길이요 진리요 생명이니」부분

(3:59-60)

하느님의 아픔과 슬픔에 대한 대자적인 각성을 통해 시인은 '당
신'의 길을 '나'의 길로 삼는다. 도식화하면 '하느님의 슬픔 → 나의
아픔 → 실천 → 좌절 → 새로운 각성'이 된다. 이러한 도식은 시인
의 다른 작품에서도 발견되는데 자칫하면 시적 긴장을 잃고 상투
성에 빠질 뻔한 이 시를 다부지게 일으켜 세우는 것은 절망에서 새
로운 각성에 이르는 과정의 파격성이다. '내'가 절벽 같은 현실에
부딪쳐 쓰러진 그 자리에서 벌떡 일어나 '나'를 밟고 성큼 길을 만
드는 '당신'이라니. 놀랍지 않은가? 이 시는 '나'의 길과 '당신'의 길
은 하나라는 일원론적 진술에서 출발했다. 그러나 시의 후반부는
'나'의 길이 끝난 곳에서 '당신'의 길이 새롭게 열리고 있음을 드러
낸다. 부정의 변증법을 통한 길의 확장이다. 여기서 주목해야 할 것
은 시인이 "무엇이나 참된 것은 / 길일 뿐"이라는 깨달음에 이른다.
길은 이미 거기에 존재하는 자족적인 실체가 아니다. 길은 아픔을
딛고 꿈틀거리며 앞으로 나가는 사람들에게만 열리는 관계적 실체
이다. '당신'에게 밟힌 아픔으로 깨어난 문익환이 걷는 길이 부활의
삶이 아니고 무엇이겠는가?

5. 발바닥 자죽만으로 남아

부활의 삶은 자아의 포기 혹은 소멸을 전제로 한다. 부활은 정태적인 희망이 아니다. '푹푹 썩어 흙이' 되지 않으면 경험할 수 없는 역동적인 현실이다. 십자가를 향해 막무가내로 온몸을 던질 때 비로소 열리는 하늘의 문이다. 그 길이 민중의 아픔을 향해 있든 민족통일을 향해 있든 마찬가지이다. 시인이 「마지막 시」에서 "나는 죽는다 / 나는 이 겨레의 허기진 역사에 묻혀야 한다 / 두 동강 난 이 땅에 묻히기 전에 / 나의 스승은 죽어서 산다고 그러셨지"(2:42)라고 노래할 때, 그 노래가 우리의 가슴속에 깊은 울림을 주는 것은 그 언어가 '몸의 언어'이기 때문이다. 문학의 질이 반드시 문학 주체의 삶에 의해 뒷받침되어야 한다고 말하려는 것은 아니다(문학 작품은 나름대로의 자율성과 자족성을 갖는다). 하지만 문학적 진실과 감동은 문학 주체의 삶과 분리할 수 없다는 사실은 명백하지 않은가.

카렐 코지크는 작품의 생명은 작품 자체로부터는 이해될 수 없다고 말한다. "작품의 생명은 그것의 자율적 존재의 결과가 아니라 작품과 인류가 상호작용한 결과이다. 작품은 다음과 같은 이유들 때문에 생명을 지닌다. (1) 작품 자체에 현실과 진리가 침투되어 있다. (2) 생산하고 지각하는 주체인 인류의 '삶'이 있다."(13:120) 이렇게 본다면 문익환 문학의 생명과 감동은 사람들이 물신(物神: 풍요)의 광범위한 지배 속에서 조작된 욕망에 경배하는 천민자본주의의 시대에, 현실 안주의 논리가 광범위하게 지배력을 확장시키고 있는 시대에, 정치인들이 민족의 동질성보다는 이질성을 부각시켜 분단 고착적 사고를 우리의 혈관 속에 주입하려는 이 음험한 시대에 그 온갖 장벽들을 철폐하려고 온몸을 던지는 치열함에 그 뿌리를 내리고 있다.

길은 염원만으로, 기다림만으로는 열리지 않는다. 문익환의 삶은 지금 여기에서 '기다림의 내용을 선취(先取)'하는 삶이다. 문익환이 신랑의 음성을 기다리는 신부처럼 간절히 기다리는 것은 '통일'이다. 통일의 원리는 "서로 다른 걸 인정하면서 조화를 찾아 공존하는 평화의 윤리"(6:197)를 요청한다. 그렇기에 통일은 허리 잘린 민족의 부활인 동시에, 평화스럽게 살고 싶어 하는 인간의 근원적인 욕구가 긍정되는 '살림'의 장(場)이다. 분단논리와 냉전논리에 질식당한 채, 통일은 가능하지도 않고 더군다나 통일을 논의하는 것은 현실적이지도 않다는 논리에 역의식화(逆意識化)되어 숨죽여 살아가던 우리의 가슴을 태풍처럼 뒤흔들었던 「꿈을 비는 마음」을 보자.

벗들이여!
이런 꿈은 어떻겠소?
155마일 휴전선을
해뜨는 동해바다 쪽으로 거슬러 오르다가 오르다가
푸른 바다가 보이는 산정에 다달아

국군의 피로 뒤범벅이 되었던 북녘 땅 한 삽

공산군의 살이 썩은 남녘 땅 한 삽씩 떠서

합장을 지내는 꿈,

그 무덤은 우리 5천만 겨레의 순례지가 되겠지.

그 앞에서 눈물을 글썽이다 보면

사팔뜨기가 된 우리의 눈들이 제대로 돌아

산이 산으로, 내가 내로, 하늘이 하늘로,

나무가 나무로, 새가 새로, 짐승이 짐승으로,

사람이 사람으로 제대로 보이는

어처구니없는 꿈 말이외다.

—「꿈을 비는 마음」 부분(2:60~61)

시의 화자가 보름달이 뜨면 정화수 한 대접 떠놓고 간절히 빌자
고 권유하는 것은 "진주 같은 꿈 한 자리 점지해 주십사" 하는 것이
다. 물론 진주 같은 꿈의 실체는 통일이다. 이 시에서 통일은 분단
체제하에서 죽어간 원혼들의 신원(伸冤)이 이뤄지는 마당이고, 편
견과 의혹으로 왜곡된 우리의 생각이 치유되어 온전해지는 기회이
다. 뿐만 아니라 이사야 선지자의 놀라운 비전(이사야 11장)이 실현
되어 메시아적 향연을 벌이는 시간이다. 그러나 이것은 꿈에 지나
지 않는가? 물론 꿈의 전복적인 힘을 모르는 바는 아니다. 꿈은 기

존의 것을 부정하면서 끊임없이 더 나은 것을 추구하는 이들에게 무한정으로 열려 있는 공간이다. 꿈은 체제의 논리를 해체하는 힘을 갖고 있다. 그것은 변혁에의 열망이다. 봄기운이 꽁꽁 언 대지를 녹이듯 통일의 꿈은 냉전논리를 해체한다. 이 시에서 통일의 꿈을 한정 짓고 있는 '어처구니없는'이라는 관형어가 반어법임을 모르는 바는 아니다. 하지만 "어처구니없는 꿈"은 그저 꿈일 뿐이다.

'어처구니없는 꿈'으로 냉전논리에 흠집을 냈던 시인은 1989년 첫새벽에 쓴 「잠꼬대 아닌 잠꼬대」를 통해 새로운 세계를 열어 보인다. 벼랑으로 내달려 길을 만들려는 시인의 낭만적 열정과 믿음의 부추김을 받아 아주 생동감 있는 절창을 이루고 있는 이 시는 민족문학사에서 소중하게 갈무리되어야 할 시가 아닌가 싶다.

이 땅에서 오늘 역사를 산다는 건 말이야
온몸으로 분단을 거부하는 일이라고
휴전선은 없다고 소리치는 일이라고
서울역이나 부산, 광주역에 가서
평양 가는 기차표를 내놓으라고
주장하는 일이라고

이 양반 머리가 좀 돌았구만

그래 난 머리가 돌았다 돌아도 한참 돌았다

머리가 돌지 않고 역사를 사는 일이

있다고 생각하나

이 머리가 말짱한 것들아

평양 가는 표를 팔지 않겠음 그만두라고

난 걸어서라도 갈 테니까

임진강을 헤엄쳐서라도 갈 테니까

그러다가 총에라도 맞아 죽는 날이면

그야 하는 수 없지

구름처럼 바람처럼 넋으로 가는 거지

　　　　　　　　　　─「잠꼬대 아닌 잠꼬대」 부분(4:6-7)

　근원적인 진리는 인식의 정확성이 아니라 우리가 끊임없이 물으며 걸어야 할 '길'이다. 그 길은 인간이 멋대로 만든 것도 아니지만 '길을 닦는' 인간의 실천과 무관하게 존재하는 것도 아니다(12:305). 길은 사람들이 무수히 밟고 지나감으로 생겨난다. 통일의 길은 분단논리라는 가시밭길을 뚫고 누군가가 앞서 걷지 않으면 결코 열리지 않는다. 「꿈을 비는 마음」에서 '어처구니없는 꿈'이었던 통일은, '온몸으로 밀고 나가야 할 당위성'이 되고 있다. 우리가 알다시피 시인은 '당위'를 몸으로 살았다. 가시밭길 위에 자신의 핏자국을 남겼다. 길이 없는 것은 아니라고 외치는 개벽의 천둥소리가 되었다. 「꿈을 비는 마음」에서 「잠꼬대 아닌 잠꼬대」에 이르는 시적 변모(『두 하늘 한 하늘』에 수록된 「자유」, 『옥중일기』에 수록된 「넋두리 아닌 넋두리」, 「45년이라니」 등의 시는 통일에 대한 시인의 절절한 염원이 서러움의 정서로까지 발전되고 있음을 보여준다)가 뜻하는 바는 무엇인가? 시인의 문학적 인식과 삶의 실천이 깔축없이 일치하고 있다는 사실 아닌가? 시와 실천은 앞서거니 뒤서거니 하면서 시인을 벼랑으로 밀어붙이고 있다.

「꿈을 비는 마음」의 서정성에 매료되었던 사람 중에는 「잠꼬대 아닌 잠꼬대」에서 '서사적 거리'를 무시하고 직접화법을 통해 노골적으로 드러나는 시인의 열정이 오히려 현실을 추상화시켜 독자들을 문제의 핵심으로 끌어들이지 못하고 있지 않느냐고 비판하는 사람도 있음 직하다. 하지만 이 시의 탄력 있는 언어 구사와 생명력 있는 가락(리듬감)은 시적 진술의 강렬함을 유려하게 떠받치고 있다. 문학작품의 질은 좌편향의 리얼리스트들이 주장하듯 철저한 민중적 자세가 보증하는 것도 아니고, 유미주의자(唯美主義者)들이 주장하듯 그 작품의 정치적, 역사적 의미와 별개로 존재하는 것도 아니다(11:100). 그렇기에 시인의 이런 시적 심화 과정을 정치적, 경제적 여건의 변화로 환원시켜 이해하는 것은 단선적인 이해라 할 것이다. "인간의 실천이 진리를 만든다고 할 때일수록 실천이 진리에 근거할 필요 또한 절실해진다."(12:302)

문익환의 역사적, 문학적 실천의 근거가 되는 '진리'는 무엇인가? 그것은 역사 가운데 '눈물'로 임재해 역사를 뒤집는 하느님이다. 이 하느님은 시인의 낭만적 역사 인식과 문학적 상상력의 근거이며, 시인을 통일의 길로, 민중의 삶이라는 고해(苦海: 다른 이들의 삶 속에 뛰어든다는 것은 고통을 선택하는 일이다)로 내몬 분이시다. 또한 생명 사랑이 모든 실천의 바탕이 되어야 한다(7:184-185)고 끊임없이 일깨우시는 분이다. 그러나 그분의 걸음은 너무 더디다.

　　　하느님
　　　이 눈을 후벼 빼 보시라구요
　　　난 발바닥으로 볼 겁니다
　　　이 고막을 뚫어 보시라구요
　　　난 발바닥으로 들을 겁니다
　　　이 코를 틀어막아 보시라구요
　　　난 발바닥으로 숨을 쉴 겁니다
　　　이 입을 봉해 보시라구요
　　　난 발바닥으로 소리칠 겁니다
　　　단칼에 이 목을 날려 보시라구요
　　　난 발바닥으로 당신 생각을 할 겁니다
　　　도끼로 이 손목을 찍어 보시라구요
　　　난 발바닥으로 풍물을 울릴 겁니다

창을 들어 이 심장을 찔러 보시라구요
난 발바닥으로 피를 콸콸 쏟으며 사랑을 할 겁니다
장작 더미에 올려 놓고 발바닥째 불질러 보시라구요
젠장 난 발바닥 자죽만으로 남아
길가의 풀포기들 하고나 사랑을 속삭일 겁니다
―「난 발바닥으로」(3:49)

이 시에서 하느님은 '발바닥'으로 표현된 민중의 행복하게 살고
자 하는 열망을 가로막는 분은 아니다. 오히려 시인의 하느님은 그
들의 희망뿐만 아니라 절망까지도 떠받치고 있는 분이다. 하느님은
현실이 절망적일수록 더욱 치뜬 눈으로 바라보아야 보이는 역설적
희망이다. 이 시에서 드러난 바와 같이 민중성에 대한 시인의 무한
정한 신뢰는 '절망의 찬연한 얼굴인 동시에 희망의 찬연한 얼굴인
하느님'에 대한 신뢰에 근거하고 있다. 시인의 하느님은 하늘에 있
는 형이상학적인, 추상적인 원리가 아니다. 하느님은 민중들의 아
픔과 고뇌와 눈물과 죽음을 통해 이 땅에 임재한다. 임재할 뿐만 아
니라 넘어진 자들을 일으켜 세우고 그들의 눈물과 희생을 디딤돌
삼아 땅의 질서를 전복시킨다. 이런 의미에서 민중들은 하느님의
나라를 역사 속에 옮겨 오는 하느님의 목도꾼이다. 땅의 슬픔은 하
늘의 슬픔이다. 하느님을 믿는 자는 하늘의 꿈을 함께 꾸고, 하늘의
꿈을 사는 자이다. 부활의 몸이 되어 사는 자이다. 시인이 조국 하

늘 아래 있는 모든 것(사람/사물/자연) 속에서 전태일을 보면서

> 전태일 아닌 것들아
> 다들 물러가거라
> 눈물 아닌 것 아픔 아닌 것 절망 아닌 것
> 모든 허접쓰레기들아 모든 거짓들아
> 당장 물러들 가거라
> 온 강산이 한바탕 큰 울음 터뜨리게
> ─「전태일」 부분(3:86)

하고 외칠 때 시의 화자는 자신을 전태일과 동일시하고 있다. 전태일의 꿈을 꾸고, 전태일의 꿈을 살고, 전태일의 마음을 오늘 여기에 되살림으로 전태일을 역사 속에 부활시키고 있다(전태일이 스스로 부활할 수는 없다). 진리가 그러하듯 부활도 우리의 구체적인 삶 속에서 모색하고 추구하고 경험해야 할 현실이지, 자족적인 관념이 아니다. 역사 속에 부활시켜야 할 사람이 어디 전태일뿐일까. 우리 민족이 굴곡 많은 현대사의 너설을 헤쳐 나오는 동안 자신을 제물로 바친 사람들은 얼마나 많은가? 문익환의 시에서 그들의 이름이 호명될 때마다 독자들의 가슴에는 신원(伸寃)을 호소하는 저들의 아우성이 메아리칠 것이다. 그러나 '죽임'당한 순교자들의 씻김은 그들의 꿈의 되살림(부활)을 통해 완결될 수 있다. 문익환의 제4시집

『두 하늘 한 하늘』에 있는 많은 시들이 죽임당한 자들의 해원(解冤)을 위한 '씻김굿'의 형태를 취하고 있으면서도 애상에 떨어지지 않은 것은 '역사적 부활'에 대한 강한 믿음과 결의 때문이다.

그런데 1990년대 들어 문익환의 문학과 사상은 중대한 변화의 조짐을 보이고 있었다. 그것은 변화라기보다는 죽임의 현실과 싸우는 동안 자연스럽게 체득한 것이었다. 생명! 문익환은 역사 속에서 체득한 생명 사랑이라는 보다 심화된 의식을 가지고 우리 앞에 다가왔다. 그러나 아쉽게도 우리는 생명의 샘물에 듬뿍 적셔진 그의 시를 접할 기회를 잃고 말았다.

6. 생명의 바다로

문익환은 가파른 시대를 살았던 천진한 서정시인이다. 이것은 결코 과장이 아니다. 문익환이 감옥에서 사계절을 보내면서 만난 아침의 서정을 맑게 노래한 「열두 달 아침」(4:14-19), 감옥에서 풀려나 옆에 잠들어 있는 아내의 고른 숨소리를 행복하게 관조하는 「다른 것은」(3:33), "고 은이 장가들어 / 색시 품에 허물어지는 일 없으면 / 아무것도 뜻 없습니다" 하고 노래하는 「고 은이 장가를 든다네」(3:81), 어머니를 잃고 "볼품없는 수염이지만 / 자라는 대로 내버려 두고 싶어졌습니다 / 어머니 무덤의 잔디라도 매만지듯 / 수

염이라도 무시로 매만지고 싶어졌습니다" 하는 「어머니를 땅에 묻고 나서」(5:226) 등은 시인이 투사라기보다는 천생 시인임을 보여주는 시들이다.

문익환이 문학사에 길이 남을 위대한 시인이라고 장담할 수는 없다. 하지만 위대한 통일 노래꾼이라는 사실은 아무도 부인할 수 없을 것이다. 사실 문익환의 시는 미세한 삶의 결을 통해 분단의 질곡을 드러내는 세기가 부족해 보인다. 통일과 민중해방의 당위성이 강조될수록 생활 자체가 추상화되고, 문학이 구체성에서 멀어질수록 당위성조차 설득력을 갖기가 어려운 게 사실 아닌가? 그러나 문익환의 시는 1990년대 들어 변모하고 있었다.

우리가 알다시피 시인은 '길' 위에서 생각하고, '길' 위에서 살다가, '길'이 된 사람이다. 시인이 마지막 길 위에서 만난 세계는 통일보다도 더 큰 '생명'의 바다였다. '통일'의 배를 타고 '생명 바다'에 이른 것이다. 먼 길을 에돌아 본래의 자리에 섰지만 그 바다는 예전과는 달라진 바다가 아닌가? 물론 바다가 달라지지는 않았다. 바다를 바라보는 시인의 심회가 달라진 것뿐이다. 그러나 이제 생명의 바다에 이른 시인은 더 큰 생명과 하나가 되었다. 부재함으로 존재하는 하느님처럼, 민중들의 눈물과 아픔 속에 임재하는 하느님처럼 문익환은 우리 속에 되살아 올까? 각자가 삶으로 대답할 일이다. 우리가 그의 꿈을 살고, 그가 넘어진 자리에서 그를 밟고 벼랑을 대문인 양 박차고 우리의 길을 떠날 때 시인은 되살아 올 것이다.

〈참고문헌〉

1) 문익환, 『새삼스런 하루』, 월간문학사, 1973.
2) _____, 『꿈을 비는 마음』, 화다출판사, 1983.
3) _____, 『난 뒤로 물러설 자리가 없어요』, 실천문학사, 1984.
4) _____, 『두 하늘 한 하늘』, 창작과비평사, 1994.
5) _____, 『옥중일기』, 삼민사, 1991.
6) _____, 『하나가 되는 것은 더욱 커지는 일입니다』, 삼민사, 1991.
7) _____, 『목메는 강산 가슴에 곱게 수놓으며』, 사계절, 1994.
8) 김현, 『르네 지라르 혹은 폭력의 구조』, 나남, 1987.
9) 김인환, 『상상력과 원근법』, 문학과지성사, 1993.
10) 이은봉 엮음, 『시와 리얼리즘』, 공동체, 1993.
11) 백낙청, 『민족문학의 새 단계』, 창작과비평사, 1991.
12) _____, 『현대문학을 보는 시각』, 솔, 1993.
13) 카렐 코지크, 『구체성의 변증법』, 박정호 옮김, 거름, 1984.

통일운동과
민주화운동

탈냉전기의 선지자,
문익환 통일사상의 현재성*

이승환(통일맞이 이사장)

"어떤 악조건 속에서도 인간의 품위를 잃지 않고 꿈과 사랑을 보여준 그의 업적 덕분에 새로운 세대는 다른 눈으로, 더 잘, 더 자유롭고, 더 정직하게 자기들의 시대를 껴안을 수 있게 되었다." (김형수, 『문익환 평전』, 793쪽)

---

* 이 글은 건국대학교 통일인문학연구단에서 기획한 『통일담론의 지성사』에 '문익환, 통일운동과 통일사상'이란 제목으로 제출된 글을 상당 부분 수정, 보완한 글이다. 《뉴래디컬 리뷰》 64, 2015, p.89-113.

늦봄 문익환

1994년 늦봄 문익환이 서거한 이후 많은 세월이 흘렀다. 그 적지 않은 세월에도 불구하고 아직도 많은 사람들이 그를 강렬히 기억하는 것은, 살면서 그가 민주화운동과 통일운동의 온갖 구석구석마다 남긴 피할 수 없는 발자취들 때문일 것이다. 그러나 문익환의 공생활은 그가 역사의 간난신고 속에 발을 내디딘 1976년 3·1민주구국선언에서부터 1994년 1월 18일, 법적으로는 여전히 가석방인 상태로 마석공원에 묻힐 때까지 18년이 채 되지 않는다. 그나마 그 18년의 세월 동안 그는 여섯 차례, 햇수로 11년을 감옥에서 생활해야 했다. 그는 결국 약 8년, 달수로는 102개월, 날수로는 3102일만을 감옥이 아닌 바깥세상에서 활동했던 것이고, 겨우 100여 달의 길지 않은 시간 동안 사람들 마음속에 잊을 수 없는 기억을 새겨놓았던 것이다.

'김일성과 포옹한' 이남의 대표적 통일운동가 문익환은 원래 전형적인 반공 기독교 지식인이었다.* 그는 1918년 북간도 명동에서 문재린과 김신묵의 장남으로 태어나 모태신앙으로서의 기독교와 함께 북간도의 저항적 민족주의의 영향을 동시에 받으며 성장하였

---

* 문익환의 집안은 1920년대 말 중국공산당의 테러를 피해 용정으로 이주하였고, 해방 직후에는 두 차례에 걸친 소련공산당의 박해를 받고 결국 1946년 서울로 이주하게 된다.

고, 성장 과정에서 겪은 공산주의로부터의 박해 경험은 그의 청년기 반공주의의 토대가 되었다. 이런 배경 속에서 문익환은 해방 정국에서 기독교 반공지하조직인 '임마누엘단'*에 참가하였고, 한국전쟁 개시 후에는 유엔군에 자원입대하여 휴전협정이 진행되는 기간 동안 유엔군 통역사 역할 등을 수행하였다.

문익환을 한국 민주화운동의 회오리 속에 발을 내딛게 하고 기꺼이 고난의 길을 걷게 한 것은 아이러니하게도 그를 반공주의로 이끌었던 바로 그 기독교사상이었다. 문익환은 1955년 유학을 마치고 귀국한 후 신학 연구와 함께 신구약 공동번역 작업에 힘을 쏟았는데, 이 과정에서 그는 전후 한국 기독교의 혼란과 분열에 매우 비판적 입장을 가지게 되었고 구약의 예언자사상을 깊이 수용하게 되었다. 문익환은 예언자들이 역사의 해석가가 아니라 '역사를 지어가는 이들(makers of history)'이라고 생각했고, 그 스스로 예언자적 통찰력과 용기를 이어받으려 하였다. "민족의 문제를 하느님을 통해서 바라보는 예언자적 통찰력이 있어야 하고, 이것이 하느님의 뜻이라고 깨달았으면 주저 없이 외칠 수 있는 예언자적인 용기를 우리는 받아야 하겠습니다."**

한국 교회 현실에 대한 비판적 인식과 예언자사상이라는 진보적

---

* 임마누엘단은 전택부, 문익환, 문동환, 장하구, 지동식 등이 참가하였으며, 주로 기독교 신앙에 기반한 반공 선전 활동과 미군 철수 반대 활동 등을 전개하였다.
** 문익환, 문익환전집간행위원회 편찬, 「예언자와 국가」, 『문익환 전집』(이하 『전집』) 12권, 사계절, 1999, p.257.

기독교관이 문익환을 민주화운동으로 이끈 사상적 토대가 되었다면, 그를 역사적 실천의 장으로 뛰어들게 만든 직접적 계기는 장준하의 의문의 죽음이었다.

"1975년 8월 17일 장준하의 목소리는 깊은 산골짜기에서 영원히 다시 들을 수 없이 잠들고 맙니다. 저는 그의 시신을 땅속에 내리면서 제가 백범·장준하의 목소리가 되기로 결심하게 됩니다. 그리하여 내게 된 그의 첫 목소리가 1976년 3월 1일 이우정 선생의 떨리는 목소리로 낭독된 '3·1민주구국선언'이었습니다."*

분단극복운동에 대한 통찰, '민주와 통일은 하나다'

처음에는 민족주의자이자 반공주의자였지만, 생의 후반에 들어서 통일운동가로 변화했다는 점에서 장준하와 문익환은 매우 닮은 꼴이었다. 문익환은 그 닮은꼴 장준하로부터 '통일은 처음부터 끝까지 민중의 일이다'라는 민중통일론을 이어받았다. 또 '통일운동이란 민주통일과 인권운동을 중심으로 하는 민주화운동의 일환'이라는 장준하의 주장은 문익환에 와서는 '민주가 통일이요, 통일이 민주다'라는 '민주·통일 일원론'으로 나타났다. "시간적으로는 분명

---

* 「상고이유서」, p.91.

히 선민주이지만 내용적으로, 또한 실질적으로 둘은 하나다"*라는

게 문익환의 입장이었다.

문익환의 '민주·통일 일원론'은 한국 민주주의와 분단체제 극복

운동 사이의 상관관계에 대한 핵심적 통찰을 담고 있는데, 이러한

문제의식을 보다 명료하게 발전시킨 것은 백낙청의 '분단체제론'

과 '한반도식 통일론'이라 할 수 있다. 백낙청의 '한반도식 통일론'

은 분단체제의 해체 과정은 '남북의 점진적 통일 과정과 연계된 총

체적 개혁' 과정이고** 분단체제 극복은 남북의 재통합작업과 정

교하게 연계된 사회개혁작업의 누적으로만 가능하다는 것으로 요

약할 수 있다. 백낙청은 분단체제하의 한국 민주주의운동은 분단

체제 극복운동을 매개로 할 때 제 방향으로 나갈 수 있고, 그럴 때

"남북 각기의 생활현장에서의 다양한 개혁작업이라는 단기적 과제

와, 분단체제 극복이라는 중기적 목표, 그리고 이를 통해 한 걸음

전진시키게 될 세계체제변혁이라는 장기적 사업이 그럴듯하게 결

합"***될 수 있다고 정리하고 있다. 백낙청의 이 지적은 분단체제와

한국 민주주의, 일상의 개혁운동과 분단체제 극복운동의 관계, 그

리고 일상의 개혁운동이 응당히 가져야 할 시야와 태도에 대한 중

---

* 문익환, 「민주회복과 민족통일」, 『전집』 3권, p.20. 문익환은 1960년대 말 통혁당 사
건과 1970년대 초의 인혁당, 민청학련 사건 등을 거치면서 재야 민주화운동에서 '선통
일'이냐 '선민주'냐 하는 논란이 발생하자 이에 대한 자신의 입장을 정리하게 되는데,
그것이 바로 '민주·통일 일원론'이었다.

** 백낙청, 『한반도식 통일, 현재진행형』, 창비, 2006, p.31.

*** 앞의 책, p. 84.

요한 지침이다.

문익환의 '민주·통일 일원론'은 분단체제 변혁의 길에서는 무엇이 통일운동이고 무엇이 시민(민주주의)운동이라는 식의 구분보다, 각각의 주체와 운동이 분단체제 극복의 설계와 실천을 쌓아가는 것이 중요함을 강조한 것에 다름 아니다. 그것은 "분단체제 변혁이라는 목표를 확실히 간직하면서 그 실현을 위해 다양한 세력들의 다양한 문제의식을 수렴하는" 것이 바로 총체적 분단극복운동의 길이기 때문이다.*

'민(民) 주도' 통일사상의 현재적 의미**

1989년 3월 25일에 결행된 늦봄의 평양 방문은 늦봄 개인사로서도 매우 중요한 의미를 지니지만, 한국 통일운동사에서도 한 시대를 마감하고 새로운 시대를 여는 역사적 사건이었다. 그의 방북은 사회주의 세계체제의 해체와 탈냉전이라는 세계사적 변환기와 한반도와 동아시아의 질서 재편이 교차되는 절묘한 시점에서 이루어진 것이었고, 그의 방북 이후 한국의 통일운동은 사실상 '냉전하

---

* 백낙청, 김종엽 엮음, 「6월항쟁 20주년에 본 87년체제」, 『87년체제론』, 창비, 2009, p.64.
** 문익환 목사의 방북 및 4·2공동성명과 관련된 내용은 이승환의 「문익환, 김일성 주석을 설득하다」(《창작과비평》 143호, 2009)의 내용을 수정 요약한 것임을 밝힌다.

의 통일운동' 시대를 마감하고 비로소 '탈냉전'을 자신의 과제로 맞이하게 되었다.

늦봄의 방북을 이해하기 위해서는 먼저 그의 통일관을 살펴볼 필요가 있다. 그의 통일관은 그가 왜 방북했는지를 이해하는 기본 배경이 된다. 문익환의 통일관은 '3·1민주구국선언'으로 역사의 한복판에 뛰어든 이후 몇 차례 변화를 보이는데, 당시의 다른 모든 사람들이 그랬듯이 그 역시 1980년 광주민중항쟁과 1987년 6월항쟁을 거치면서 통일관에서 큰 변화를 나타내게 된다. 1989년 방북 당시 그의 통일관은 '민주·통일 일원론'과 함께 '통일의 주인은 민(民)이다'라는 한마디로 요약된다. 문익환의 이러한 통일관은 반공의 그림자가 짙게 드리운 그의 초기 통일당위론과 비교하면 거의 환골탈태에 가까운 것이었다.

그는 통일은 민족사의 정통성 회복운동이고 그것은 곧 '민족해방운동의 완성이고, 민족자주의 성취'라고 보고, 그런 의미를 '통일은 민족의 부활'이라고 표현하였다. 그리고 민족의 부활은 민중의 자각과 해방을 향한 노력, 즉 '민중의 부활' 없이 불가능하다고 보았다. "통일은 부활한 한겨레입니다. 그러나 민중의 부활이 없는 겨레의 부활은 없습니다. 민주 없이는 통일이 없다는 말입니다. 민주가 민중의 부활이기 때문입니다."* 이어서 그는 "통일이 우리가 실현해야 할 구체적인 민주 과업이라면, 그것을 이루어가는 절차도

---

* 「상고이유서」, p.234.

민주적이어야 합니다. (…) 이것은 통일도 다른 모든 일과 같이 민주도로 이루어져야 한다는 말입니다"라고 말하고 있다.*

즉 그의 결론은 '통일은 곧 민주'이고 '민주는 민 주도'이므로 '통일 역시 민 주도'라는 것이었다. 그는 '민 주도'의 의미를 이렇게 설명한다. "이것은 결코 관을 밀어내자는 말이 아닙니다. 관은 어디까지나 민의 뜻을 받아 민과 함께 민을 앞세우고 민에 밀리면서 통일의 문을 향해서 걸어 나가야 한다는 말입니다. 민을 배제하고 관이 독점한 관 주도하의 통일운동이 불통일운동이었다는 것을 지난 45년 민족사가 증명하고 있는 것이 아니겠습니까?"** 이렇듯 그의 '민 주도' 사상은 '관 주도'와 대비되는 것임에도 불구하고, '협치(協治)'의 의미를 넘어서는 과도한 해석에 대한 경계를 동시에 포함하고 있다.

이러한 문익환의 통일관에 비추어 볼 때, 그의 방북은 '소영웅주의'나 '행세주의'가 아니라 '통일 논의의 정치사회 독점'을 무너뜨리기 위한 실천적 결단이었고, '민의 통일운동'의 자유를 쟁취하기 위한 '몸을 내던진' 투쟁의 일환이었다. 즉 그의 방북은 통일 논의가 정치사회의 전유물일 수 없다는 '민의 독립선언'이었던 것이다.

---

* 「상고이유서」, p.236. 한 인터뷰에서 문익환은 이렇게 말하고 있다. "정부는 통일을 독점하겠다고 주장하면서 창구 단일화를 주장하고 있는데, 다른 것은 다 민이 주가 되어 민주주의 하여도 좋다고 하면서 통일만은 관이 주도하겠다고 하거든요. 세상에 그런 법이 어디 있어요. 가장 중요한 문제에 대해 민을 배제하면서 관이 주도하겠다고 하고 있어요. 사실 저들은 관 주도, 관 주도 하면서 45년 동안 무엇을 했습니까? 통일을 가로막는 일 이외에 한 일이 없잖아요." 「민주화가 통일이고 통일이 민주화」, 《평민연회보》 제10호(1990. 12. 20), 『전집』 5권, p.422.

** 「상고이유서」, p.236.

그는 또한 자신이 '민'의 대표(정확히는 '전민련'의 대표)이기 때문에 지난 40년간 허송세월만 한 당국자들 간의 대화보다 훨씬 더 많은 성과를 낼 수 있다고 생각했다. "두 당국자들이 만나면 쌍방이 각자의 권익을 유지하고 수호해야 한다는 입장 때문에 줄다리기를 하지 않을 수 없습니다. 남과 북의 집권층은 이 줄다리기를 하다가 40년 세월을 흘려보낸 것이 아닙니까? 적어도 저는 그런 줄다리기를 할 필요가 없었습니다. 김 주석도 저와는 줄다리기를 할 필요가 없었던 것 아닙니까?"*

문익환의 이러한 '민 주도' 통일론은 오늘의 관점에서 재해석하면 '시민참여' 통일론이라 할 수 있을 것이다. 이는 '민 주도'라는 표현이 '민중 주도'로 오해되는 것을 방지함과 동시에 한반도식 통일에 대한 정확한 이해의 필요성 때문이기도 하다.

한반도 분단극복운동의 현 단계에서 '시민참여'가 아니라 '민중 주도 통일'을 주장하는 것은 과도한 주관주의이고, 자칫 통일 과정을 혁명주의와 연결하려는 시도로 오해될 수도 있다. 한반도식 통일은 남과 북, 민과 관이 다층적으로 결합하는 복합 거버넌스이자 점진적 변혁 과정('과정으로서의 통일')이지 일회적 사건으로 이루어지는 것은 아니다.

시민이 참여하는 점진적이면서도 근본적인 한반도식 통일 과정의 특징과 한국 민주주의의 진전에 따른 시민사회의 확장 추세 등

* 「상고이유서」, p.180.

을 고려할 때, 시민참여형 통일 과정에 대한 의식적 실천, 그리고 생태와 평화, 인권 등의 시민적 가치와 분단극복운동의 결합과 수렴이 무엇보다 중요해졌다고 할 수 있다. 문익환의 '민 주도' 통일론은 오늘날 이러한 관점에서 재해석될 필요가 있다.

문익환, 김일성을 설득하다

늦봄은 평양에서 두 번에 걸쳐 여덟 시간 동안 김일성 주석과 대화를 나눴다. 주제는 크게 다섯 가지로서, ① 한시적·과도적 교차승인 수용 ② 연방제의 점진적·단계적 추진 ③ 정치·군사회담과 경제·문화교류 병행 추진 ④ 팀스피릿 훈련 등의 정세와 상관없이 남북대화 지속 ⑤ 통일 장애 요인으로서의 주체사상에 대한 문제 제기 등이었다.* 이것들 하나하나가 전부 심각한 의미를 내포하고 있었고 늦봄이 생각하기에 대부분 북이 변화하고 이해해야 하는 문제들이었다. 여기서는 남북관계의 기본틀과 관련된 앞의 두 가

---

* 이 다섯 가지 주제 외에도 문익환은 김일성과의 두 번째 회담에서 주한미군 문제도 제기했는데, 이 문제는 협의라기보다 확인에 가까운 것이었다. 당시 북한은 국회 예비 회담을 전후해서 미군 철수에 대한 입장을 단계적 철수론으로 후퇴하였는데, 이것은 미군 철수가 통일 협상의 전제 조건이 아니라는 것을 의미하는 것이었다. 문익환은 이 것을 다시 한번 확인하고 싶어서 "북쪽에선 미군의 단계적인 철수 제안에 변동이 없는 겁니까?"라고 물었고, 김일성은 이에 대해 '변동이 없다'라고 재차 확인하였다. 이에 대해서는 「상고이유서」, p.167-168를 참조할 것.

지 문제에 대해서만 간략히 정리하고자 한다.* '통일을 지향하는 과
도적 교차승인' 문제는 늦봄이 김일성에게 던지려던 최우선 순위
의 질문이었다. 그는 교차승인이 영구 분단으로 이어지지 않을 수
있다면서, "그 보증은 민중에게 있다. 우리 민중은 역대 정권의 계
속되는 탄압을 뿌리치면서 이 역사를 통일의 문 앞에까지 끌고 왔
다. 교차승인은 휴전협정(평화협정을 의미―인용자) 체결과 불가침 선
언을 전제하는 것인데, 그것은 군비 축소와 긴장 완화에 결정적인
기여를 할 것이다"**라며 김일성을 설득하였다. 김일성의 대답은
"교차승인이나 교차접촉은 기본적으로 두 개의 조선을 만들려는
분열주의 책동이기 때문에 절대로 허용하지 말아야 한다"라는 확
고한 거부였다.***

　문익환의 열정적인 설득은 당시로서는 아무 성과 없는 것처럼
보였다. 그러나 얼마 지나지 않아 북한은 문익환이 강조한 그 '과도
적 교차승인'의 방향으로 사실상 노선을 전환하게 된다. 김일성은
1991년 신년사를 통해 "우리는 유엔에 들어가는 문제도 연방제 통
일이 실현된 다음 단일한 국호를 가지고 가입하는 것이 가장 좋다
고 인정하지만 하나의 의석으로 가입하는 조건에서라면 그 전에라

---

* 각 항목에 대한 보다 자세한 내용은 필자의 글 「문익환, 김일성 주석을 설득하다」를
참조할 것.
** 「상고이유서」, p.143.
*** 문익환, 한승헌선생 화갑기념문집간행위원회 엮음, 「가슴으로 만난 평양」, 『분단시
대의 피고들』, 범우사, 1994, p.577. (이하 「가슴으로 만난 평양」)

도 북과 남이 유엔에 들어가는 것을 반대하지 않을 것입니다"라며 사실상 유엔 남북동시가입을 처음으로 인정하는 입장을 밝혔다.[*]

이러한 입장 변화를 반영하여 같은 해 9월 북한은 유엔 남북동시가입을 결행하였다. 유엔 동시가입은 북한 스스로 남한 정부의 실체를 인정하고 '법적 분단'의 현실을 수용한 것이었다. 또한 이것은 '하나의 조선'이 아니라 남북의 공존과 국제무대에서의 '교차승인' 추진이라는 방향으로 북한의 정책이 변화하고 있음을 의미하는 것이었다.

늦봄이 김일성과의 협의에서 가장 가시적 성과를 얻은 것은 단계적 연방제 추진 문제와 경제·문화교류 병행 추진 문제였다.

늦봄은 김일성에게 남과 북 사이에는 불신과 적대감이 깊을 대로 깊어졌기 때문에 연방제 통일도 단계적으로 추진하는 것이 불가피하다는 점과 당분간 남과 북의 자치 정부가 군사와 외교까지 독립적으로 운영하는 단계를 두고 여건이 성숙한 후 연방 정부의 주도 아래 외교와 군사를 점진적으로 통합해 나가야 한다고 주장하였다. 그리고 북이 주장하는 외교·군사권을 통합한 연방제 통일 방안으로는 분단 50년을 넘기지 않는 통일이 불가능하며, '부지하세월'이 될 것이라고 강조하였다. 이 말에 김일성은 완전히 설득되었고, "좋습니다. (연방제는) 한꺼번에 할 수도 있고 협상을 통해서

---

[*] 「전당, 전군, 전민이 일심단결하여 선군의 위력을 더 높이 떨치자」,《로동신문》, 1991. 1. 1.

단계적으로 할 수도 있습니다"*라고 합의하였다.

늦봄은 이 합의를 북쪽이 남한 정부의 '체제연합' 안이나 김대중의 공화국연방제 안에 동의한 것이라고 판단하였고, 그래서 자신이 한 일이 북한 통일 정책을 전환시킨 것이며 궁극적으로는 "남쪽의 통일 방안에 북쪽의 동의를 얻어낸 일"이라고 의미를 부여하였다.** 이것은 틀림없는 사실이었다. 그리고 이 점진적 연방제 추진을 명문화한 문익환-허담의 4·2공동성명은 그것만으로도 한국 통일운동사의 기념비적인 문서가 되었다.

남북정상회담의 가능성을 열다

김일성은 문익환과의 두 번에 걸친 긴 시간의 회담 과정에서 단하나의 질문만을 던졌다. 그것은 "남한은 정말 통일을 원하는 겁니까"라는 질문이었다.

"대한민국 정부는 통일을 원치 않는다고 부정적으로만 볼 것이 아닙니다. 지금 대한민국 정부가 구상하고 있는 '체제연합'은 실질적으로 북이 제안하고 있는 연방제 통일 방안에 매우 가까이 접근

---

* 「상고이유서」, p.144.
** 「상고이유서」, p.145.

되어 있습니다."*

문익환의 이 대답은 김일성의 마음을 흔들어놓았다. 김일성은 즉각 비서에게 명령을 내렸다. "노태우 대통령, 김대중 총재, 김영삼 총재, 김종필 총재, 김수환 추기경, 백기완 선생 등 누구나 집단적으로든 개인적으로든 오면 만날 용의가 있다는 것을 오늘 밤으로 방송하시오."**

늦봄은 당시 상황을 이렇게 기록하고 있다. "김 주석은 상당히 흥분해 있었습니다. 그때는 김 주석이 노 대통령에게 대통령 칭호를 처음 붙여서 불렀다는 것을 미처 몰랐습니다. 다만 우리 정부가 그리도 강하게 요청하던 정상회담이 이루어지나 보다 하는 생각만이 들었습니다."***

이것으로 '남쪽의 정부와 국민의 마음을 전달해서 남쪽에 대한 북쪽의 신뢰를 이끌어내고, 북쪽의 진의를 알아 남쪽에 전달함으로써 북에 대한 남쪽의 신뢰를 회복시키려' 했던 문익환의 방북 목표는 최소한 절반은 이루어진 셈이었다. 즉 그는 진정을 가지고 남쪽의 정부와 국민의 마음을 전달함으로써 김일성의 정상회담 추진 결심을 이끌어낸 것이다. 한국 정치사회에서 이 김일성과의 면담 결과가 가지고 있는 역사적 의미를 가장 정확히 이해한 것은 야당

---

* 「상고이유서」, p.170-171.
** 「가슴으로 만난 평양」, p.586.
*** 「상고이유서」, p.171.

총재 김대중이었다.

"다음 김일성과의 면담 얘기를 살펴보자. 남북정상회담은 이유가 어찌 되었건 우리 남한 정부가 더 적극적이었다. 그런데 이번에 문 목사가 갔을 때, 김일성이 처음 '노태우 대통령과 만나고 싶다'라고 대통령 호칭을 붙였고, 또 조자양에게 같은 얘기를 했다. 이것은 굉장한 변화이다. 그러면 이를 재빨리 잡아서 언제 판문점에서 예비회담을 하자고 제안해야 하지 않는가?"*

이런 김대중의 지적에 대해서 이홍구 통일원장관은 "정상회담의 중요성에 대한 정부의 입장은 전혀 바뀐 것이 없다. 따라서 정상회담의 가능성이 생긴 것을 절대 정부가 가볍게 생각해 온 것은 아니라는 것을 다시 밝힌다"라고 답변하였다.** 당시의 노태우 정부는 '북한의 지령에 의한 적지 잠입'이라는 공식 발표에도 불구하고 문익환의 방북이 정상회담의 가능성을 열어놓은 것에 대해 상당히 중시하는 입장을 보였던 것이다.

4·2공동성명, 6·15공동선언의 초안이 되다

1989년 3월 25일 방북하여 4월 3일까지 평양에 체류하였던 문

---

* '국회 외무·통일상임위원회 속기록', 1989. 5. 23.

** 위와 같음.

익환은 김일성과의 두 차례 회담의 결과를 문서화하여 이를 북한 조국평화통일위원회와의 공동성명 형식으로 발표하였다. 그것이 바로 문익환-허담의 '4·2공동성명'이다.

이 공동성명은 문익환과 김일성 사이의 논의 내용을 중심으로 북의 조평통과 문익환 목사의 입장을 각각 병렬한 장문의 전문과 9개 항의 합의로 구성되어 있다. 9개 항의 합의 중에서 주목할 부분은 7·4공동성명을 재확인한 제1항, 그리고 문익환과 김일성 사이의 정치군사회담과 다방면의 교류 병행 추진 합의와 점진적 연방제 추진 합의를 담은 제3항, 제4항이다.

4·2공동성명 제1항은 7·4남북공동성명에서 천명된 자주, 평화, 민족대단결의 3대 원칙을 재확인하는 것이었다. 이것은 내용의 새로움이 아니라, 남북 당국 사이에서 체결된 7·4공동성명을 남한의 시민사회가 재확인하였다는 점에서 매우 의미심장한 것이었다. 문익환이 말하듯이, 7·4공동성명은 국민들의 의사와 무관하게 남북 집권층의 합의만으로 서명, 공식화된 것이었지만, 4·2공동성명은 조평통을 대표해서 허담 위원장이 서명하고 전민련을 대표해서 그가 서명함으로써 7·4공동성명을 실질적인 국민 동의 기반 위에 올려놓은 것이었다.*

4·2공동성명 제3항은 "정치군사회담 추진과 (…) 동시에 이산가족 문제와 다방면에 걸친 교류와 접촉을 실현하도록 적극 노력한다"라고 되어 있는데, 이는 정치·군사회담과 경제·문화교류 병행

추진의 합의를 담은 것이다. 이 제3항의 합의는 문서만이 아니라 구체적으로 실행에 옮겨졌다. 북한은 1990년에 남측 음악인 17명 초청과 남북통일축구대회 추진 등 기존의 '정치군사 문제 우선'의 입장에서 물러나 그야말로 다방면의 교류에 적극 나섰다.

4·2공동성명에 담긴 이 '다방면의 교류 병행 추진'의 내용은 2000년 6·15공동선언에 그대로 반영되었다. 6·15공동선언 제3항은 "남과 북은 2000년 8월 15일에 즈음하여 흩어진 가족, 친척 방문단을 교환하며"로 되어 있고, 제4항은 "남과 북은 경제협력을 통하여 민족경제를 균형적으로 발전시키고 사회, 문화, 체육, 보건, 환경 등 제반 분야의 협력과 교류를 활성화하여 서로 신뢰를 도모한다"라고 되어 있다. 이 두 조항은 결국 4·2공동성명의 제3항과 같은 내용인 셈이다.

4·2공동성명의 제4항은 문익환, 김일성 사이에 합의된 점진적 연방제 추진 문제에 관한 것인데, 이 항은 "누가 누구를 먹거나 누가 누구에게 먹히우지 않고 (…) 공존의 원칙에서 연방제 방식으로 통일하는 것이 (…) 합리적인 통일 방도가 되며 그 구체적인 실현 방도로서 단꺼번에 할 수도 있고 점차적으로 할 수도 있다"라는 내용으로 되어 있다.

이 제4항은 남과 북이 통일의 기본 원칙에서 '공존', 그리고 추진 방도에서 '점차성'에 처음으로 합의한 역사적 조항이었다. 이 공

---

* 「상고이유서」, p.180.

동성명 이후 남과 북의 통일 방안은 모두 '공존'과 '점차성'의 원칙을 강조하는 방향으로 변화하였다. 남의 '민족공동체통일방안'과 북의 '느슨한 연방제'가 바로 그것이다.

북한은 1991년 신년사에서 "잠정적으로 지역자치 정부에 더 많은 권한을 부여하며 점차 중앙정부의 기능을 높여나가는 방향에서 연방제 통일을 점차적으로 완성하는 문제도 協議할 용의가 있다"라고 밝힌 이래,* '느슨한 연방제' 혹은 '연방제 일반'으로 '점차성'의 원칙을 점점 더 확대하는 방향으로 자신의 입장을 변화시켜 왔다. 그리고 남과 북의 이런 변화는 결국 6·15공동선언의 제2항 "남과 북은 남측의 연합 제안과 북측의 낮은 단계의 연방 제안이 서로 공통성이 있다고 인정하고 앞으로 이 방향에서 통일을 지향시켜 나가기로 하였다"라는 합의로 이어졌다.

이 6·15공동선언 제2항에서 특히 주목할 점은 '남의 연합제와 북의 낮은 단계의 연방제 사이에 공통점이 존재'한다는 것을 인정했다는 대목이다. 이는 '국가연합'을 두 개의 조선을 인정하는 '분단고착론'이라고 비판하던 북한의 입장 변화를 의미하는 것이었고, 그 변화는 바로 4·2공동성명으로부터 시작된 것이었다. 즉 6·15공동선언 제2항은 4·2공동성명 이후 북한의 통일 방안이 '느슨한 연방제'에서 '낮은 단계의 연방제' 안으로 더욱 발전해 나갔으

---

* 「전당, 전군, 전민이 일심단결하여 선군의 위력을 더 높이 떨치자」, 《로동신문》, 1991. 1. 1.

며, 나아가 남의 '연합제' 안과의 공통성을 살려 보다 현실적인 통일 방안을 모색하겠다는 뜻을 내포하고 있는 것이었다. "쌍방의 합의의 결과는 나라의 통일을 염원하는 남과 북의 그 어느 누구에게도 긍정적으로 받아들여지리라는 확신을 표명한다"라는 4·2공동성명의 마지막 문장은 6·15공동선언에 대한 하나의 예언이었던 셈이다.

'민족해방혁명'의 성채에서 탈냉전으로

4·2공동성명은 7·4남북공동성명의 계승이며 동시에 6·15공동선언의 전편이라는 역사적 지위를 가지고 있다. 특히 내용적 수준에서 보면 6·15공동선언은 사실상 4·2공동성명을 기반으로 완성되었다고 해도 과언이 아닐 정도로, 두 문서는 역사적 맥락을 같이하고 있다. 이것이 의미하는 바는 분명하다. 그것은 광주항쟁과 6월항쟁 등 수많은 투쟁을 거치면서 축적되어 온 한국 시민사회의 통일에 대한 구상과 꿈이 남과 북의 양 당국을 통일의 문턱까지 끌고 왔다는 것을 의미한다.

4·2공동성명은 기본적으로 남한의 정치사회가 아니라 시민사회가 전면에 나서서 만들어낸 남북합의문이다. 즉 4·2공동성명에 반영된 문익환의 입장은 남한 시민사회가 축적해 온 통일 구상의 정화였고, 1994년 여야 합의를 거쳐 확립된 남한 정부의 공식 통일

방안인 '민족공동체통일방안'에도 '공존과 점진성'의 원칙은 그대로 녹아 있다. 민족공동체통일방안 핵심인 '남북연합'은 매우 느슨한 국가연합이지만 상시적인 무력 충돌 위협과 이데올로기 대립이 중첩된 조건을 딛고 남북 각각의 국가주의를 규율하면서 한반도의 지난한 통합 과정을 점진적으로 추진해 나가는 '남북의 공동 관리 장치'이다. 따라서 남북의 국가연합은 단순한 공존을 넘어 안보 국가의 통제에 대한 낮은 수준에서나마 상호 약속의 의미를 지니게 되는 것이고, 그 지점에서 '공존과 점진성'에 기초한 한반도적 맥락의 통일이 시작된다고 말할 수 있게 된다.

이것은 김대중 정부에 들어와 '사실상의 통일 추구', '과정으로서의 통일'이라는 내용으로 남북관계 발전의 기본 원칙이 되었고, 그것은 6·15공동선언에 그대로 명문화되었다. 김대중 정부는 4·2공동성명의 성과를 바탕으로 남과 북 양 당국의 '차이를 좁히고 공통성을 확대하여' 이들을 통일의 문턱으로 더욱 가까이 끌어왔던 것이다.

이것은 또 다른 의미에서 '통일'과 '통일운동'에 대한 새로운 정리이기도 하였다. 일반적으로 한국 사회에서 통일은 '근대국민국가'의 완성과 동일한 의미로 인식되어 왔다. 이러한 이해는 통일을 '완성된 국민국가' 건설로 이해하는 민족주의적 열망과 연결되거나 혹은 '근대성의 핵심은 자주성이며 따라서 통일 문제는 민족해방혁명의 완수이고 통일운동은 곧 분단을 강요, 유지하는 외세와의 투쟁'으로 인식하게 되었다. 이러한 이해는 통일의 문제를 민주

변혁과 일체화된 '민족해방'의 문제로 제기하여 분단체제하에서의 민주주의운동을 분단 극복의 시야로 확장시키는 데 큰 기여를 한 것은 사실이다.

그러나 어떤 경우도 역사는 과거로 되돌아가는 것이 목표가 되어서는 안 된다. 시대가 변하면 근대국민국가 건설이라는 근대 적응의 과제는 그를 넘어서는 근대 극복의 과제와 중첩될 수밖에 없다. 민족해방의 문제도 마찬가지이다. 21세기의 한국 사회에서 자주의 문제는 더 이상 국민국가 수립의 관문인 민족해방의 달성 문제로 단순 환원하기 어렵다.

실천적 차원에서, 민족주의적 혹은 민족해방혁명적 통일운동에서 탈냉전기의 '새로운 통일운동'으로 전환할 것을 주창한 것은 문익환이었다. 그는 민족해방혁명론의 종주 격인 북한을 상대로 통일은 '단꺼번에 하는' 혁명적 방식만이 아니라 '공존'의 원칙과 '점차성'의 방식으로 추진할 수 있다는 합의를 이끌어냄으로써(앞의 4·2공동성명 제4항) 통일 문제를 민족해방혁명의 성채에서 끌어내려 '과정으로서의 통일'에 대한 시야를 현실화하였다.

탈냉전기 통일운동에 대한 새로운 성찰

늦봄 스스로 말하듯, 그는 방북을 통해 새 통찰, 새 깨달음과 확신을 얻었고, 그것은 통일운동 인식에도 영향을 미쳤다. 그는 냉전 시기 통일운동의 종언과 함께 탈냉전 시기에 부합하는 새로운 통일운동 전개의 필요성을 주장하였다.

그는 우선 자신이 반(半)국이 아니라 한반도의 차원에서 통일운동을 전개해야 한다는 '역사적 책임감'을 보이기 시작했다. 그는 "남쪽의 대한민국에서 되어지는 모든 일에 한 시민으로서 책임 있는 생을 살아가는 동시에, 북쪽의 모든 민족(문제)도 나 자신의 문제라고 생각"*하게 되었다. 이런 자각은 당연히 민 주도에 대한 그의 시야도 한반도 차원으로 변모하게 만들었다. "북쪽의 민의를 키우는 데도 주력해야 돼. 북의 하향적이고 다소 획일적인 사고를 임수경 대표가 얼마나 많이 바꾸어놓았는지를 보면 북의 민의를 키우는 데 남쪽의 민이 얼마나 큰 역할을 하는지 알 수 있지."** 남한의 민간 통일운동의 발전과 접촉이 북의 '민의 자각과 성장'을 가져올 것이라는 늦봄의 성찰은 남한의 민간 통일운동을 '제3당사자'라고 규정한 백낙청의 인식과 그대로 연결된다.***

변화의 또 다른 한 축은 냉전기 통일운동에 대한 성찰이었다. 문익환은 명망가 중심으로 구성되고 북의 논리와 사상에 경도되어 있

* 「상고이유서」, p.177.

** 문익환, 「신앙과 운동이 하나 되는 기독교운동 전개」, 《한국외국어대학보》, 1993. 3. 23., 『전집』 5권, p.450.

*** 백낙청, 「북의 핵실험 이후: 남북관계의 '제3당사자'로서 남쪽 민간사회의 역할」, 『어디가 중도며 어째서 변혁인가』, 창비, 2009.

는 과거의 통일운동으로는 탈냉전기 남한의 시민사회와 정치사회를 이끌어나갈 수 없다고 판단했다. 그는 지난 시기의 통일운동이 남한 정부만을 상대로 했기 때문에 투쟁적일 수밖에 없었다면서, 이제는 남과 북의 두 정부를 동등하게 중재하면서 끌고 가고 밀고 가는 일을 해야 한다고 생각하였다.* 그래서 그는 통일운동은 기본적으로 "남북한 당국에 대해 중립적이어야 합니다. 북쪽과 해외가 남한 정부를 비난, 공격할 때, 우리도 덩달아 하게 되면 한쪽으로 기울게 됩니다. 그건 안 됩니다"**라며 중립성의 원칙을 강조했다.

아울러 그는 통일운동은 관의 한계가 분명하므로 '민 주도'라는 입장을 확고히 견지해야 한다고 주장하면서도, 통일운동에서 민과 관은 상호관계에 있다는 점을 강조하였다. 민이 관을 배제해서도 안 되지만, 관이 민을 배제해서도 안 된다는 것이 그의 입장이었다. 그는 정부와의 일정한 협력, 즉 "종교 단체, 시민운동 단체와 우리 재야 통일운동, 나아가서는 정부까지 하나의 운동으로 묶어서 발전시켜야" 한다고 주장하였다.*** 이런 입장에 따라 그는 범민련****을 발전적으로 해체하고 '민의 운동을 광범위하게 실천하고 이를 정부가 받아들일 수 있는 새로운 전기를 마련하기 위해' 새로운 통

---

* 문익환, 「분단 50년은 우리 민족의 수치입니다」(대담),《민주화의 길》29호(1991/3-4),『전집』5권, p.435-436.

** 문익환, 「통일을 맞이하는 민의 철저한 준비가 있어야 합니다」(인터뷰),《정세연구》1994년 2월호,『전집』5권, p.503.

*** 문익환, 「전교조신문과의 대담」,《전교조신문》, 1993. 8. 31.『전집』5권, p.480.

일운동체의 결성을 제안하였다.

그런데 문익환이 제기한 '새로운 통일운동체'는 사실 그 중심점이 '정부와의 관계'에 있는 것이 아니라 북과의 연대 방식 변화에 있었다. 그는 '새로운 통일운동체'는 범민련과 같이 남·북·해외의 3자 연합적인 성격을 탈피해서 사안에 따라 연대하는 좀 더 유연하고 느슨한 연대체가 되어야 한다고 생각하였다. "북쪽이 고려연방제에서 느슨한 연방제로 전진했듯이 통일운동체도 형식적인 연합체에서 실질적인 연대체로 새롭게 발전하는 것이 필요합니다."*****
문익환의 이 '새로운 성찰적 통일운동론'은 무엇보다도 당시 '북의 논리와 사상에 지나치게 경도되어 스스로 고립을 자초하고 있는' 전통적 통일운동의 일부 흐름에 대한 근본적인 문제 제기였다. 동시에 그는 남의 민이 북, 해외와 관계 맺는 방식이 교조와 형식주의에 빠질 것이 아니라, 느슨하다 하더라도 '실질적 연대'가 되는 것이 더 중요하다고 보았고, 그 점에서 그의 새로운 성찰적 통일운동론은 교조와 형식을 강조하는 북이나 남의 일부 통일운동에 대

**** 조국 통일 실현을 목적으로 남한과 북한, 해외 동포들이 결성한 통일운동 단체로, 1990년 20일 독일 베를린에서 결성되었다. 정식 명칭은 '조국통일범민족연합'이다. 범민련은 남·북·해외 3자 조직이 하나의 강령과 규약을 가지고 활동하는 통일운동 연합체이다. 범민련 북측 본부(초대의장 윤기복)는 1991년 1월 25일에 결성되었으며, 남측 본부는 1995년 2월 25일 결성되었다. 1997년 대한민국 대법원은 이 단체에 대해 '이적 단체' 판결을 내렸다.

***** 문익환, 「통일을 맞이하는 민의 철저한 준비가 있어야 합니다」, 『전집』 5권, p.502.

한 문제 제기이기도 하였다.*

문익환의 이러한 문제의식은 2000년 이후 민간통일운동의 한 시기를 열었던 '6·15남북공동위원회'와 그 주관하에 추진된 민족 공동행사 경험에 크게 반영되었다. 6·15공동위원회와 민족공동행사는 문익환이 주창한 탈냉전기의 새로운 통일운동 흐름과 한국의 시민운동이 자신의 독자적인 설계와 목표를 가지고 전개한 남북연대운동이었다. 이 운동은 남북 시민사회 발전의 비대칭성, 평화체제가 구축되지 못한 데서 오는 불안정한 남북관계의 한계와 함께 남북의 국가주의와의 지속적인 갈등 속에서도 교조와 형식이 아니라 '실질적 연대'를 통해 '시민참여형 남북 거버넌스'를 추구해 나간 귀중한 역사적 경험이었다.**

---

* 이러한 주장으로 인해 문익환은 일부의 혹독한 비난에 시달려야 했다. 그들은 한국전쟁 당시 미군 통역관으로 일했던 늦봄의 전력을 거론하며 늦봄을 미국 CIA의 간첩이라 주장하기도 하였다. 문익환은 죽는 순간까지 동지들의 이러한 비판에 매우 고통스러워했다.

** 6·15공동위원회 활동에 대한 학문적 연구로는 이승환, 건국대 통일인문학연구단 엮음, 「남북교류협력의 경험을 통해서 본 남북연대방안: 6·15민족공동위원회와 민족공동행사 경험을 중심으로」, 『포스트 통일, 민족적 연대를 꿈꾸다』, 한국문화사, 2016; 정현곤, 「남북 거버넌스 연구(2001-2007)─6.15남/북위원회를 중심으로」(경남대 박사논문, 2015) 등을 참조할 것.

문익환의 민주화 · 통일 실천의 변증법적 성찰*

이유나(성균관대학교 초빙교수)

I. 들어가며

한반도의 평화와 공동 번영 및 통일을 실현하기 위한 '한반도 평화 프로세스'의 해법을 모색하는 데 있어서 국내외적 시련에 직면해 있다. 이러한 측면에서 '문익환의 민주화, 통일 실천의 변증법적 성찰'을 고찰하는 것은 작금의 현실에서 의미 있는 작업이다. 문익환에 대한 기존의 연구들은 민주화운동보다는 통일운동에 초점을 맞춘 논문들이 다수를 이루었다. 그러나 문익환은 목회자이자 신

---

* 이 논문은 2019년 11월 22일 문익환 목사 방북 30주년 기념 학술대회에서 발표한 논문을 수정, 보완한 것이다.《신학사상》190, 2020, p.355-387.

학자로서의 삶에서 전태일의 죽음 이후, 즉 1970년대부터 노동자들의 인권 문제에 관심을 가지게 된다. 반유신운동에서 통일운동으로 중심축을 이동해 분단 극복을 하고자 했던 장준하가 1975년에 의문사하게 되자, 문익환은 이를 계승하고자 적극적으로 사회 참여 활동을 하게 되었다.

또한 1980년 서울의 봄은 신군부에 의해 군사독재 정권의 서막으로 점철되자 민통련 의장으로서 그는 1987년 6월항쟁을 주도해 민주화운동에도 적극 가담하였다. 특히 그는 정치적 민주화와 더불어 경제적 민주화에도 지대한 관심을 가져 노동자, 농민, 도시 빈민 들의 삶이 경제적으로 보다 나아지기를 염원하였다. 이런 인식 하에서 본 논문은 통일운동뿐만 아니라 인권·민주화운동에도 온 힘을 기울인 문익환의 삶을 재조명해 보고자 한다. 아울러 민주화와 통일의 상관관계를 통해 선민주 후통일, 선통일 후민주 논쟁에 대해 문익환의 변증법적 통일을 고찰해 보려고 한다. 더 나아가 문익환의 삶과 정신에 비추어 오늘날의 현실에 당면한 한반도의 문제를 해결하기 위해 우리가 나아가야 할 바람직한 방향을 모색해 보고자 한다.

Ⅱ. 문익환의 인권운동과 민주화운동

1. 문익환의 인권운동

1) 한국인권운동협의회에서의 활동

박정희 정권의 긴급조치 9호에 의한 강압적인 통치에도 불구하고 1976년 말부터 학생, 노동자 들을 필두로 치열한 민주화와 인권운동이 전개되었다. 특히 생존권을 사수하고자 하는 노동자, 농민운동은 민중운동의 방향성을 현실의 삶 속에서 구현하였다.* 또한 학원에 대한 직접적인 통제의 강화는 민주 회복과 학원 자유, 노동운동 탄압 중지를 요구하는 학생 시위의 확산을 가져왔다.

1960년대부터 기독교계를 중심으로 도시 산업 선교, 도시 빈민 선교 단체들이 출현하였고, 1960년대 말부터 학사단을 중심으로 민중과 연대를 도모하였다. 1970년대 초반 구교와 신교의 인권운동으로서의 연합이 시도되었다. 여기에 시민사회가 연대해 더 큰 조직인 한국인권운동협의회가 1977년 12월 29일 발족된 것이었다.

이 단체에 인권 회복과 민주 회복을 위해 투쟁하는 각계 인사

---

* 한국기독교교회협의회 인권위원회, 『1970년대 민주화 운동』, KNCC, 1987, p.202. 민주화운동은 민중 문제에 직접 참여하게 됨으로써 보다 성숙한 운동으로 나아갔다. 1977년부터 1978년 사이 연합 운동적 차원에서 문제가 제기된 것은 방림방적, 인선사, 남영나일론, 평화시장, 동일방직, 함평 고구마 사건 등을 들 수 있다.

32명이 참여해, 회장에 조남기, 부회장에 김승훈(신부), 총무에 안성열(동아투위), 서기에 김상근(목사)이 선출되었다. 이들 중 다수는 개신교와 가톨릭계 인사들이며, 언론계, 여성계, 문인 단체, 양심범가족협의회 대표가 포함되었다.

발족 성명서에서 "인권침해, 인권 부재의 현실을 효율적으로 대처하고자 이 모임을 발족한다"라며 "노동자, 농민, 학생, 지식인 등제 분야에서 인권침해 사실을 조사하고 수사와 공판 과정에서 법률구조와 홍보 활동을 강화할 것을 다짐한다"*라고 밝혔다. 이는 군사정권 시절 인권유린이 무참하게 자행되고 있다는 자각을 가지고 인권 보호 차원에서 세력을 규합한 것이었다. 무엇보다 경찰이나 검찰의 수사 과정 및 재판 과정에서 기본권적 인권이 보호되어야 함을절감해 다방면의 지식인들의 공감을 얻고 참여를 이끌었던 것이다.

이듬해 6월 9일에는 한국인권운동협의회가 조직 확대를 단행해회장에 함석헌, 부회장에 문익환(기독교), 김승훈(가톨릭), 송건호(언론계), 성내운(前 연세대학교 교수), 공덕귀(여성계)가 임명되었고, 중앙위원 118명이 선임되었다.** 당시 민주화운동 인사가 거의 망라되어 있다고 볼 수 있다. 1차 감옥에서 출옥한 문익환도 이때 적극 참

---

* 「자유, 민주, 인권은 국민 모두가 지키고 키워나가자」, 한국인권운동협의회, 1978. 1.
** 1978년 한국인권운동협의회의 주요 담화.
1월 24일 '발족 성명', 2월 27일 '우리의 인권 현실', 2월 27일 '한국 국민의 인권 선언', 6월 9일 '오천만의 인권', 6월 23일 '라벤더 선교사 추방에 관한 성명서', 6월 23일 '구미공단 내 회사 사장에게 보내는 공개 서한', 6월 30일 '(현직 교수들의 국민교육헌장 거부에 대한) 성명서'.

여하여 한국인권운동협의회의 활동을 통해 인권과 민주 회복을 위해 앞장섰다.

특히 그는 「오천만의 인권」을 주도적으로 작성하였다.* 그 내용은 생존권, 사상의 자유, 창작 및 표현의 자유, 결사의 자유, 저항권 등이 내포되어 있다.

첫째로, 인권이란 굶어 죽지 않고 먹고살 수 있는 생존권이다.

둘째로, 모든 사람은 저 나름으로 남다른 생각을 하며 살 자유와 권리가 있다.

셋째로, 모든 사람은 제 생각을 말과 행동과 창작 활동으로 표현할 자유와 권리가 있다.

넷째로, 모든 사람은 제 생존권을 지키고 제 생각을 펴고, 표현의 자유를 누리기 위해 결사의 자유와 권리가 있다.

다섯째로, 모든 사람은 제 인권을 가지고 북돋우며, 키울 의무와 함께, 이를 빼앗고 짓밟은 자들에게 저항할 권리가 있다.**

---

* 「오천만의 인권」에서 우리가 직면하고 있는 모든 문제는 남과 북으로 분단된 것에 모든 원인이 있으며, 분단 현실 속에서는 인권 문제 역시 개선될 수 없다. 왜냐하면 남측의 정권 안보를 위해 인권이 유린당하기 때문이리고 보았는데, 이것은 문익환의 시각과 일치한다(이유나, 「늦봄 문익환, 더 큰 하나된 나라를 꿈꾸다」, 《내일을 여는 역사》 67호, 2017, p.57).
** 「오천만의 인권」, 한국인권운동협의회, 1978. 6. 9., 민주화운동기념사업회 아카이브즈(2003).

246

이는 헌법상 보장된 기본권이지만 군부 독재의 현실에서는 선언적 의미에 지나지 않아서 이를 정부가 온전히 보장해 줄 것을 천명한 것이었다.

또한 이러한 인식은 '동일방직 사건'에서 여실히 드러나 문익환은 1978년 4월 26일의 동일방직 해고 근로자 작업 현장에서 농성 사건에 대한 복직 문제와 노동삼권 보장 결의문을 김병상, 추송자 등과 함께 발표하였다.

> 노동자는 겨레다. 민족이다. 우리는 이들 없이는 살 수도 없다. 우리는 신앙 양심과 인간적 양심으로 동일방직 해고 근로자를 지원한다. 그들에게 씌워진 인간적 학대와 참을 수 없는 수모는 바로 우리에게 씌워진 것임을 다시 실감하면서 우리는 지금 분연히 일어서야 할 때가 되었다.
>
> 민주 회복, 인권 회복, 독재 타도의 모든 근간은 노동자의 인권이 보장될 때에 이룩된다고 믿는다. (…) 우리가 가진 생명은 우리의 것이 아니다. 하나님의 선물인 이 생명을 어떤 인간이 탈취하거나 감할 수 없다.[*]

이처럼 문익환은 한국인권운동협의회에서 활동하고 결의문을 통해 동일방직 해고 근로자에 대한 지원을 촉구하면서 노동자들의

---

[*] 문익환, 「동일방직 해고 근로자 복직 문제와 노동 삼권 보장 결의문」, 1978.

인권 회복의 중요성을 역설하였다. 그는 민주 회복, 인권 회복, 독재 타도가 이루어져야 하며, 이를 위해 가장 우선시되는 것은 노동자들의 생존권과 인권의 보장이라고 인식했던 것이다.

2) 전태일기념관건립위원회에서의 활동

1970년대 노동운동과 민주화운동의 상징적 출발이라고 할 수 있는 전태일의 정신을 되살리고 민주사회 건설에 기여할 목적으로 1981년 12월 14일 전태일기념관 건립이 추진되었다. 동대문 천주교회에서 '전태일기념관건립추진위원회'가 창립총회를 열고, 회장 공덕귀, 부회장 김승훈, 사무국장에는 김동완을 선출하였고, 중앙위원 30명, 집행위원 등으로 조직되었다.*

건립위원회는 한동안 회장이 공석인 채로 활동하다가 1982년 12월 24일 형 집행정지로 출옥한 문익환을 1983년 3월 28일 1차 정기총회를 열어 회장으로 선출하였다.** 이로써 건립위원회가 1982년 말부터 추진해 온 『전태일 평전』 출판 사업을 문익환이 주도적으

<hr />

* 한국교회사회선교협의회, 「전태일기념관건립추진위원회 활동 보고서」, 1981. 12. 14.-1982. 11. 13.

** 당시 추진위 회장이었던 공덕귀는 남편 윤보선이 신군부 정권에 우호적인 발언을 하는 등 정치적 입장이 달라지자 회장직을 사임했다. 한편 전태일기념관건립추진위원회 부회장은 김승훈, 이우정, 김준영이, 사무국장은 김동완이, 모금기획위원은 이창복이 맡았다. 그리고 기구는 중앙위원회, 집행위원회, 특별위원회, 모금위원회 등이 있었다.

로 이끌었다.* 문익환이 쓴 1983년 5월 23일 전태일기념관 건립을 위한 안내문에서 전태일의 죽음에 대한 그의 인식을 엿볼 수 있다. 그는 "젊은 노동자 전태일의 이야기는 6000만 겨레의 눈물이 되어야 합니다. 눈물로 풀어져 흐르는 맑은 강이 되어야 합니다. 앞을 죽음처럼 가로막는 절벽을 무너뜨리며 흐르는 민족사의 물줄기가 되어야 합니다. 아직은 땅속을 흐르는 이 물줄기 속 한 방울로서…["] 전태일의 죽음은 '무덤이 아니라, 생명의 소멸이 아니라, 새 희망으로 살아나는 부활'이라고 하면서 그의 죽음이 육체적 죽음으로 끝나는 것이 아니라, 조국의 민주화와 인권운동으로 이어지기를 염원했다.** 그리고 그는 1983년 12월 성탄절을 맞아 다음과 같은 전태일을 위한 시를 썼다.

전태일 아닌 것들아

다들 물러가거라

눈물 아닌 것 아픔 아닌 것 절망 아닌 것

모든 허접쓰레기들아 모든 거짓들아

당장 물러들 가거라

온 강산이 한바탕 큰 울음을 터뜨리게)***

---

*   민종덕, 「이소선 평전 〈어머니의 길〉 93」, 《오마이뉴스》, 2015. 3. 24.
** 서울 무너미에서 문익환(문익환, 1983. 5. 23; 전태일기념관건립추진위원회, 전태일 기념관을 건립합시다, 1983년 5월).
*** 문익환, 시 「전태일」 부분.

이처럼 문익환은 전태일의 죽음에 대한 격정적인 심정을 토로하는 시를 통해 당시 박정희 정부의 노동 착취를 통한 경제성장 우선주의를 강하게 질타하면서 한편으로는 노동자들의 삶이 보장된 민주화된 사회로 나아가야 한다고 표명하였다.

2. 문익환의 민주화운동

1) 민주주의론의 배경과 형성

문익환은 민족주의적 색채가 강한 북간도 명동촌에서 태어나 어려서부터 자연스럽게 민족주의사상을 체득하였다. 특히 안병무, 강원용 등과 교류하면서 민중과 민주주의에 관심을 가지게 되었고, 스승 김재준으로부터는 사회참여 신학을 수용하였다.

문익환의 민주주의와 민주화운동에 대한 형성을 이해하기 위해서 1960년대 4·19와 5·16에 대한 견해를 통해 그의 민주주의에 대한 인식을 살펴보고자 한다. 문익환은 4·19 시기 '피는 피를 부른다'라는 설교를 통해 "젊은 학도들의 피는 그리스도인이 해방 후 15년 동안 죽지 않았기 때문에 우리를 대신해서 죽은 것이다"라고 하면서 그리스도인이 불의에 항거하지 않았기 때문에 4·19 학생 세력들이 대신 피를 흘리게 되었다고 우회적으로 강조하였다.

미완의 혁명으로 끝난 4·19 이후 박정희 군부 세력이 5·16쿠데타를 통해 집권을 시도하였다. 이 시기에 문익환은 이에 대해 반대하는 설교를 했다. '한국에서도 민주주의는 성공할까?'라는 글을 발표하였다.

한국에서도 민주주의는 성공할까? 5·16쿠데타는 한국 민주주의의 실패를 세계만방에 선포한 것입니다. 한국 민족이 아직 민주주의를 해나갈 준비가 되어 있지 않다는 것을 세계의 이목 앞에 드러낸 것입니다. (…)

한국은 이승만 박사 통치하의 12년은 상당히 강한 독재가 행해졌습니다. 그 12년에 걸친 독재가 4·19혁명으로 붕괴되고 제2공화국이 민주주의적인 기틀을 마련해 세워졌습니다. (…)

군대의 세계에는 민주주의가 없습니다. 거기는 명령과 복종이 있을 따름입니다. 그것은 독재입니다.

우리는 일단 민주주의의 휴업 상태에 들어가는 것입니다. 당분간이라고는 하나, 그 당분간이 언제까지일 것이냐는 아무도 말할 수 없을 것입니다. 민주주의는 한 걸음 후퇴한 것입니다. 민주주의의 시련기에 들어선 것입니다.*

당시 《사상계》 그룹을 비롯한 재야지식인 중에는 함석헌을 제외

---

* 문익환, 『문익환 전집』(이하 『전집』) 12권, 사계절, 1999, p.240-241.

하고 5·16에 대해 비판하는 세력이 거의 없었다. 문익환은 이승만 정권의 독재 이후에 민에 의해 4·19혁명으로 이승만 정권이 붕괴되었지만, 군부가 집권함으로써 민주주의를 후퇴시켰다고 강조하였다.

문익환은 1960년대 한빛교회의 담임목사이면서, 연세대학교와 한신대학교에서 구약학을 강의하고, 사무엘, 예레미야, 엘리야, 여호수아, 아모스 등 예언자들의 삶을 연구하며 《기독교사상》에 예언운동의 개척자들 시리즈를 발표하는 등 예언자 신앙에 기초해 예언운동은 해방을 열망하는 억눌린 민중의 힘이 터져 나오는 데서 시작된다고 주장하였다.[*]

1960년대의 문익환에게는 설교와 성경 연구를 통해 불의에 대한 항거, 즉 정의를 기초로 한 민중에 대한 사랑과 민주화에 대한 열망이 내재해 있었다.[**]

그러던 그가 1970년 11월 13일 열악한 노동 조건에 항의해 유서를 남기고 분신자살한 전태일 사건을 계기로 사회문제에 관심을 갖게 되었고, 이때부터 노동자의 삶에 대한 현실적 인식을 하게 되었다. 이후 1974년 민청학련 사건을 접하면서 인권 문제가 한층 고

---

[*] 문익환, 『전집』 11권, p.98.

[**] 문익환의 정신세계에는 사랑, 정의, 평화, 생명으로 집약할 수 있다. 문익환은 "정의는 가난하고 굶주린 사람이 없는 사회"라고 보았으며, 또한 "정의가 평화의 기둥이 된다"라고 하였다. 『전집』 3권, 사계절, p.149-150; 최형묵, 「꿈을 현실로 산 신앙의 선구 문익환 목사」, 《신학사상》 181호(2018/여름), p.64-67.

조되어 구속자 석방 투쟁을 위한 여론 형성에도 노력하였다.[*]

2) 3·1민주구국선언과 민주 통일 인식

박정희 정부의 유신체제는 유신체제를 공고히 하고자 이를 반대하는 일체의 시위를 금지하는 긴급조치 9호[**]를 1975년 5월 13일에 발동했다. 3개월 후 8월 17일 민주화와 통일운동에 헌신한 중심인물이었던 장준하가 의문의 죽음을 당하였다. 이를 통해 재야운동 세력이 힘이 다소 약화되었지만, 한편으로는 내부 결속을 강화하는 계기가 되었다.

1975년 후반기부터 이듬해 후반기까지 대학가의 학생운동은 침체되어 대규모의 시위를 할 수 없었다. 이러한 유신체제의 강압 통치에 대응하기 위해 1976년 3월 1일 '3·1민주구국선언 사건'이 일어났다.

서울 명동성당에서 가톨릭 신부와 정치인, 목사와 교수 등 700여 명이 참석한 가운데 3·1운동을 기념하는 미사가 끝나갈 무렵 이우정이 민주구국선언문을 낭독하였다. 이 선언문의 주요한 내용

---

[*] 이유나, 「문익환의 통일론과 통일 운동에 대한 연구」(성균관대 사학과 박사논문), 2009, p.64-65.

[**] 서중석, 『사진과 그림으로 보는 한국현대사』, 웅진지식하우스, 2014, p.341. 긴급조치 9호는 유신헌법을 부정, 반대하고 개정을 요구하거나 이를 보도하면 영장 없이 체포하겠다는 것으로 반유신운동을 국민들로부터 격리시키는 데 주안점을 두었다.

은 "1. 이 나라는 민주주의 기반 위에 서야 한다. 2. 경제 입국의 구상과 자세가 근본적으로 재검토되어야 한다. 3. 민족통일은 오늘이 겨레가 짊어진 지상의 과업이다"라는 것이었다.

이 선언문의 작성에 문익환이 중요한 역할을 감당하였다. 장준하의 죽음 이후 문익환은 1976년 3·1절을 앞두고 3·1민주구국선언문을 기초하였다. 이 선언문은 문익환이 작성한 초안에 김대중, 윤보선, 이문영 등의 재야 민주화 인사들의 의견 조율을 거쳐 완성된 것이었다. 윤보선, 김대중, 정일형, 함석헌, 이우정, 김승훈, 문동환, 이문영 등 정계, 종교계, 학계의 인사들이 선언문에 서명하였다. 그런데 선언문의 서명자들은 이 사건에 반유신운동과 민주화운동의 일환으로 참여했다고 증언했으나, 문익환은 내면적으로 민주화가 곧 통일의 초석임을 자각하였고, 장준하의 통일론을 계승하는 차원에서 이 사건을 주도하였던 것이다.*

이 사건으로 1977년 첫 감옥인 전주교도소에서 민주주의의 실현을 위해 25일간 단식하며 항거하였다. 그는 이 사회를 민주화, 자유화함으로써 조국의 평화적, 민주적 통일을 위한 기반을 구축할 것을 단식을 통해 호소하였던 것이다.

---

* 이유나, 「문익환의 통일론과 통일 운동에 대한 연구」, p.72. 3·1민주구국선언에 대해서 강만길은 3·1절을 계기로 감행된 반군사독재·반유신운동이라는 역사적 의미를 부여하였고, 이장희는 3·1민주구국선언이 유신 반대와 민주화 운동이지만, 민간 통일운동의 다른 형태의 저항이라고 평가하였다(이유나, 위의 글, p.71).

3) 민주주의국민연합에서의 활동

3·1민주구국선언으로 재야의 반유신운동이 표출됨과 동시에 조
직적 기반도 확대되었다. 이는 재야의 중심인 종교인들과 지식인
들 외에 새로운 민주화운동 단체들이 결성되어 재야 세력으로 합
류하게 되었다.

반유신 재야지식인 세력은 유신체제로 인해 파괴된 민주적 정
치 질서를 복원하고자 연합 조직을 결성하였다. '민주주의국민연
합'(이하 국민연합)*이 윤보선, 문익환, 김윤식, 계훈제 등 각계 인사
300여 명의 서명으로 기독교회관에서 1978년 7월 5일 발족했다.**
국민연합의 조직을 보면 의장단에 윤보선, 함석헌, 김대중이 공동
의장으로 있었고, 그 밑에 총회가 있었으며 총회 아래 중앙위원회

---

* 민주주의국민연합은 연합 조직이었다. 이에 속한 단체는 한국인권운동협의회, 한국
천주교정의구현사제단, 한국교회사회선교협의회, 자유실천문인협의회, 해직교수협의
회, 민주청년인권협의회, 동아조선 자유언론실천투쟁위원회, 민주회복구속자협의회,
양심범가족협의회, 전국노동자인권위원회, 전국농민인권위원회 등 12개이며 350명은
개인 자격으로 회원이 되었다. 국민연합은 이전 재야운동보다 구성원 수가 대폭 증가
했고, 연합체의 성격을 가짐으로써 이전보다 조직적으로 진일보하였다. 이로써 반유신
민주화운동이 양적, 질적으로 성장했다고 평가할 만하다.

** 발족 선언문 내용은 다음과 같다.
1 우리는 반독재 민주구국투쟁에 하나로 뭉쳐 싸운다. 2 반부패 특권의 민생보장운동
을 전개한다. 3 반매판 민족자립경제를 건설한다. 4 우리는 민족의 염원인 통일을 지향
한다. 5 민주·민족언론과 교육을 이룩한다. 6 나라와 민족의 존엄을 확인하는 외교를
펼친다.

가 있었다.* 그러나 정부 당국의 방해와 각계 인사 연금 사태로 문익환을 비롯한 가입자 전원이 수사기관의 조사를 받았다.

특히 문익환은 박정희에게 공정한 자유선거를 통해 평화로운 정권 교체를 위한 임시 내각을 구성할 것을 제안하였다. 이는 8월 18일 기독교회관에서 민주주의국민연합이 발표한 8·15선언문에 반영되었다.** 이처럼 문익환은 통일운동뿐만 아니라 평화적 정권 교체를 요구하면서 반독재 민주화운동에도 적극 동참하였다.

이어 10월 17일에는 윤보선, 함석헌, 문익환, 천관우, 윤형중, 박형규, 이문영 등 재야인사 402명과 12개 재야단체 명의로 기독교회관에서 '10·17민주국민선언'을 공동 발표하였다.

이 발표를 통해 문익환은 유신헌법의 비민주성을 폭로하였고, 정부가 독점하고 있는 통일 문제를 민간 차원으로 확대시켜야 한다고 주장하여 형 집행정지가 취소되고 재수감되었다.

문익환은 민주화를 통한 통일, 통일을 지향하는 민주화를 강조하였다. 그러기 위해서 그는 노동자들의 생존권 보장, 학원과 언론

---

* 당시 중앙위원들을 살펴보면 다음과 같다. 문익환, 고은, 함세웅, 박형규, 계훈제, 이문영, 한완상, 예춘호, 오태순, 김병걸, 김승훈, 안병무, 서남동, 이태영, 문동환, 이우정, 김관석, 김윤식, 백기완, 박종태, 한승헌, 백낙청, 김종완, 심재권, 서경석, 조성우 등이었다.

** 우리는 8·15에 약속된 민족해방의 성취를 위해서 일인 독재로부터의 해방인 제2의 8·15를 향한 싸움임을 선언하면서 다음과 같이 주장한다. 1 박정권이 불법으로 투옥시킨 모든 양심범을 즉각 석방하라. 2 유신헌법을 철폐하고, 과도 선거 내각을 임명하여 자유로운 총선거를 실시하고 평화로운 정권 교체를 하라. 3 국민은 민족의 위기를 직시하고 자치 능력이 있는 국민으로서 민주 회복의 대열에 다 나서라.(민주주의국민연합, 1978년 8·15선언)

의 자유 등 민주주의가 회복되어야 하며, 이것이 곧 통일의 길임을 천명하였다. 즉 그는 민주 회복과 민족 통일을 둘이 아니며 선후의 문제도 아닌 민주 회복이 곧 통일이라고 인식했던 것이다.

민주주의국민연합은 발기 대회부터 난항에 부딪혔다. 박정희 정부는 재야운동 세력을 압박해 국민연합 발기인 대회를 원천 봉쇄시켰고, 중심에 있던 문익환도 연행되었다. 이로써 실행 조직이 구성되지 못하였고, 1979년 3월 1일 민주통일국민연합으로 조직이 개편되었다. 사실상 민주주의국민연합의 연장선상에 있던 민주통일국민연합에서 문익환은 중앙위원회 의장직을 맡아 정부의 탄압에도 불구하고 지속적으로 민주화와 통일운동을 이어나갔다.

1970년대 재야운동 세력의 시기별 차이점을 비교하면 아래 표와 같다.*

	민주수호국민협의회	민주회복국민회의	민주주의국민연합/ 민주통일국민연합
창립일	1971. 4. 19.	1974. 11. 27	1978. 7. 5. / 1979. 3. 1.
유신체제와 연관성	1971. 4. 27. 박정희 대통령 당선 1972. 10. 17. 유신 선포	1974. 4. 3. 긴급조치 4호 발동 1975. 5. 13. 긴급조치 9호 발동	1979. 10. 26. 박정희 사망

---

* 김대영, 「반유신 재야 운동」, 『유신과 반유신』, 민주화운동기념사업회, 2007, p.405.

대표자	김재준, 이병린, 천관우	함석헌, 윤형중, 이병린, 이태영, 양일동, 김철, 김영삼, 김정한, 천관우, 강원용	윤보선, 함석헌, 김대중 (민주통일국민연합)
구성원	개인 87명	개인 71명	12개 단체, 개인 350명 (민주주의국민연합)
이데올로기	자유주의	자유주의	자유주의
운동 목표	민주 수호, 민주적 기본 질서	민주 회복, 민주 헌법	유신체제 타파

4) 민주통일국민회의와 민통련에서의 활동

1980년대에 이르러 전두환 정권의 등장 과정에서 민주화운동 세력은 위축되었으나, 유화 조치 이후 활동을 재개하기 시작하였다. 1980년대에 이르러 연합체적 민주화운동 조직으로서 1984년 6월 민중민주운동협의회(민민협)가 결성되었다.

1984년 10월 5일 문익환과 실무위원들은 창립 선언서, 정관 등 초안을 확정하고, 10월 16일 발기인 96명 중 52명이 참석한 가운데 계훈제를 임시 의장으로 선출해 민주통일국민회의(이하 '국민회의')가 창립식을 가졌다. 이때 의장에 문익환, 부의장에 계훈제, 신현봉, 중앙위원장에 강희남이 각각 선위되었다 12월 15일 국민회의는 민중이 주체가 되는 민주화 투쟁을 적극 펼쳐나갔으며, 반민주 악법 개폐를 위해 노력하였고, 12대 총선을 부정선거로 규정한다는 내용의 성명서를 발표하였다.* 또한 국민회의는 1985년 1월 7일 신년 기자 회견문을 발표하였다. 회견문의 골자는 다음과 같다.

- 모든 종류의 남북 대화와 교류는 민중민주운동 단체들이 자주적으로 참여할 수 있어야 한다.
- 모든 민주 인사와 학생을 즉각 석방하고 불법감금 · 연행 등 정치적인 인권 탄압을 중지하여야 한다.
- 노동 3권을 보장하고, 최저생계비를 보장하고 가혹한 노동 조건을 개선하여야 한다.
- 재벌 위주의 도시 재개발 정책을 중지하고 도시 빈민의 생계와 주거 문제를 해결하여야 한다.
- 학원의 민주화를 보장하고 교수, 학생 들의 학문과 연구의 자유, 표현의 자유를 보장하여야 한다.
- 민주화를 위해 투쟁하는 학생들을 폭도나 좌경분자로 매도, 탄압하지 말아야 한다.
- 국민을 기만하고 오도하는 현재의 언론은 관제성을 탈피하여 민주 언론으로 거듭나야 한다.**

위와 같이 국민회의는 정부가 민중민주운동 단체들이 남북대화

---

* 문익환 외, 민주통일국민회의,「현 시국에 대한 우리의 견해」, 1984. 12. 15.
** 민주통일국민회의,「85 민주통일국민회의 신년 기자 회견문」, 1985. 1. 7.

와 교류에 자주적으로 참여할 수 있도록 환경을 조성해 주고, 아울러 노동자, 도시 빈민 들의 생계를 보장해야 한다고 촉구하였다. 이 같은 주장, 즉 국민의 자발적인 통일 논의의 보장, 민주인사와 학생들의 즉각적인 석방, 노동조합법 등의 개정, 최저생계비 보장, 학원의 민주화 보장 등의 주장은 문익환 역시 지속적으로 제기해 왔던 핵심적인 내용들이었다.

하지만 국민회의는 통합성과 명망성을 지니고 있었으나, 더 큰 운동 세력으로 힘을 규합할 필요성이 제기되었다. 그래서 실천력이 있었으나 내적 통합력이 약했던 민민협과 통합이 추진돼 결국 1985년 3월 29일 민주통일민중운동연합(민통련)이 결성되었다.* 이 통합 대회에서 의장에 문익환, 부의장에 계훈제, 김승훈이 선출되었으며 5월 10일에는 통합 선언문이 발표되었다.

이 선언문의 핵심 내용은 "첫째 민중이 정치적 자유와 평등을 누리는 나라를 만들고, 둘째 외세에 의해 형성된 분단의 장벽을 허무는 것"이라고 규정하면서 "민주화와 통일은 양립이 아닌 표리일체"라고 보았다.**

---

* 그 밖에 통합 대회에서 선출한 임원은 다음과 같다. 지도위원으로는 고영근, 유운필, 이소선, 함세웅, 문정현, 유강하, 신현봉, 이돈명, 송건호, 김병걸이, 중앙위원회 의장은 강희남, 민주통일위원장에 김승균, 사무총장에 이장복, 사무차장에 상기표, 소식국상에 유영래, 감사는 호인수, 박진관, 정동익이, 민생위원은 이부영, 정책기획실장은 임채정, 대변인은 김종철, 총무국 간사에 홍성엽, 유옥순, 사회국 간사에 정선순, 홍보국장에 임정남, 간사에 박계동이었다(민족민주운동연구소, 『민통련: 민주통일민중운동연합평가서(1)』, 1989. 7).

이렇듯 민통련의 입장은 민주화와 통일운동이 하나라는 인식에 기초하고 있었다. 앞서 살펴본 바와 같이 문익환 역시 동일한 인식을 하고 있었다.*** 문익환은 민통련의 결성 당시부터 민주화와 통일 문제를 동시에 추진하려는 계획을 세웠고, 이후 민주화운동도 중요하지만 통일운동의 실천을 위해 노력하려는 그의 의지를 엿볼 수 있다.

한편 민통련은 출범 후 6개월간은 주로 성명서 발표와 농성 투쟁의 형태를 취했다. 예컨대 4·19, 8·15 등 기념일 성명서, 그리고 양심수 석방 요구 투쟁 등이 있었다. 9월 이후 조직이 강화된 민통련은 민주 세력 탄압 저지운동, 민주헌법쟁취위원회를 구성해 개헌 투쟁을 전개해 나갔다.

1986년 들어 개헌 투쟁이 본격화되면서 신민당 개헌 현판식을 계기로 대중들의 광범위한 개헌 요구가 분출되었다. 5·3인천항쟁을 겪으면서 군사정권은 민민운동을 탄압하였지만 헌법 특위가 국

** 민주화와 통일은 양립된 개념이 아니라 표리일체의 관계에 있는 과제라는 진리가 자명해졌다. 민주적인 체제가 확립되지 않은 상황에서 극소수의 지배 세력이 추진하는 통일운동은 민족을 기만하고 배신하는 행위가 될 수밖에 없다. (…) 우리는 한 줌도 안 되는 지배 세력이 부와 권력을 독점하는 나라가 아니라 대다수의 민중이 정치적 자유와 평등을 누리는 나라, 동족이 서로 증오하지 않고 진정으로 화해하여 참다운 독립을 누릴 수 있는 나라, 그리하여 역사 속에서 늘 소외당하고 억눌려 있던 민중이 진정한 해방의 기쁨을 노래하는 나라를 이루기 위해 힘을 모아 싸워나갈 것이다(민통련 서울지부 창립 대회, 1985. 5. 10).

*** 문익환은 또한 "남북 모두 지배자와 피지배자로 분열되어 있는데, 이것을 극복, 통일하는 것이 민족통일이라고 생각"한다고 하였으며, "지배와 피지배 관계가 일소된 사회를 성취해 내는 것이 민족의 통일이고 민주화라고 생각하며, 그러므로 민주화와 민족 통일은 하나"라고 하였다[《월간 말》 창간호(1985/6)].

회 내에 설치됨으로써 일정 정도 투쟁의 성과를 달성하게 되었다. 하지만 야당과 민민운동 세력을 분리시키려고 했던 군사정권은 5·3항쟁의 배후로 지목해 민통련을 탄압하였다.

이에 대한 저항으로 민통련이 장기 집권 음모 분쇄 투쟁을 이어 가자, 1987년에는 전두환이 4·13호헌조치 성명서를 발표하였다. 이에 야당을 포함한 범민주 세력이 반군사독재 투쟁 전선인 '민주헌법쟁취국민운동본부'(국본)를 5월 27일 탄생시켰다.

이로써 문익환이 의장으로 헌신했던 민통련은 각 부문과 지역의 운동 조직 전반을 포괄하게 되었고, 이후 재야 세력의 중심 조직이자 민주화운동의 전체적인 구심체로서 1987년 6월항쟁에 이르기까지 1980년대 민주화운동을 이끌어나갔다.

Ⅲ. 문익환의 통일론과 통일운동

1. 1950-1960년대 기독교계 통일론과 통일 인식

해방 후 1950년대 이승만 정부는 휴전협정이 임박해지자 무력적인 북진 통일론의 정책을 공식화했다. 그러나 북진 통일론의 한계점이 드러나자, 조봉암은 1956년 정·부통령 선거를 통해 평화통일론을 내세웠다. 동년 조봉암은 평화적 통일을 주장한 것이 빌미가 되어 사형이 집행되었다. 이승만 정부의 말기인 1959년에 문익환은 이러한 시대적 상황 속에서도 '민족의 비원'이라는 설교를 통해 남북통일의 염원을 내비쳤다.

그는 "우리 민족의 비통한 소원은 무엇입니까? 통일입니다. 형제끼리 총을 겨누고 싸우지 않고 살 수 있도록 우리 모두 통일을 보지 않고는 눈을 감고 죽을 수 없는 사람들입니다. (…) 그리고 불신자 형제들이라도 하느님 앞에서 화평을 이룩해야 합니다. 이것은 우주적인 에큐메니컬운동의 과제입니다"*라면서 당시 통일이 금기시되었던 시대에 남북 동포가 화해하고, 기독교적 관점에서 남북통일이 성사되어야 함을 강조하였다.

1960년 4·19 직후 남북교류론, 중립화 통일론, 남북협상론 등 다양한 통일 논의가 활발히 전개되었다. 그러나 반공주의에 사로잡혀 있던 기독교계는 이러한 통일 논의를 가볍게 여겼다.**

홍현설은 "맨스필드 미 상원의원의 '오스트리아식 중립화론'은 보다 더 현실적인 견지에서 신중히 다루어져야 할 것"***이라고 주장했다. 또 그는 공산주의와의 대결에 있어서 "모든 교회는 곧 선교 단체가 되어야 한다"면서 "교회가 가난하고 버림받은 사람들에게서 눈을 돌리면 결국 공산주의자들의 진영에로 소외된 자들을

---

* 문익환, 「민족의 비원」, 『전집』 12권, p.203-305.
** 강원용, 「남북 통일과 우리의 과제」, 《기독교사상》 1961년 2월호, p.40.
*** 《크리스챤신문》, 1960. 12. 10.

넘겨주는 결과가 될 것"*이라고 피력하였다. 홍현설은 1960년 중립화 통일론 문제는 신중히 다루어져야 하며, 공산주의에 대해서는 멸공의 자세에서 좀 더 완화된 차원의 새로운 공산주의와의 대결의 측면을 강조하였다.

한편 강원용도 '중립 통일론'의 문제점을 지적하면서 "우리는 다만 민주주의 원칙에 의해 대중의 자유와 함께 생활이 보장받는 정권만이 우리 국민을 위한 정부라는 것을 믿는 견지에서 공산주의와 대결하는 동시에 우익 독재나 독점 자본주의와도 대결하는 것이다"라고 밝혔다. 또한 그는 기독교적 신앙에 기초해 인간 존엄성과 자유의 가치와 사회정의를 통한 남북통일을 성취할 것을 주장하였다.** 특히 강원용은 공산주의뿐만 아니라 우익 독재나 독점자본주의와도 대결해야 한다는 점을 분명히 하였다.

1960년 문익환은 '통일의 종소리'라는 글을 통해 맨스필드의 중립론이나 대학생들의 연방론도 무조건적으로 배척해서는 안 된다고 보았다. 아울러 미·소의 냉전이 풀리기 전에는 한국 문제는 해결될 소망이 없다고 방심해서는 안 된다고 경고했다. 그래서 그는 불시에 통일이 오면, 혼란이 따르고 혼란은 공산화를 초래하기 때문에 총력을 집중해야 한다고 보았다. 잘못하면 통일을 염원하면

---

* 위와 같음.
** 강원용, 「남북 통일과 우리의 과제」, 《기독교사상》 1961년 2월호, p.47.

서 통일을 막는 자들이 될 가능성이 많다는 주장이다.* 문익환이 이 시기 공산주의를 반대하고 자유와 민주주의 가치를 중시하면서 능동적 통일운동의 실천을 강조한 것은 장준하의 통일 인식과 궤를 같이하는 것이었다.

2. 1970년대~1980년 중반 통일론의 형성과 전개

1972년 7·4남북공동성명 발표 이후 동년 10월 박정희 정권은 10월유신을 선포하였다. 장준하는 통일의 주체를 민중으로 내세우며 분단체제의 극복에 노력했지만 1975년 8월 의문사를 당하자 문익환은 장준하의 뜻을 이어가고자 했다. 그때까지 문익환은 신학자이면서, 신·구약 『공동번역』 성서 작업에 매진해 왔지만 구약의 예레미야가 이스라엘 민족이 시련을 당하는 비운의 시기를 겪었듯이 질곡의 한반도와 민족에 대한 애틋한 마음이 그에게 조국의 분단을 극복하고자 하는 시대적 소명을 가져다주었다. 즉 예레미야의 슬픔과 비통의 파토스는 문익환으로 하여금 역사 앞에서 자신의 파토스를 능동적 실천으로 이끌어내게 하였다.**

문익환은 이후 장준하의 정신을 계승해 민주화와 통일운동에 본격적으로 참여하게 되었다. 그 일환으로 그는 1976년 '3·1민주구

---

* 문익환, 「통일의 종소리」, 『전집』 12권, p.230.

265

국선언' 사건에 주도적으로 가담하였다.

문익환은 민주화가 곧 통일의 초석임을 깨달았을 뿐 아니라 당시 문익환에게 통일이란 국토의 지리적인 통일이 아니라 남북이 하나 되는 민족의 통일이었다. 이는 그가 1972년에 지리적인 통일만을 강조했던 것보다 한발 더 나아간 것이다. 한편 민주화와 통일 우선순위 논쟁이 제기되었을 때 그는 1978년 '민주화와 민족 통일'이라는 글을 통해 '민주, 통일 병행론'을 강조하였다.

문익환은 1978년 10월부터 1979년 12월까지 2차 감옥에서 통일의 문제를 국토통일과 민족통일과 조국통일의 세 차원에서 이해하였다. 그는 1980년 5월부터 1982년 12월까지 3차 감옥생활에서 민주화와 통일운동은 곧 평화운동임을 자각하였다. 이러한 인식에서 문익환은 '중립' 노선의 중요함을 드러냈다. 즉 한반도를 중립화시켜 미·소·중·일 4강의 힘의 완충 지대로 만들어 한반도를 평화지역으로 바꾸자는 구상이었다.***

또한 통일의 방법은 남한의 자본주의는 평등을 지향하고 북한의 사회주의는 자유를 수용하는 방향인 '자유와 평등의 조화'를 모색하였다. 아울러 통일은 '민중' 주도로 이루어져야 함을 강조하였다.

** 김창주, 「늦봄 문익환의 신학적 텍스트와 콘텍스트」,《신학사상》181호(2018/여름), p.20.
*** 문익환, 『전집』 7권, p.112.

3. 1987년 6월항쟁 이후 통일론과 방북

민통련 의장인 문익환은 1987년 7월 출옥 이후 가열차게 통일운동에 매진하였다. 그는 6월항쟁을 통해 정치적 민주화가 일정 부분 달성되었다고 평가하며, 민통련의 통일위원회와 지역 순회 강연 등을 통해 통일운동의 영역을 확대해 나갔다.

1988년 4월 16일 연세대학교 국민 대토론회에서 문익환은 '연방제 3단계 통일 방안'을 발표하였다. 그 내용은 1단계는 남북이 군사와 외교까지 독자적으로 운영하는 단계, 2단계는 군사와 외교까지 통합하는 단계, 3단계는 남북 두 단위의 지방자치를 도 단위로 세분화하는 단계라고 정리할 수 있다. 특징은 반외세 민족자주 지향, 도 단위까지 지방자치제를 확대, 민간 주도의 남북교류의 추진 등이다.[*]

문익환은 1989년 3월에 방북을 결행하였다. 1980년대 중반부터 미·소 간의 화해 무드가 노태우의 북방 정책을 유발시켰고, 북한은 국제적 고립을 극복하고자 남한 정부 당국과의 접촉을 꾀하였다. 동시에 남측의 전민련 등 민간단체 대표들과의 대화를 시도하였다.

이 같은 상황 속에서 남북교류는 정부뿐만 아니라 민간 차원에서도 이뤄져야 한다고 생각한 그는 방북을 통해 민족통일에 실질적인 물꼬를 트고 남북 문제를 푸는 매개체 역할을 하고자 하였다.

---

[*] 이유나, 『문익환의 삶과 분단극복론』, 선인, 2014, p.178.

또한 문익환은 남한뿐만 아니라 북한의 민주화에 대한 필요성을 절감하였고, 그의 방북은 통일의 장애물을 제거하고자 하는 목적도 상당히 작용하였다.

남쪽에도 통일 장애 요인들이 있어 이걸 제거하려고 하는데 그것이 곧 민주화운동입니다. 그런데 북쪽에 있는 통일 장애 요인은 북에서 책임지고 제거해 주어야 하겠습니다. 남쪽에서 북쪽을 바라보면서 통일의 저해 요인으로 심각하게 문제되는 것은 주체사상입니다. 이제 주체사상도 그 강조점이 인민에게로 옮겨져야 하지 않겠습니까.*

위와 같이 문익환이 김 주석과의 회담을 통해 당시 주체사상을 언급하기 어려운 시기에 과감하게 김일성 중심의 주체사상을 인민 중심의 주체사상으로 전환해야 한다고 함으로써 그가 북한의 민주화를 요구했다는 점에서 의미가 있다.

김일성과 회담 후 전민련 고문인 문익환과 조평통 대표인 허담이 4·2공동성명서에 서명하였다. 주요 내용은 첫째 자주, 평화, 민족대단결의 3대 원칙에서 통일 문제 해결을 재확인하였고, 둘째 하나의 민족, 국가를 향한 통일을 표명하였다. 셋째 정치군사 회담의 추진과 이산가족 문제 및 교류를 추진하고, 넷째 공존의 원칙에서

---

* 문익환, 『전집』 5권, p.148.

연방제 방식으로 한꺼번이든, 점진적이든 무관하다는 데 의견을 같이했다.

4·2공동성명은 남북이 공존의 원칙에서 여러 분야 교류를 통한 점진적 연방제로 합의했다는 점에서 역사적 의의가 있다. 더욱이 정부의 7·4남북공동성명의 합의 내용을 민간 사회단체에서도 재확인하였다는 점에서도 의미를 부여할 수 있다. 게다가 4·2공동성명은 북한의 통일 방안이 연방제에서 1991년 '느슨한 연방제'로 변화하도록 유도하였고,* '낮은 단계의 연방제'로 이어지는 2000년 6·15공동선언에도 일정 정도 영향을 주었다고 볼 수 있다.

문익환의 방북은 단순한 개인적인 방북이 아니라 각계 각층의 민중들의 통일에 대한 열망과 의지가 응축된 것이었다. 또한 그의 방북은 통일에의 의지가 부족했던 남북한 당국의 가교 역할을 하여 남과 북의 민간 통일운동에 공헌하였다는 데 역사적 의미를 찾아볼 수 있다.

한편, 방북 후 문익환은 1990년대에 통일을 맞이하기 위한 국민과 정부가 함께하는 국민운동 단체인 '통일맞이칠천만겨레모임'(통일맞이)을 구상하였다. 그는 사회, 문화, 경제, 군사, 정치 등 다양한 부분의 통일 문제에 대해 심도 있는 논의를 하고, 통일 교육과 사회문화교류사업을 추진하고자 계획하였다.** 즉 그는 통일을 이루

---

* 김일성, 『조국통일을 위하여』, 조선로동당출판사, 1991, p.172.
** 서범종, 「통일맞이 늦봄 문익환 목사 기념 사업」, 《통일시론》 1999년 봄호, p.215.

기 위해서는 민과 관이 각각 제 역할을 해야 한다고 생각하였다. 이러한 인식하에 활동하던 문익환은 북측의 입장에 경도된 범민련이 한계가 있음을 깨닫고, 통일운동 단체를 정부의 허가를 받아 합법적으로 사단법인화해야 한다고 보았다.

범민련 유지론자와 새통체(새로운통일운동단체) 구성론자의 대정부관과 대북관 및 통일운동의 추진 방향을 비교하면 다음과 같다.[*]

	범민련 유지론자	새통체 구상론자(문익환 중심)
배경	- 통일운동 조직의 합법화, 대중성 확보의 미흡을 인정하지만, 통일운동 세력의 분산은 경계 - 범민련의 틀을 유지하면서 조직 내 모순 타파 등 범민련의 확대, 강화	- 1993년 베이징 회의가 '중립'을 잃고 북측에 끌려간 점 - 합법적 통일운동 공감의 확보 필요 (범민련을 이적 단체로 보는 국민들 시선에 대한 부담감) - 범민련의 성과를 계승하면서 대중성을 담보하는 새로운 통일운동체 조직으로 범민련의 확대, 개편
조직 형태	- 연합체(남·북·해외의 범민련이 합쳐 하나의 조직을 만듦)	- 연대(남·북·해외의 3자 연합의 원칙하에 독자적이 협의체 지향) - 연대 회의 또는 협의체
추진 방향	- 1990년 범민족 대회 때 일시적인 합법성을 확보했기에 범민족 대회의 상설화 추진 - 전술의 가변성 인정 - 전국 연합 자위통의 활성화	- 통일운동의 합법성 쟁취 - 대중성 확보에 노력 - 3지역 통일운동체들의 느슨한 관계 유지(독자적 통일운동체 조직)
대정부관	- 김영삼 정부를 반통일체제로 규정 (창구 단일화, 흡수통일론자)	- 문민정부를 통일 지향적으로 기대 - 진보적 통일원 장관의 기대감 - 흡수통일은 반대
대북관	- 북한을 통일을 위한 농반자로 봄	- 북한이 중립성을 잃었고 특히 범민련 해외 본부의 결함을 지적

---

[*] 이유나, 「문익환의 통일론과 통일 운동에 대한 연구」, p.267.

위에서 보듯이 문익환의 새통체 구상은 통일운동의 주체를 민뿐만 아니라 정부 차원으로 확대하여 통일운동의 대중화와 합법성 쟁취를 통해 통일운동을 확산시키고자 했던 것이다.

4. 민주화와 통일운동의 변증법적 인식

문익환은 1차 출옥 이후 줄기차게 민주화운동이 곧 통일운동이고, 통일운동이 곧 민주화운동이라고 보았다. 즉 그는 민주화와 통일의 선후 관계가 아닌 동시 추진을 강조하였다. 이는 남한의 민주화운동이 통일로 가는 지름길이고, 통일운동은 지역 간, 세대 간, 계층 간 벽을 허무는 것이라고 인식하였다.

문익환은 "우리는 앞으로 더 큰 변증법을 살아야 한다. 남북의 모순 대립을 변증법적으로 극복하고 계급 모순의 극복 또한 둘이 아니라 변증법적으로 하나일 수밖에 없다"*라고 정반합의 변증법적 사고를 천착하였다.

계속해서 그는 "통일은 어느 한쪽이 다른 한쪽을 집어삼키는 통일이어서는 안 됩니다. 그것은 우리가 바라는 변혁이 아니기 때문이며, 우리가 이루어야 하는 변혁은 남과 북의 변증법적인 대종합

---

* 문익환, 「우리는 이렇게 변증법을 산다」, 『전집』 4권, p.400-401.

이어야 합니다. 일찍이 없었던 새 세계를 창조해 내는 일입니다"*
라고 역설했다. 그러면서 그는 '통일이 더 큰 하나가 되는 것'임을
강조하였다. 결국 그는 자유와 평등의 조화, 자본주의와 사회주의
의 융합 등 변증법적 사고에 기초한 통일을 주창하였다.

다음으로 문익환의 민주화와 통일에 대한 인식을 정리해 보면
다음과 같다.

첫째, 문익환은 자주적 통일을 주장하였다. 그는 "통일은 철두철
미 민족자주의 성취여야 한다. 분단으로 잃었던 민족자주를 통일
과 함께 찾아야 한다"**라고 피력하였다. 다만 자주적으로 민족 문
제를 풀어가는 과정 속에서 외세를 완전히 배제하자는 것이 아니
라 지나치게 외세에 의존하는 자세를 지양해야 한다는 의미이다.

둘째, 문익환은 평화적 통일을 지향하였다. 그는 "한반도의 분단
은 세계 평화를 위협하는 화약고이기 때문에 이에 대한 극복은 우
리의 민족적인 관심사인 동시에 세계의 관심사가 되어야 한다"면
서 "우리가 벌여야 하는 평화운동은 이 나라가 세계 평화를 깨뜨리
고 인류의 생존을 위협하는 화약고의 구실을 하느냐, 세계 평화의
열쇠가 되느냐 하는 중대한 갈림길에서 벌이는 운동"이라고 하면
서 평화적 통일을 강조하였다. 또한 통일은 한반도의 평화뿐만이
아니라, 아시아와 더 나아가서는 세계 평화에 기여한다는 인식을

---

* 위의 책, p.412.
** '문익환이 범민련 의장 백인준 선생님께 보낸 서한', 1994. 1. 18.

보였다.

셋째, 문익환은 통일이 좌나 우에 치우치지 않은 중립적 입장에서 이뤄져야 한다고 사고하였다. 그는 "남과 북의 대등한 통일이어야 한다. 남과 북의 장점만을 살려 새 나라, 새 사회, 새 문화를 창조해 나가는 통일이어야 한다. 자유와 평등이 하나로 종합되는 통일이어야 한다"* 라고 하여 어느 한편이 먹고 먹히는 흡수통일을 원칙적으로 반대하고 한편으로 경도되지 않는 통일이어야 한다고 보았다.

넷째, 문익환은 통일이 민주화로 가는 통일 실천이 되어야 한다고 인식하였다. 그는 "통일은 단순히 남북의 통일뿐만 아니라 지배와 피지배, 가진 자와 못 가진 자, 도시와 농촌, 남과 여의 통일이다"라고 밝혔다. 이는 오늘날 계층 양극화, 지역 양극화, 기업 양극화, 그로 인한 확대된 빈곤 문제 해결이 결국 정치적 민주화, 경제적 민주화, 사회·문화적 민주화로까지 전 영역에서 차별 없는 사회가 통일의 초석이 된다는 것이다.

IV. 나가며

지금까지 살펴본 문익환의 시기별 민주화운동과 통일운동에 대한 인식과 활동은 다음과 같다. 문익환은 1970년대 전태일의 죽음

---

* 이유나, 「문익환의 통일론과 통일 운동에 대한 연구」, p.272.

이후에 노동자들의 인권에 관심을 가지고 기층 민중들의 생존권, 인권, 자유권의 보장을 주장하였다. 한편 그는 신·구교와 각계 시민단체의 연합체인 인권운동협의회에서 부회장을 맡아 인권운동에 적극 참여하였다. 전태일기념관건립위원회 회장을 맡은 문익환은 이를 계기로 가열차게 민주화와 인권운동에 몰입하였고, 이를 시를 통해 표출하기도 했다. 뿐만 아니라 그는 민주주의국민연합과 민주통일국민연합에서의 활동에 이어, 1980년대 중반부터는 민주통일국민회의와 민통련의 의장을 거치면서 민중이 주체가 되는 민주화 투쟁을 적극 펼쳐나갔고, 반민주 악법 폐지 등을 위해 노력했다. 또한 문익환은 국본과 민통련을 중심으로 1987년 6월항쟁에서는 직선제 개헌과 호헌 철폐를 주장하였으며, 노동자들의 지속적인 생존권 보장 등을 외치며 정치적 민주화와 함께 경제적 민주화도 지속적으로 정부에 요구하였다.

그는 여섯 번의 옥고를 치르면서 민주화와 통일에 대한 인식도 점차적으로 정교해지고 진화되어 갔다. 1차 투옥 이후에는 통일은 국토의 통일뿐만 아니라 민족의 통일로 사고하였고, 본질적인 것은 민족통일로 인식하였다. 또한 민주와 통일은 하나라고 하여 '민주 통일 병행론'의 입장이었다. 2차 투옥 시기에는 분리할 수 없는 하나의 통일로 국토, 민족, 조국통일이 세 차원으로 이해하였다. 김대중내란음모조작 사건으로 투옥된 3차 시기에는 민주화운동이 곧 평화운동이며, 통일운동도 곧 평화운동이라는 것을 깨닫게 되었다. 또한 통일은 민에 의해서 달성된다고 보아 민 주도형 통일을 지향하고 있었다.

방북 이후에 문익환은 민간 통일운동의 한계를 느끼고 정부와 함께하는 민관 주도형 통일을 역설하였다. 그는 통일 이후를 대비할 목적으로 예술, 언어, 종교, 교육 등 통일 학술 연구, 통일 교육, 남북교류 사업 등을 추진하기 위해 사회·문화·통일운동의 구심체인 '통일맞이칠천만겨레모임'을 준비하다가 타계하였다.

1990년 12월 10일 자《평민연회보》에서 문익환은 "이론으로는 통일이 되는데 운동으로는 그렇지 않게 되었다. 이 문제가 중요하면 다른 문제는 부차적으로 되는 경우가 많다. 따라서 운동에 있어 지혜가 필요하다"[*]라며 민주화와 통일 과제에 있어서 어려움과 지혜의 필요성을 강조했다. 따라서 현재의 민주화와 통일이 남한의 사회개혁과 분단체제의 극복을 어떻게 연결시킬 것인가에 대한 고민 또는 지혜가 필요하고,[**] 이는 한반도 분단이 어떠한 특성을 갖고 있는가를 파악하는 데서 시작된다.

그렇다면 문익환의 민주화와 통일운동이 우리에게 주는 현재적 시사점은 무엇일까?

첫째, 통일은 비핵화를 통한 평화적인 방법으로 진행되어야 한다.

---

[*] 문익환, 『문익환 전집』 5권, 사계절, 1999, p.424.

[**] 이남주, 「문익환의 통일 사상의 주요 쟁점과 현재적 의의」,《신학사상》 181호 (2018/여름), p.101.

통일 실천의 내용도 중요하지만 프로세스가 중요하다. 즉 평화적 방법과 과정이 강조되어야 한다. 아무리 높은 목표라 하더라도 통일로 가는 과정이 평화적이지 않으면 안 된다. 이는 역사적인 남북정상회담의 결과물인 4·27판문점선언 합의문에도 내포되어 있다.

둘째, 통일은 자주적인 민족, 민주, 평화 공동체운동을 통해 이뤄져야 한다. 외세에 의존하지 않고 통일을 실현하며, 이 민족의 번영을 이끌어갈 책임과 소명이 우리 한민족에게 있기 때문이다.

셋째, 통일은 좌나 우의 이념적 대립을 극복하고 조화롭게 성취되어야 한다. 좌우익의 지나친 갈등 국면으로 정치를 실종시키는 부분은 우리가 극복해야 할 과제이다. 대결이 아닌 화합과 상생의 길을 모색해 나가야 할 것이다.

넷째, 통일은 민주화로 가는 통일 실천이어야 한다. 이는 오늘날 계층 양극화, 지역 양극화, 기업 양극화, 그로 인한 확대된 빈곤 문제 해결을 통한 정치적 민주화, 경제적 민주화, 사회·문화적 민주화로까지 전 영역에서 차별 없는 사회가 되어야 한다. 즉 사회의 철저한 민주화라는 목표를 향해 통일의 방향 설정이 되어야 한다.

문익환은 민중들의 정치 및 경제 민주화의 요구에 부응하는 민주화운동을 선도하였다. 1987년 6월항쟁은 민중들의 정치적 민주화뿐만 아니라 경제적 민주화의 열망의 표출이었다. 목회자 및 신학자를 넘어 문익환은 이러한 민중적 요구를 선도한 측면을 배제할 수 없다. 문익환의 민주적 사회에 대한 이러한 열망은 비단 남한 내의 문제가 아닌 북한에까지 인식의 폭을 확장하여 남한의 정치적 민주화의 외연을 보다 넓히려는 측면에서 북한을 방문했다고 볼 수 있다. 다시 말해 북한 방문에 끝나는 것이 아니라 통일을 위해서는 북한의 자유화와 민주화, 개방화가 필요하다는 열망 때문에 방북을 결행했던 것이다.

또한 통일 시대를 열어가는 데 정부나 국가기관이 주도하기보다는 시민, 민중들의 열망과 노력이 연대될 때 결국 통일의 에너지를 확산시키는 계기가 될 수 있다. 통일은 정치권이 주도하는 측면보다는 시민, 대중 들의 참여에 의해 통일의 동력을 확대시키고 만들어나간다는 데에서 문익환의 통일운동은 시사하는 바가 크다. 결국은 시민, 논거버먼트(NGO), 더 나아가서는 거버넌스적인 참여와 통합 활동이 통일의 에너지를 확장시키고 극대화하는 계기가 될 수가 있으며, 외교적 노력이나 정부의 노력도 함께 이뤄지면 확장력과 폭발력을 더 강화할 수가 있다.

문익환의 민주화와 통일 실천은 민주화와 통일운동이라는 운동적 차원을 넘어서 대중들과 끊임없이 소통하며 비전을 제시하는 섬김과 사랑의 리더십이 중요한 역할을 하였으며, 앞으로도 권위나 지배보다는 섬김의 리더십을 통한 민주화와 평화 통일운동이 가열차게 계승되어야 할 것이며, 평화와 공동 번영, 통일의 길로 지속적으로 발전되어야 할 것이다.

목회자로서의
문익환

히브리말 … 몽둥이 말이고 한국말은 비단 말*
—『공동번역』구역 번역자 곽노순(1938—) 구술

곽노순(목사, 목원대학교 구약학 은퇴 교수)

교수님, 안녕하세요. 저희는 대한성서공회 번역실에서 일하고 있는 실무자들입니다.** 성서 번역의 역사를 돌아볼 때마다 『공동번역』을 번역하던 당시의 일들이 자료로 기록되어 남아 있는 것이 별로 없어서 늘 아쉽게 생각하고 있었습니다. 『공동번역』신약의 번역 부분은 전 장신대학교 교수 박창환 박사님을 찾아뵈었을 때 일부 들은 것이 있고, 또 그것을 자료로 남기기도 했지만,*** 당시에

---

* 《성경원문연구》45, 2019, p.325-339. (구술 정리: 대한성서공회 번역실 전무용 국장, 조지윤 부장, 유은유 직원)

** 대한성서공회 번역실 직원 세 명이 2018년 11월 9일 오전 11시에 도서출판 네쌍스 사무실(천안)을 방문하여 곽노순 교수와 박혜옥 네쌍스 대표를 만났다.

*** 박창환, 「내가 경험한 한글 성경 번역의 뒤안길」, 《성경원문연구》35, 2014, p. 385~391.

구약 번역에 깊이 참여하셨던 선종완 신부님이나 문익환 목사님이 이미 돌아가셔서, 곽노순 교수님 말고는 그 상황을 정확하게 전해주실 수 있는 분이 안 계십니다. 당시의 일들을 생각나시는 대로 말씀해 주시면, 녹음하여 정리해서 기록으로 남기려고 합니다.

[곽노순 교수 구술]

혜화동 가톨릭 신학대학 선종완 신부님 연구실에서 주로 번역 회의를 했어요. 이것은 선 신부님과 내 사진이에요(〈사진 1〉). 여기에 문 목사님은 안 나왔는데 『공동번역』을 번역할 때, 혜화동 그 가톨릭 신학대학 선 신부님 연구실에서 주로 번역 회의를 했어요. 그리고 이게(〈사진 2〉) 나하고 문 목사님이에요. 이게(〈사진 3〉, 〈사진 4〉) 세 사람 다 나온 사진이에요.

신약 팀은 번역자가 7-8명인데, 우린 셋이기 때문에, 하다가 실수했다고 생각하면, 어떻게 책임을 피할 수가 없어요. 그래서 저녁 번역 회의 끝날 때는 얼굴이 거의 해골들이 되었지요. 처음에는 김주병 목사님(당시 대한성서공회 총무)이 일주일에 3일 번역 회의를 해서 빨리 진행하자고 했는데, 3일씩 하다가 병이 나서, 일주일에 이틀씩밖에 못 했어요.

<사진 1> (왼쪽부터) 선종완, 곽노순

<사진 2> (왼쪽부터) 곽노순, 문익환

\<사진 3\> (왼쪽부터) 선종완, 곽노순, 문익환

\<사진 4\> (왼쪽부터) 곽노순, 선종완, 문익환

선 신부님과 문 목사님은 모두 50대고 나는 30대였어요. 그리고 이건 목사님 댁에서 찍었던 거고요(《사진 4》).

난 1969년 8월에 하트퍼드감리교신학대학원(Hartford Methodist Seminary)에서 Ph.D.(박사) 과정 중에 있다가 1년 쉬러 한국에 왔었어요. 문익환 목사님이 은사이기 때문에 인사하러 갔더니, 당장 내일부터 오라고. 왜냐하면, 아시는 대로, 성경 번역은 셋이 한 조를 이루어 번역 회의를 해야 되는데, 둘이기 때문에 한 명이 더 있어야 했어요.

두 분 다 나보다 20년 이상 연상이에요. 선 신부님(1915~1976)이 나보다 스물세 살 위고, 문 목사님(1918-1994)이 정확히 20년 위고. 그래서 나도, 아무리 일생 구약을 연구하더라도 히브리 원문을 대할 기회는 아주 드문데, 좋은 기회라고 생각해서 응낙을 했어요. 그리고 1년이 지난 다음에 다시 돌아가야 되는데, American Bible Society(미국성서공회)에 닥터 나이다(Eugene A. Nida)라고, 그분이 우리 학교 총장에게 편지를 해서 대한민국의 『공동번역』 성서의 번역을 위해서 내가 꼭 필요하다고 해서, 내가 꼭 4년을 한국에 더 있었어요. 그 학교에서는 Ph.D.가 7년에 끝나야 되는데, 그래서 1973년에 학교로 돌아갔어요.

아시겠지만, 번역이 세 단계로 됐죠. 히브리어에서 한국말로 번역하는 거하고, 한국어를 수정하는 거하고, 그리고 교단 대표들이 읽어서 반영하는 거. 이 3단계였는데, 나는 이 첫 단계만 끝나고 다시 학교로 돌아갔어요. 그리고 다시 공부 계속해서 1979년에 박사 받고.

1969년에 한국에 오자마자 금방 번역자로 뽑힌 이유는, 선 신부님은 해방되고 배 타고 가서 이태리에서 유학하셨던 분이고, 문 목사님은 프린스턴신학교(Princeton Theological Seminary)에서 공부하다가 도중에 6·25가 나가지고, 동경 맥아더 사령부에 통역관으로 오셨어요. 그러다가 다시 공부 마치고 오셨지. 지금 하시는 것처럼 구약 팀은 문 목사님이 총책임을 하고, 그렇게 『공동번역』 성서 번역을 하셨죠. 근데 나더러 꼭 있어야겠다고 하는 것이, 내가 석사 때는 Text Criticism, 본문 비평을 했고. 하박국 선지서, 한 군데에 200가지 다른 해석이 있는 그걸 했고. Ph.D. 때는 성서언어학을 하고, 고고학을 했어요.

그래서 이제 개신교는 문 목사님하고 나하고, 천주교는 선 신부님 혼자시지. 그런데 셋이 이제 늘 싸우지. 아주 고지식한 세 사람이 했기 때문에, 처음 석 달은 매일 싸웠어요. 왜냐하면 나도 지지 않는 사람이고. 나는 연세대학교에서 물리학 공부하고, 한신대학교에서 공부하고, SMU(Southern Methodist University)에서 공부하고 해서, 대학만 네 군데 다닌 사람인데.

이런 얘기 할 필요가 있는지 암튼 모르지만, 한신대 다닐 때, 문목사님이 하루는 한여름에 여름방학에 이집트를 가시면서, 나보고, 히브리어를 가르쳐라, 해서, 내가 학생이면서 히브리어를 가르쳤어요. 그리고 1965년에 졸업하면서 히브리어 강사를 했고.

선 신부님은 가톨릭에서 유명한 분이에요. 가톨릭은, 내가 광주에 있던 신부였다 하면, 외국 갔다 와도 광주밖에 안 가요. 유학들을 안 간대요. 그때 혼자 가신 거라고. 아주 고지식한 원주 분이지. 아시겠지만 천주교는 공동번역을 할 때까지 성경이 없었어요, 가톨릭은. 라틴어로 하고. 평신도들은 알 필요 없다 해서. 그게 한스러워서 선 신부는 혼자 개인 역들을, 공동번역을 하기 전에 벌써 몇십 년 했고, 문익환 목사님은 한신대 교수 하시면서 번역을 해야 되겠다 해서,『공동번역』프로젝트가 생기기 전부터 하시던 분이에요. 두 분은 사명을 갖고 계신 사람들이라고. 나는 사명은 없어요. 그냥 technical support만 했지요. 다 아시지만, 닥터 나이다가 쓴 책을 보면, 대개 가장 좋은 번역들은 세 사람 이상이 해야 되고, 30 대가 해야 되고, 편견이 없고, 되도록 신학 전공을 안 한 사람이 해야 된다, 그게 대전제예요. 닥터 나이다가 얘기한. 그분은 그런 생각을 항상 가지고 계셨어요.

석 달 후에는, 무슨 인연인지, 이런 식의 찰떡궁합이 됐어요. 왜냐하면, 하나도 학문에 양보 없는 사람들. 셋이 다 그렇지. 선 신부님은 천주교에서 번역하시던 분이고, 텍스트만 갖고 말했고. 나중에는 2 대 1이 됐어요, 예를 들면 어떤 때는 개신교 대 천주교 2대 1이고, 어떤 때는 50대 대 30대이고, 선 신부님은 원주고 나는 서울이기 때문에 남한 사람, 문 목사님은 북한 사람이에요, 만주 출신. 남쪽 대 북쪽. 늘 아주 재미있는 조합이 되었어요. 석 달은 그렇게 아웅다웅을 했는데, 우리는 셋이 히브리어 본문에 대해서 만장일치 하기 전에는 한국어로 번역을 시작하지 않았어요. 2 대 1이 되면, 그날은 회의를 그만두었고. 1 대 1 대 1로 의견이 갈라져서 영 하나도 양보 안 할 때는 footnote에다 "이렇게도 할 수 있음" 이렇게 넣기로 원칙을 그렇게 정했어요.

세 사람이 분담하여 떠맡아서 초역을 처음에 했죠. 문 목사님은 본래 학교 때부터 전공이 예언서니까 예언서 부분, 선 신부님은 가톨릭이니까 ritual(전례)에 관한 제사 그런 거. 나는 history(역사서)하고 wisdom(지혜서) 그쪽을 하고. 분담해서 초역을 하고, 종로에 가서 거기 타이피스트가 먹지를 대고 타이핑 쳐서, 먹지로 해서 주면, 셋이 나눠 가지고, 독회를 1주일에 3일을 했죠.

아주 석기시대지. 그래서 각각의 인품에 대해서 알게 됐어요, 4년 동안. 주로 이 사무실에서(〈사진 1〉) 번역 회의를 했고. 여름엔 하도 더워서 선 신부님 과천 수녀원에서도 했고. 한번은 거제도에서 가서, 성서공회에서 돈 내서 그렇게 했고. 거의 뭐 나는 머리가 그때 희어진 거고. 내 생각에 인류 성경 번역 역사에서 내가 가장 youngest(가장 젊은 사람)일 거예요. 31세에 시작했으니까. 그리고 이 사진, 이거 내가 3년 마치고 돌아갈 때 혜화동에서 찍은 사진이에요(〈사진 5〉).

<사진 5> (아래 왼쪽부터) 선종완, 문익환, 곽노순

'공동번역'이란 프로젝트를, 닥터 나이다가 시작을 했죠. 전 세계에서 같은 번역을, 예전에 번역은 명사는 명사, 동사는 동사로 했지만, 뭐가 good translation이냐, 번역 철학에 대해서, 다 아는 얘기지만, 닥터 나이다가 좋아하는 비유가 바울이 사람들을 모아놓고 강연을 했을 적에 들은 사람의 반응과 똑같은 반응을 우리 한국 독자에게서 일으키게 번역하는 것이에요.

그게 criteria, criticism(원문에 대한 비평적 이해), same response(원문의 청중과 똑같은 이해와 반응)가, emotional response(똑같은 정서적인 감응)가 일어나게 하는 거.

우리 다 경험하지만, 영어에 대한 한글 자막 같은 거 보면, 지금은 아주 원숙해졌어요. 아주 잘들 해요. 예를 들면, 'Oh, my God'을 '나의 하나님'이라고 안 하고, '하느님 맙소사' 하고, 'Jesus Christ'면 '제기랄'이고, 다 그렇게 하는 것이지. 그러니까 이제 영어 자막, 영어를 한국말로 자막을 만들 때, 다들 excellent expert(최고의 전문가)들이에요.

성경 번역하는 사람들은 거기 못 쫓아가요. 그러니까 우리 번역할 때, 점심시간에, 그땐 자가용이 없어서 택시를 타고 점심을 먹으러 가고 할 적에도, 줄 서 있으면 앞사람, 뒷사람 하는 얘기만 듣지, living language(사람들 사이에 입말로 쓰이는 살아 있는 언어)가 뭔지. 전혀 다르죠. 특별히 이제 영어하고는 다른 language이기 때문에. 예를 들어, 영어에선 'it's raining!', 비가 온다고 하는 걸, '비가 오네 (비 내리네, 지금 비 오네, 비 오는구나 등등)' 여러 가지로 해야 우리는 소통이 되지, 그냥 '비가 오다'라고 꿋꿋하게 중성적으로 하면 말이 안 통하거든요.

그러니까 이제 신약 팀이, 아시겠지만, 다 아는 얘기를 해도 용서하시라고, 예를 들면, '지옥에서 이를 갊이 있으리라' 할 적에, 우리말은 이를 가는 게, 나를 왜 이런 데 보내냐 하는 원한의 표현이지만, 본래 그리스 사람들은 내가 어째 그렇게 살았을까 후회하는 표현이라고, 그러니까 '땅을 치다'라고 해야 하는 거라고. 난, 이제, 구약이니까 신약 팀 건드리면 안 되지만, 예를 들어 영어를, 전화로, '곧 오겠다'고 할 때, 'I'm coming' 그래요. 그거를 '곧 오겠다'

하면 안 돼요. '곧 갈게' 이렇게 해야지. 요한계시록 맨 나중에, 예수께서, '곧 갈게' 할 때, 'I'm coming'이에요. 근데 그거를 '곧 온다'라고 하면 안 되고 '간다'고 해야지. 근데 이런 게 신약 팀에서 수없이 많이, 나오는 거죠.—예를 들어서, 똑같은 희랍어인데, 예수 엄마는 '동정녀'라고 해야 되고, 열 처녀 때는 '처녀'라고 하는 난센스가 있어요. 똑같은 희랍어 '처녀'인데 어떻게 예수 어머니를 처녀라고 하냐 해서 동정녀라고, 옛날 표현이라 하고.

예를 들어, 보세요, 바깥세상에서는 '희소식'이라고 했는데, 그 영어를 바깥에서, 'Do you have any good news?'(너 무슨 희소식 있어?)라고 했을 때, 'Yes, I got a new job. So it's good news'(그래, 나 새로 취직했어. 이게 희소식이지) 하잖아요. 예수의 소식도 good news라고 해요. 그런데 우리는, 세상에서는 '희소식'이라고 하는데, 여기는 '복음'이라고 이상한 표현을 한다고. language(사용하는 언어)가 다르면 선교가 불가능해요. 사람들이 쓰는 말과 같은 말을 해야 그 사람들을 고치지. 닥터 나이다가 했던 것이 이런 거지요.

전 세계적으로 프로젝트를 진행했어요. 근데 특별히 한국에서 가톨릭하고 프로테스탄트가 합심해서 한 건 good news(희소식)이겠지. 적어도 성경만이라도 신교 구교가 함께 쓰는 게 얼마나 좋겠는가 해가지고. 한 달 동안 대만에서 세미나를 했어요. 아시아 전체, 홍콩, 필리핀 다들. 그때 갔던 게 이렇게 사진(〈사진 6〉, 〈사진 7〉)으로 남아 있어요.

<사진 6> 세계성서공회연합회 대만 성서 번역 워크숍

<사진 7> 세계성서공회연합회 대만 성서 번역 워크숍

United Bible Societies(세계성서공회연합회)의 성서 번역 워크숍 때 사진이에요. 대만 타이중에서 했어요, 그때. 아시겠지만 그때 박창환 교수하고 나하고 찍은 거예요(《사진 8》). 이게 신약 팀 사진이에요.

<사진 8> (왼쪽부터) 김진만, 박창환, 곽노순

한 달 동안 대만에서 세미나를 했어요. 번역 철학과 번역 테크닉에 대해서 총 네 파트로 해서. 그렇게 해서 번역한 것이 『공동번역』이에요. 우리가 하는 번역이 끝난 다음에는, 이제 고등학교 국어 선생이 주로 교정을 했어요.

난 암튼, 우리 셋은 히브리어에서 한국말로만 번역했지. 그리고 나는 Ph.D.를 7년에 끝내야 했기 때문에 별수 없이 1973년에 미국으로 들어갔고. 난 4년만 봉사했어요. 1969년 8월에서 1973년 8월까지.

근데 선 신부님 돌아가시고부터 개인적으로 내가 guilty(죄책감)를 느끼는데, 정이 들어가지고, 셋이, 처음에는 개신교 천주교 이런 오해가 있었는데, 그건 석 달뿐이고, 4년 내내 거의 태초부터 무슨 한 팀이라고 느낄 정도로 돈독해졌어요. 선 신부님은 한 11시쯤에 커피를 끓이시는데 한 번도 내가 먼저 한 적이 없어요. 아주 재빨리 하셔서. 택시 탈 때도 한 번도 내가 그분을, 제일 연장자인데, 한 번도 먼저 타시도록 하지 못했어요. 그렇게 양보를 해서 날 먼저 태우고. 날 그렇게 사랑하고. 그리고 1년에 몇 번씩 수녀들 시켜서 계란을 100개씩, 수녀원에서 계란을 보내왔어요. 그렇게 개신교 이런 게 다 무너지고.

셋이, 우리가 아주, 불어 독어판 그때 당시에 천주교 『Jerusalem Bible』하고 『Good New Bible』하고 여러 가지 제일 많이 보지만, 우리는 히브리어밖에 사실 몰라요. 사이드로 볼까 말까. 독특한 걸 할 적에는 거의 신바람이 나서 번역했지요. 선 신부님 표현은, 신선 도끼 썩는지 모른다, 이렇게 표현했고. 어떤 때 끝날 쯤에는, 보시면 알겠지만, 얼굴이 다 해골이에요. 그때는 우리가 무슨 죄가 있어서 이걸 맡는가 이렇게 (말)했지. 그 말이 늘 반복되는 거예요.

우리는 셋이 다 히브리어 전공자이기 때문에 아주 열띠었고. 그렇게 다 하고 나서 성서공회로 보내요. 김주병 총무님은 빨리 끝내기를 원해서, 이거 원고를 다시 안 줘요. 근데 우리는 몇 번이라도 더 보고 싶지. 어쩌다 한 달쯤이나 있다가 다시 그걸 애걸복걸해서 다시 원고가 와서, 다시 보다가 어디에 틀리게 번역했다고 하면 식은땀이 나지. 우리 고생은 세상이 몰라. 그런데 왜 글이 안 나오냐 하면 표현을 할 수가 없어요, 이거를. 셋이 다 히브리어 전공자가, 성미가 똑같은 사람끼리, 서로 아끼는 그 지경이 됐고.

우리는 이렇게, 교회 대표들이 이렇게 같은 걸 놓고 학문적인 것을 해야 하나가 된다는 것을 체험했어요. 성경도 좋고. 그러니까 선 신부님도 천주교 선입견을 전혀 번역에 반영을 안 했고. 우리도 그 개신교 고집하지 않고. 순전히 텍스트, 히브리어 가지고 싸웠지. 이런 건 아마 그 외에도 없을 거야. 서로, 우리도 천주교 이해가 충분히 됐고, 그분도 개신교 이해를 했어요.

내가, 예를 들면, 우리가, 성경 번역하면서 유창한 한국말을 배워서 썼어요. 이게 그대로 최종 본문까지 반영됐는지 몰라. 왜냐하면 국어 선생이 교정했기 때문에. 선 신부님 하시는 얘기가 있어요. 히브리말이나 영어는 몽둥이 말이고 한국말은 비단 말이다. 나긋나긋하게 하고.

그리고 내가 이제 '하느님'이라고 쓰자고 주장한 본인이기 때문에, 내가, 지금 뭐라고 하셔도, I don't care! 문맥이 사람을 구원한 것이지, etymology, 어원이 구원한 게 아니니까, 뭐라고 해도 좋아요. 왜 하느님이라고 했느냐, 그걸 이제 잠깐 말씀을 드리면, 첫째는 언어학적으로도 '하나님'이라는 게 말이 아니고, 번역 역사학적으로 바른 말이 아닌 것을 증명해 드릴 수 있어요.

일반 언어공동체에서 미국 사람들이 'Oh, my God', 'God Bless' 이렇게 해요. 성경에도 God이라고 한단 말이지. 히브리 사람도 이슬람 사람도. 근데 한국에서는 '하느님이 보우하사 우리나라 만세'라고 하지, '하느님 맙소사'라든지. 여기서 '하나님'이라고 하면요, 다른 거라고. 알겠어요? 예를 들어서, 세상에서는 '아들'이라고 하는데, 내가, 특별한 아들이라고 해서 '아달'이라고 한다면, 이건 명사지, 기독교 하나님이 한 분이라고 해서 '하나'라고 하는 것은, 기독교 하나님은 개념이 다르니까('가드[God]'가 아니라) '게드(Ged)'라고 하자는 것과 똑같아. 그건 언어를 전혀 모르는 거야.

하나님이라고 주장하기 전에, 하나님이라고 말하는 기독교가 무슨 난센스, (무슨) 비이성적인 것을 저지르는가 하면, 예를 들면 세상에서 '사람'이라고 해, 근데 아주 착한 사람이라서 '서람'이라고 한단 말이지. 명사가 같아야지 선교가 가능해요. 난센스를 하고 있어요, 대한민국은. 역사적으로.

우선 암튼 결론을 말씀드리는 거야. 믿음이라고 할 때, 앞에 명사가 있고 믿음이라고 할 적이 있고. 예를 들면 임금님 또 선생님, 아드님 이렇게 할 적에, ('님'이라는 글자) 앞이 명사예요. 명사에다가 존칭접미사를 붙인 경우이지. 근데 이제 이거를 명사로 했을 적에는 앞에는 형용사 adjective가 오는 거고. 이때는 띄어도 말이 돼요. '임금', '선생', '아들'. 근데 이제 또 다른 경우에는, 말이 되는가 보자고. 여기 '하나'라고 하는 말을 가지고 (그것을) 나타내느냐 이거야. 예를 들어 누가복음 15장 18절에 예수께서 인용한 탕자 비유에 "내가 하늘과 아버지께 죄를 지었습니다" 이러지 '하나와 아버지께' 하지 않잖아요? 안 그래요? 우리 다 아는 주기도문에도 "하늘에 계신 우리 아버지" 이러지, '하나에 계신 우리 아버지' 안 해요. 그러니까 '하나'를 명사로 쓴 적이 없어요. 세상에도 그렇고, 성서에도 없다고. 그런데 여기 이거를 명사를 형용사가 되는데, 예를 들어 '님'이라고 해봐. '그리운 님', '사랑하는 님', 이럴 때는 이게 ('님') 명사고 이게('그리운', '사랑하는') 형용사라고. 근데 만약에 사람이 한 사람이면 '한 사람'이라고 그래요. 그리고 아들이 하나면 '한 아들'이라고 그래요. 예를 들어서 한국말은 '하나 사람' 이렇게 안해요. '하나님' 이것은 한글이 아니라고.

언어학적으로 하나라는 것을, 하나님이, 왜 하나님이라고 하냐, 유일신이라고 하는 건 무식의 소치라고. '하나'를 나타내려면 한님이라고 해야 한글이지. '하나 사람', '하나 아들', 아니에요! 신약이나 구약에도 없지만, God을 하나라고 하는 것은 희랍의 플로티누스(Plotinus, 204/5-270)의 일자(一字)를 말하는 거예요. 일자라고. 예를 들면 '하나와 아버지께 죄를 지었습니다'라고 탕자가 말했으면 이렇게 하나님이라고 하라고. 그런데 "하늘과" 하면서 하늘을 얘기했어요. "하늘과 땅의 주재이신" 이렇게 했지. "하늘에 계신 우리 아버지"라고 하지, '하나에 계신 우리 아버지' 아니에요. 그러니까 '하느-'를 '하나'(숫자 1)로 쓴 적이 없어요. one으로 쓴 적이 없어요, 다 heaven으로 썼지. God을 성경에 heaven이라고 말했지, one이라고 한 적이 없다고. 우선 이게 한글이 아니에요. '하나+님'이란 말은 한글이 아니라고. 바깥에서는 "하느님이 보우하사 우리나라 만세" 하고 '하늘이 우습지 않느냐', '하늘'인데, 여기는 하나라고 하니. 사람이 5000만이 되더라도 내가 하고 싶은 얘기예요.

그러면 하나님이란 말이 어디서 생겼는가, 성서번역학적으로, 우린 다 아시지만, 1885년에 로스 번역이 있었죠? 만주에서 영국 선교사가 와가지고. 그때 영어사전 없었기 때문에 두만강 건너다니는 보따리장수 데려다가 얼마 줄 테니까 네가 dictionary 노릇을 해라 그래서 했어요. 최초의 로스 번역이 있겠지! 전부 다 평안도 사투리예요. 해방되고도 기독교의 주력은 다 이북에서 내려온 평양 사람들이고. 선교도 한양보다는 북한 평안도나 이런 데 더 많이 해서 기독교가 더 컸죠. 당연히 서울이라면 한양이라면 유교의 상류사회이고 표준말도 없었던 때, 이씨조선 말에, 그럴 때 선교사가 평안도 사람 보부상을 데려다가, 이게 뭐냐 해서 중국 번역으로 한 게 있고, 물어봐서 했죠, 그걸 다 뒤졌어요. 로스 번역에 terminology를 어떻게 썼는가. '아달(아들)'이라고 하고 '오마니', '비달길(비달기+ㄹ)', '하날에서' 이렇게 나와요. 그런데 이걸 1952년

298

에, 전쟁 나가지고, 부산 피란 가 있을 적에, 언제까지 평안도 사투리 말을 성경에 해야 되냐 해서, 그 당시 표준말로 하자고 시작했어요. 그렇게 해서 어떻게 고쳤냐 하면, '아들'로 고쳤고 '어머니'라고 했고 이건 '비둘기'라고 하고 이걸 '하늘'이라고 했어요. 알겠어요? 로스 번역에서는 '하날(하늘)' 하면서 '하나님(하느님)'이라고 했어요.

이 사람들은 이게 이건 줄 다 알아요. 발음을 사투리로 '하ᄂ님'이라고 할 때 아무 의식이 없었어요. heaven을 '하늘'이라고 했으니까. 그리고 one은 어떻게 했냐 하면은 아래아 자에다가 이렇게 ('ᄒ나'로) 썼어요. 그러니까 한 분이기 때문에 하나님이라 하면 이렇게 ('ᄒ나님'이라고) 썼어야 한다고. 이렇게 쓴 적이 없어요. 그러니까 일관되게 우리 신앙 역사 공동체에서는 다 heaven을 의미했지 one을 의미한 적이 없어요. 그리고 이제 영어에는 '신들'이라고 할 땐 여기다(gods) 쓰고 유일한 '신'은 여기다(God) 했지만, 우리는 그럴 필요가 없어요. 우리가 '하느님' 하면은 '들'을 붙일 수가 없어요. 무당도 알아요, 하느님은 유일한 존재라는 걸. 하느님이란 말 자체가 유일신을 말하는 것을. 세상 사람이 하느님 얘기할 때 중국 하늘, 일본 하늘 얘기하는 거 아니에요, 에돔 땅 하느님하고 모압 땅 하느님하고 이스라엘 하느님이 아니라, 하느님 하면 중국, 일본 할 것 없이 하나, 한 분! 이미 유일신 사상이 한국에 있었다고. 그러니까 신앙공동체에서 로스 번역에도 발음은 평안도 사투리로

'하날'이라고 했지만 semantic은 '하눌[하늘]'이라고 했지, it's not one, one이 아니에요. 그러니까 신앙공동체에서도, 그러니까 이제, 재밌어요, 이게. 이제 북한이 쳐들어오고 다 (피란) 가지고 부산에서 다 표준말로 고쳤어요, 성경 번역할 적에. 근데 이거는 당연히 '하느님'이라고 해야 되는데, 이게 또 습관 때문에 '하나님'이라고 해버렸어요. 그러니까 내 얘기가 익숙해서 '하나님'이라고 발음을 했지만 뜻은 heaven이라고 알면 좋은데, one을 생각하니까 이런 난센스가 어디 있느냐 이거야.

천주교에서는 '천주'라고 발음했어요. 근데 여기는 평안도 사투리로 이렇게 했다고. 그런데 『공동번역』에서는 '하느-'라고 했기 때문에, 이게 가깝죠. 이게('천주') 가까워요? 이 사람들이 큰 양보를 한 거예요. 이걸 아셔야 해요. 그리고 지금 천주교는 교회에서도 하느님이고 바깥에서도 하느님이기 때문에 선교가 가능해요. 근데 기독교는 이론적으로 말하면 선교가 불가능해요. 저쪽엔 '하느님'이라고 하고 여긴 '하나님'이라고 하는데, 선교에서는 악한 사람이든 착한 사람이든 '사람'이라고 하는 것이지, 착한 사람이라고 해서 '사람'을 '서람'으로 발음하라든지 하는 게 아니지. 그러니까 한갑수 씨도 있고, 음식점에서, 신약 팀하고 구약 팀하고 어휘 조절이 필요했어요. 신약과 구약이 같아야 하니까. 그때 제일 먼저 내가 하느님이라고 주장한 이유를 식탁에서도 이렇게 거의 말을 다 하고. 《기독교사상》에 내고* UBS에도 발표를 하고.** 궁정로교회 거기서 이분들이 '하느님'이라고 했다고 반대 대회를 한 적이 있었어요. 한 300명, 500명. 나도 뒷자리에 앉았는데, 그 사람들이 유일신이니까 하나님이래. 그러니까 한국말이면 하느님이어야 되지. 하나면 플로티누스의 '하나(Hen)', 플로티누스의 One God이지.

지금 이걸 간단히 얘기하면, 하나님이라는 것을 'one'으로 생각하면 impossible Korean이다. 한국말이라면 '하느님'이어야 한다. 성경에는 하나로 한 적이 없다. 그리고 번역서 1885년부터 '상제'라고 한문 썼을 때도 일자(一字)라고 한 적이 없어. 옥황상제는 한 분이지. 그러니까 한문, 한글 할 것 없이 번역을 내가 다 뒤졌어요. 일관되게 믿음을 갖기 시작한 게, heaven을 뜻했지, one을 뜻한 적이 없었어요. heaven에는 one이 내포되어 있었지.

한 날 종로 가서 점심 먹으러 갔더니 그때 선 신부님이 50대인데, 칠십 먹은 은퇴하신 목사님들이 우리 냉면 사줘서 먹었어요. 요즘 것들이 하나님이라고 한다? 자기들은 중부지방에 갔더니 다 하느님이라고 하고, 누가 one을 말한 적이 어디 있냐 말이지. 하나님, 두님, 세님…. '님' 앞에다가 수를 적은 적도 없거니와, 수십 군데를 봐도 난센스가 진행되고 있는데, 난 열의가 없어요, 그걸 고치고

---

* 곽노순, 「韓國敎會와 '하나님' 稱號」, 《기독교사상》 15:2, 1971, p.105-113; 곽노순, 「韓國敎會와 '하나님' 稱號 (II)」, 《기독교사상》 15:3, 1971, p.121-124.
** Nosoon Kwak, "The Korean Bible: A Linguistic Diagnosis", *The Bible Translator* 26:3, 1975, p.301-307; Nosoon Kwak, "The Korean Bible: New Translations", *The Bible Translator* 27:1, 1976, p.121-127.

싶은.

다음은 마테오리치 때부터 중국에서는 천(天)이라고 했는데, 마테오리치가 중국어로 번역할 때 God을 왜 천주로 했느냐? 누가복음 10장 21절 같은 데 보면, 예수께서 얘기를 할 적에 하느님을 "하늘과 땅의 주"라고 했어, Lord of heaven and earth. 거기서 따가지고 '천주'라고 했지. 주로 역사에는 천주라고 한 적이 없었어요. 근데 마테오리치가 새로 만들어가지고 '천주님'이라고 했지. 틀린 거 아니에요. 기독교적인, 성경의 패러다임에 천주라는 게 있었으니까, Lord of heaven이라고. 마테오리치가 그래서 거기에 근거해서 천주라고, 중국 역사에 없는 말을 만들었죠. 그래서 이 사람들은 천주라고 발음했어요. 그런데 우리가, 하느님이라고 하면, 천주교가 큰 양보를 한 것이죠. 중요한 건 글자가 아니라 발음 아닙니까? '천주님'이라고 하던 사람들이 '하느님'이라고 했으면 큰 아량을 갖고 양보한 겁니다.

늣봄의 터부 · 족쇄 깨기와 실천적 화해신앙[*]

김경재(목사, 한신대학교 명예교수)

1. 30년 전 방북 소식을 듣던 그날 아침의 체험적 간증

오늘 심포지엄 주최자 측으로부터 내가 받은 임무는 늣봄의 30년 전 방북 사건에 대한 정치사회사적 의미를 학술적으로 정리해 보라는 것이 아니다. 그 일은 오늘 각계 전문 학자들의 좋은 발표와 토론이 대신해 줄 것이다. 나에게 주어진 임무는, 1989년 3월 26일 늣봄이 평양을 방문하여 김일성 주석과 면담하고, 4월 13일 귀국 즉시 체포될 때까지, 2-3주 동안 당시 한국 사회가 받은 신선한 충

---

[*] 《늣봄 문익환 목사 방북 30주년 기념 학술대회 자료집》1-6, 2019.

격, 당혹감, 분노와 비난, 찬성과 반대 등등의 당시 사회적 응답에 대하여 주체적 체험을 간증해 달라는 것이다.

내가 간증하려는 본질적 핵심을 두 가지 개념으로 압축하여 보았다. 그 하나는, 늦봄의 돌연한 방북 사건은 1948년 남북분단 이후, 7000만 한겨레 남북 국민과 인민 들을 옥죄고 정치적으로 나라의 주권자들을 통제하던 허구적 정치이념과 반민주적 악법들이 탈우상화되고 탈터부화되는 사건, 곧 터부·족쇄 깨기 사건이었다는 것이다. 둘째는, 늦봄은 기독교 신학자요, 성직자로서 기독교 복음의 핵심 본질인 '화해하라!'는 명제를 교리적으로나 관념적으로 말하지 않고 목숨을 내걸고 몸으로써 실천해 보인 실천적 화해신앙의 사건이었다는 것이다.

2. 늦봄의 방북 사건은 독재사회의 터부·족쇄 깨기 사건

그날 그 아침인 1989년 3월 26일 늦봄이 김일성 주석을 두 팔 벌려 포옹하면서 만나던 날 세계 정치 기자들의 평양발 특종 뉴스에 기인한 아침이었는지, 4월 2일 늦봄이 북한 조평통 위원장 허담과 깊이 회담한 후 9개항 합의 성명서를 발표한 날 아침이었는지 날짜는 기억이 안 난다. 확실한 것은 그날 아침이 기독교의 큰 의미의 날인 부활절 아침이었다는 기억이다. 나는 당시 만 49세 장년 나이로서 한국신학대학 신학부 교수로 일하던 때였는데, 경기도 파주와 일산 지역 부활절 연합집회 설교자로서 초청받아 아침 집회를 마치고 서울로 귀경하던 때였다. 버스 안에서 신선한 충격 소식을 듣게 됐다.

버스가 지금 구파발 어느 정차장에 도착하던 아침 10시경, 버스 안 라디오는 긴급 뉴스를 전한다고 모든 오락 방송을 중지하고 늦봄의 방북 사건과 김 주석 면담 소식을 전했고, 신문사 긴급 '호외'가 길거리와 버스 안에 뿌려졌다.

한마디로 그것은 '충격' 그 자체였다. 어떤 사람에게는 '신선한 충격'이었고, 어떤 사람에게는 '당혹한 충격'이었고, 어떤 사람에게는 '두려움과 분노의 충격'이었다. 온 나라가 야단법석이었다. 왜냐하면 그 사건은 보이지 않게, 우리 국민을 지배하고 통제하고 감히 건드릴 수 없는 것이라고 여겨지던 신성한 터부(taboo)가 무너지는 사건이었기 때문이다.

'터부'란 종교학적으로 매우 중요한 어휘다. 터부란 '금기(禁忌)'라고 흔히 번역한다. 그것은 특히 남태평양 폴리네시아 제군도 원시사회에서 관찰되었는데, 어떤 대상이나 행위가 신성하기도 하고 접근하면 위험하다고 집단 사회구성원들에게 내면화되고 신성시된 대상물이나 행위를 말한다. '터부'시된 대상물로서는 황금 두꺼비, 구렁이, 신줏단지, 월경 중인 여자, 추장이나 파라오의 두상을 형상화한 조각품, '야훼'라는 히브리어 발음의 신명까지 다양하며 남태평양 지역만이 아니라 고대사회의 일반적 특징이었다.

인류사회가 점차로 개명되어 가면서 원시사회의 '터부'는 사라져 갔지만, 인간 집단 무의식 속에 각인된 '터부 의식'은 문명사회에서도 더욱 위세를 떨친다. 이제 터부시하는 대상은 거의 신격화된 히틀러, 일본 천황, 모택동이나 김일성 등 정치 지도자, 나치즘이나 공산주의 등 정치적 이념, 유신헌법이나 반공법, 국가보안법 등 신성불가침한 무소불위의 법률 체계 등으로 나타나서 '사회통제' 기능에서 강렬하게 작용한다.

내가 버스 안에서 늦봄의 방북 사건 긴급 뉴스를 듣던 순간, 귀국 후 늦봄이 안기부에 끌려가 고생하고 옥고를 치르는 데 얼마나 큰 고생이 있을 것인가 하고 생각되면서도, 해방 후 특히 쿠데타로 집권한 박정희 군사정부 30년간 한국의 민주화운동과 인권운동과 통일운동을 짓누르던 '반공법', '안기부법'이라고 통칭되는 터부가 깨어지고, 민주시민들에게 채워졌던 족쇄가 풀려지는 내면적 자유와 해방의 감정을 느꼈다. 왜냐하면 그 악법들은 군사정부 장기 집권자들과 보수 언론 집단과 재벌 중심의 기득권 세력이 보이지 않는 카르텔을 형성해 모든 형태의 민주화운동이나 인권운동이나 통일운동을 원천적으로 억압 탄압하고, 애국 학생들과 민주화운동 지도자들을 잡아다가 고문하고 투옥시키고 불법적으로 사형을 집행하는 신성불가침한 20세기 한국 사회의 '터부'요, '족쇄'였기 때문이다.

늦봄의 1989년 3월 방북 거사가 오랜 시간 심사숙고하고 죽을 각오를 하고서 거행한 '터부·족쇄 깨기' 행위였다는 진실은 늦봄의 널리 알려진 자유시 「잠꼬대 아닌 잠꼬대」 자유혼의 시 속에서 분명하게 나타나고 있다. 중요한 대목 몇 구절만 다시 아래에서 음미해 본다.

난 올해 안으로 평양으로 갈 거야
기어코 가고 말 거야 이건
잠꼬대가 아니라고 농담이 아니라고
이건 진담이라고

(…)
44년이나 억울하게도 서로 눈을 흘기며
부끄럽게도 부끄럽게도 서로 찔러 죽이면서
괴뢰니 주구니 하며 원수가 되어 대립하던
사상이니 이념이니 제도니 하던 신주단지들을
부수어버리면서 말이야

뱃속 편한 소리 하고 있구만
누가 자넬 평양에 가게 한대

국가보안법이 아직도 시퍼렇게 살아 있다구

(…)

이 땅에서 오늘 역사를 산다는 건 말이야

온몸으로 분단을 거부하는 일이라고

휴전선은 없다고 소리치는 일이라고

서울역이나 부산, 광주역에 가서

평양 가는 기차표를 내놓으라고

주장하는 일이라고

(…)

난 걸어서라도 갈 테니까

임진강을 헤엄쳐서라도 갈 테니까

그러다가 총에라도 맞아 죽는 날이면

그야 하는 수 없지

구름처럼 바람처럼 넋으로 가는 거지

위에서 인용한 시가 모든 것을 말하는데 무슨 말이 더 필요하랴? "사상이니 이념이니 제도니 하던 신주단지들을 / 부수어버리면서 말이야". 그 시구가 바로 늦봄의 방북 목적이자 방법이, 다름아니라 '각종 신줏단지들'로 상징되는 군사독재 정권 시절부터 지금까지도 한국 사회의 신성불가침한 터부·족쇄 깨기였던 것이다.

그 대표적인 허구적 실체로서 '국가보안법'을 시인 늦봄은 직접 지명하고 있는 것이다.

군사정권 시절 중에서 깨어 있는 민주시민들의 삼선개헌 반대운동부터 시작해서 광주민주항쟁을 경험하고 늦봄이 평양 방문을 결행하기까지(1969-1989) 20년 기간 중 앞에서 말한 터부·족쇄가 얼마나 많은 사람들을 가두고, 고문하고, 죽이고, 옥죄며, 인간 양심을 짓밟았는지 몇 가지 사건들만 열거해 보아도, 늦봄의 평양 방문 거사가 '터부·족쇄 깨기'였다는 것이 더 분명하게 이해될 것이다.

(1) 1970. 7. 4. 모든 언론 통제와 언론 자유 말살로 인해 함석헌의 《씨알의 소리》와 김재준의 《제3일지》가 장준하의 《사상계》를 대신하여 등장한다.

(2) 1970. 11. 13. 청계천 피복제조공장 여공들의 인권과 노동조건 개선을 요구하며 전태일이 분신자살한다.

(3) 1972. 12. 13. 유신헌법의 불법성을 비판한 전주 은명기 목사를 구속 수감한다.

(4) 1973. 4. 22. 한국교회협의회 주최 남산 부활절 연합예배에서 민주화를 주장한 박형규, 권호경 목사들을 구속 수감한다.

(5) 1973. 8. 8. 한국 안기부 특수공작대에 의해 김대중 씨가 일본에서 납치되어 태평양에서 수장되기 직전 미 국무성 개입으로 구사일생 생환된다.

(6) 1974. 4. 3. 전국민주청년학생총연맹이 '민족, 국가, 민주주의에 관한 선언'을 발표하며 민주화를 요구하자 중앙정보부는 민청학련과 인민혁명당을 연루시켜서 수많은 학생들을 체포 구금 고문 살해한다.

(7) 1974. 8. 12. 군사법정은 지학순, 박형규, 김동길, 윤보선을 민청학련 사건의 반란선동죄로 구속하거나 실형을 선고한다.

(8) 1975. 4. 9. 반민주적 군사정권 비판 세력을 무조건 빨갱이로 몰아가는 정보부는 소위 인혁당 사건으로 체포 구금시킨 피고인들을 긴급히 사형시켜 버림으로써 국내와 국제사회의 강력한 비판을 받는다.

(9) 1976. 3. 1. 서울 명동성당에서 천주교와 개신교 연합예배에서 문익환이 초안 작성하고 이우정이 낭독한 '3·1민주구국선언문'이 발표되자, 정보부는 '정부 전복 선동 사건'으로 규정하고 함석헌, 김대중, 윤보선, 문익환, 윤반웅, 정일형, 안병무, 서남동, 이우정, 이문영, 문정현, 함세웅, 이해동, 김승훈 등 애국지사들을 기소하거나 구속 수감시킨다.

(10) 1979. 8. 17. 서울 시경은 YH사건과 관련하여 문동환, 인명진, 이문영 등 8명을 구속 수감한다.

(11) 1980. 5. 17-18. 신군부 실세 전두환은 계엄령을 선포하고 모든 정치적 활동을 금지시키고, 김대중을 포함한 수백 명의 민주인사 및 학생을 체포하고, 결국 5·18광주민주항쟁에 직면한다.

⑿ 1982. 3. 18. 미문화원 방화 사건이 발생하여 한국의 주권 국가, 민주주의 회복, 미국 비판을 한 문부식 등 학생들이 체포 구금된다.

⒀ 1985. 9. 20-23. 남북 분단 이후 처음으로, 남과 북 각각 151명씩 이산가족 상봉이 이루어져 평양과 서울에서 재회한다.

⒁ 1987. 1. 13. 박종철 군의 고문치사 사건과 1987. 7. 9. 이한열 군의 최루탄 피격사망 사건. 전자는 6월민주항쟁의 도화선이 되었고, 후자 곧 이한열 군의 영결식(1987. 7. 9.)에는 대학생들과 시민들이 100만 명 이상 참여했다. 수많은 학생들과 민주시민들의 민주화 투쟁 중 군사독재 정권 집단들이 저지른 반인륜적 사건의 결정적 상징이다.

⒂ 1988. 8. 15. 노태우 대통령은 광복절 기념 연설에서 남북한 정상회담을 제안한다. 북한은 그 선행조건으로 한미군사훈련(팀스피릿) 중지를 요청한다. 1988. 11. 23-25. WCC가 주최한 제2차 글리온 회의에 남북한 및 세계 교회 대표가 참석하여 '한반도의 평화와 통일을 위한 글리온 선언'을 채택한다.

위에 언급한 열다섯 가지 사건은 1970년부터 1989년 늦봄의 방북 거사 때까지 20년간, 한국 사회에서 일어난 치열한 민주화 투쟁, 언론 자유 투쟁, 학원 자유 투쟁, 노동권 투쟁, 인권 투쟁의 극히 일부이다. 20년 동안 군부독재의 만행에 대한 저항역사 그림 조각이 100여 개라 한다면 15개 퍼즐만 회상해 본 것이다. 회상의 목적은 늦봄의 방북 거사 결단이 늦봄의 돌발적 정치 행동이 아니라, 10여 년 동안의 옥중생활 속에서, 그리고 민주화 투쟁 최전선에서 '전국민족민주운동연합'(전민련) 상임고문으로서의 치열한 투쟁 속에서 깊이 숙고하고 민족사 모순의 본질을 성찰한 후에 결론 내린 결사적 거사였다는 사실을 우리가 깨닫고자 함이다.

수많은 청년 학도들을 고문하고 죽이고 민주시민을 족쇄로 묶는 그 정체의 본질은 아무것도 아닌 '신줏단지'요, 독재정권이 임의로 만들어가지고 '전가의 보도'처럼 휘두르고 전횡하는 '국가보안법'이라는 '터부'임을 직시한 것이다. 이것을 깨뜨리고, 그 정체의 허구성을 폭로하고 탈주술화시키기 위해서였다. 민주화운동은 통일운동과 함께 진행되어야 할 독수리의 두 날개요, 수레의 두 바퀴임을 절감했던 것이다.

군부독재 정권은 그 어처구니없는 무소불위의 '터부'를 내밀면서, '남북관계의 단일창구 지속의 철칙'과 일체의 민주화 및 인권·노동·통일운동을 하는 애국 국민들의 저항을 '빨갱이, 이적단체에 포섭된 반국가단체, 종북 세력, 남파 간첩의 지령'의 죄목으로 엮어서 처벌해 오는 것을 정당시했던 것이다. 늦봄의 30년 전 방북 사건은 한마디로 이 '터부'를 온몸으로 던져 깨버리고 '주권재민의 민주의 나라'로 바로 세우고자 한 것이다.

3. 실천적 화해신앙으로 본 늦봄의 방북 사건

늦봄의 방북 사건은 '터부·족쇄 깨기'로서의 정치사회적 사건으로서만 아니라, 또 하나의 다른 깊은 동기가 있다. 그것은 그가 성직자로서, 신학자로서, 그리스도인으로서 귀의하는 기독교 신앙의 핵심 내용 중 하나인 '너희는 화해하라!'는 성경의 숭고한 명령에 순명하는 신앙적 신학적 행위였다.

한 장의 깊은 사진은 수많은 논문을 대신하여 웅변하는 기능이 있다. 늦봄이 방북하여 김일성 주석을 만나는 순간의 사진, 곧 두 팔을 활짝 펼치고 김 주석을 오랜 친구인 양 함박 웃으면서 스스럼없이 껴안고 포옹하는 사진이 신문과 방송에 보도되자 세상은 깜짝 놀랐다. 남한 사람도 놀랐고, 북한 인민도 경악했다. 남한 사람들에게는 악마화되거나, 북한 인민들에게는 신격화되다시피 한 인물이었던 김 주석과 늦봄이 만나는 장면은 그간 보아왔던 국내외 인사들의 제한되고 인위적인 의례 행위와는 차원이 전혀 달랐던 것이다.

기독교 신학에서는 그것의 본질을 '화해(和解, reconciliation)'라고 부른다. 상호 적대시하고 분리되고 격원시하며 상호 원수같이 지내던 개인 간, 집단 간 인간관계가 다시 '하나'로 재통합(reunion)되는 사건을 말한다. '화해'에 앞서는 조건은 상호 죄책 고백, 상호 용서 구하고 용서하기, 상호 용납, 상호 생명 교류, 상호 밥상을 나누어 먹고 즐기기, 그리고 정의롭고 자유로운 평화를 누리기로 압축된다.

늦봄의 방북 사건의 깊은 의도 속에 그의 '화해신앙'이 농축되어 있다는 것은 그의 또 다른 유명한 자유시 「꿈을 비는 마음」에 잘 나타나 있다. 몇 구절을 인용해 본다.

벗들이여!

이런 꿈은 어떻겠소?

155마일 휴전선을

해 뜨는 동해 바다 쪽으로 거슬러 오르다가 오르다가

푸른 바다가 굽어 보이는 산정에 다다라

국군의 피로 뒤범벅이 되었던 북녘 땅 한 삽

공산군의 살이 썩은 남녘 땅 한 삽씩 떠서

합장을 지내는 꿈,

그 무덤은 우리 5천만 겨레의 순례지가 되겠지

그 앞에서 눈물을 글썽이다 보면

사팔뜨기가 된 우리의 눈들이 제대로 돌아

산이 산으로, 내가 내로, 하늘이 하늘로,

나무가 나무로, 새가 새로, 짐승이 짐승으로,

사람이 사람으로 제대로 보이는

어처구니없는 꿈 말이외다.

위 시에서 "사팔뜨기가 된 우리의 눈들"이란 시구가 늦봄의 방북 당시까지 분단 40년 동안, 남북한 우리 겨레가 얼마나 정치적 이념과 역사적 상흔들로 인해 우리들의 역사 인식과 현실 인식이 왜곡되어 왔는지, 그리고 분단 상황을 이용하는 독재자들과 기득권자들의 언론 통제와 사상 교육에 눈먼 장님처럼 길들여져 왔는지 고백하고 있다. 동족 한겨레가 아니고 하늘 아래 함께 살 수 없는 철천지원수라고 생각하도록 소위 '레드 콤플렉스'가 내면화됐다. 늦봄은 그 우상을 깨고, 화해해야 산다는 메시지를 몸으로 증언한 것이다.

1980년대 후반 세계정세는 고르바초프의 개방·개혁 정책으로 '냉전시대'가 종식되고 역사는 새로운 국면에 들어섰는데 유독 한민족, 한반도만이 동토의 땅으로 남아 있는 어처구니없는 상황이었다. 한국 기독교 70퍼센트 정도를 교세로 점유하는 보수적 기독교는 사실상 군부독재의 강력한 지지 세력이었고, 반공과 승공주의자들이었고, 숭미주의자들이었고, 기독교의 화해신앙은 그들에게 관념적·교리적 구호일 뿐 아무런 실재적 능력을 가지지 않는 것이었다. 그들은 남북 화해는 곧 좌파 세력의 종북 행위라고 단정하여 왔다. 그리고 그러한 '역사 읽기의 맹인 집단'은 오늘 2019년 방북 30년이 지난 후에도 변함없이 우리 사회의 진정한 개혁과 역사전진을 방해하는 걸림돌이 되어 있다. 그러한 상황을 감안할 때 늦봄의 30년 전 방북 사건은 '터부·족쇄 깨기'와 몸으로 실행하는 '실천적 화해신앙 고백'이었던 것이다.

분단 이후 70년 동안, 주변 강대국들은 자국의 정치·군사적 이익을 위해 한반도를 분단 상태로 유지함으로써 강대국들의 '직접 충돌' 완충 역할을 하도록 한민족 운명을 제약해 왔다. 그러므로 늦봄 평양 방북 30주년을 맞이하며 우리들의 각오는 '처음 초심' 그 마음자리로 돌아가 굳게 다짐하면서 '7·4남북공동성명'(1972), '남북 사이의 화해와 불가침 및 교류협력에 관한 합의서'(1992) 등 남북 사이에 서명 약속한 내용을 지키는 의리 있고 주체성 있는 민족임을 새기고, 자주와 비폭력·평화와 민족대단결의 3대 원칙을 다시 한번 굳게 하는 길만이 우리의 살길임을 재확인해야 한다.

꿈을 현실로 산 신앙의 선구 문익환 목사[*]
─ 목회자이자 신학자로서 그의 내면세계와 실천적 삶

최형묵(천안살림교회 목사)

I. 문익환 '목사'

문익환 '목사', 오늘 우리에게는 그의 가장 명예로운 이름으로 정착되었지만 과연 어찌 불러야 할지 한 번쯤 망설이지 않을 수 없는 까닭이 있다. 어느 하나로 규정하면 그 삶의 전모를 드러내기 어려울 만큼 다양한 이름을 갖고 있기 때문이다. 최대한 간결하게 집약하면 목회자, 신학자, 시인, 민주화운동과 통일운동의 선구자라 할 수 있을까?

문익환 목사의 장례를 준비할 때 '목사'라 하지 말고 '선생'이라고

* 《신학사상》 181, 2018, p.51-79.

칭하자는 의견이 제기되기도 했다. 기독교라는 특정 종교의 테두리에 가두는 것이라 생각한 재야인사들의 충정의 발로였다. 결국 평생의 반려자인 박용길 장로가 북한의 김일성 주석도 '목사'라 불렀는데 무슨 다른 이름이냐고 해서 결론이 난 것으로 알려져 있다.*

다른 한편 그 이전부터 그와는 전혀 다른 맥락에서 문익환 '목사'라 부르기를 거부한 이들도 있었다.** 1989년 문익환 목사의 방북 직후 비난 여론을 주도하였던 보수 기독교 단체들은 '목사'라는 호칭을 떼고 문익환 '씨'라고 불렀다. 민주화운동과 통일운동을 신앙과 무관한 것으로 여기고 있을 뿐만 아니라, 전쟁을 일으킨 장본인을 껴안는 행위 같은 것은 도저히 목사로서 할 일이 아니라고 생각하였기 때문이었다.

서로 상반되는 입장임에도 불구하고 민주화 인권운동가, 특히 통일운동가로서의 역할에 시선을 집중하고 있다는 점에서 다르지 않다. 오늘날까지도 목사로서 문익환과 사회운동가로서 문익환을 달리 평가하려는 인식이 자리하고 있는 것이 사실이다. 목사, 곧 신학자이자 목회자로서 세간에 크게 드러나지 않은 삶과 민주화 인권운동가, 그리고 통일운동가로서 강렬한 인상을 새겨준 삶이 극적으로

* 유원규 목사의 증언, 2018. 4. 26. 이 글을 준비하면서 이해동 목사와 유원규 목사 두 분에게 문익환 목사에 관한 증언을 청취할 기회를 가졌다. 그때 이 글의 방향을 정하는 데 결정적 도움을 주신 두 분께 깊이 감사드린다.
** 유원규, 「겨레의 큰 목회자」, 《한국기독교장로회 회보》 350, 1994, p.30-31; 「목회자로서의 문익환 목사」, 《기독교사상》 423, 1994, p.152-157 참조.

대비된 까닭에 그와 같은 인식이 형성된 것도 무리는 아니다.

그러나 과연 문익환의 삶에서 신학자이자 목회자로서의 면모와 운동가로서의 면모가 단절되어 있다고 보는 것이 타당할까? 겉으로 보기에 분명히 구분되는 것은 사실이다. 하지만 문익환 목사의 삶의 궤적을 보면, 신앙의 동기와 실천적 행위 사이에 질적인 단절이 있기보다는 깊은 연속성이 있다는 것을 알 수 있다.

이 글은 신앙인으로서 민족사의 과제를 충실히 감당하였던 문익환 목사의 삶의 밑바탕이 되는 내적 동기를 형성한 계기들과 그의 신학 사상의 얼개를 살펴보려고 한다. 『문익환 평전』의 저자 김형수는 책을 마무리하면서 의미심장한 물음을 던졌다. "도대체 그 내면이 형성된 경로는 어떻게 추적되어야 하는가."* 이 글은 그 물음에 대한 답을 구하려는 하나의 시도가 될 것이다. 나아가 이 글은 그 신앙적 동기의 직접적인 연장선상에서 한국 기독교계에 남긴 문익환 목사의 유산을 살펴보고자 한다.

이 시도는 문익환 목사의 삶과 유산을 '교회화' 또는 '기독교화'하여 좁은 틀에 가두려는 것이 아니다. 그렇게 귀결된다면 그것은 문익환 목사의 삶을 배반하는 것이다. 이 글의 문제의식은 다양한 이름으로 불리는 문익환의 삶의 여러 단면들이 어떻게 연결되어 있는지 그 내적 구조를 밝히고자 하는 것이다. 그 문제의식이 충분히 의미를 지닌다면, 향후 한국 교회와 사회 안에서 문익환 목사의 유산이 지니는

---

* 김형수, 『문익환 평전』(이하 『평전』), 실천문학사, 2004, p.805.

의의를 더욱 밝게 드러내는 탐구가 이어질 수 있을 것이다.

Ⅱ. 실천적 신앙인으로서 문익환 목사의 삶과 신학

여러 이름으로 불리는 문익환 목사의 내면 형성 과정을 들여다보기 위해서는 그의 시세계를 살펴보는 것이 하나의 첩경이 될 수 있다. 그가 시를 쓰기 시작한 것은 구약성서 번역을 하면서 그 가운데 거의 40퍼센트를 차지하는 시를 알지 않고는 구약성서를 제대로 번역하기 어렵다는 한계 상황에 부딪히면서부터라는 것은 잘 알려져 있다.* 그러나 그뿐만은 아니었다. 그는 시를 쓰기 시작하면서 자신의 시 가락과 구약성서의 시 가락이 다르다는 것을 발견하고 한국인으로서 히브리 전통에 몰입해 온 자신에 관한 물음을 제기한다. 그래서 자신의 시가 어떻게 평가받느냐 하는 데 관심하기 이전에 자신을 아는 길로서 시작(詩作) 활동에 의의를 부여한다. 또한 동시에 그것이 자신의 신학적 사고의 전환점을 함축할지도 모른다는 예감을 갖기도 했다.** 실제로 본격적인 시작 활동과 헌신적인 실천의 기간이 겹치고 있는 점을 감안하면, 스스로의 예감은 적중

---

* 문익환전집출간위원회 엮음, 『문익환 전집』(이하 『전집』) 1권, 사계절, 1999, p.100.
** 『전집』 1권, p.101.

했다고 할 수 있다. 바로 그 점에서 그의 시세계를 들여다보는 것은 그의 내면세계를 들여다보는 매우 중요한 과제가 될 수밖에 없다.

그러나 이 글에서는 지면상 한계로 그 과제를 접어두려 한다. 필요한 경우 시를 언급하겠지만, 시세계 자체를 살펴보는 일은 별도의 과제로 돌릴 수밖에 없다. 이 글은 신학자이자 목회자로서 세간에 두드러지게 드러나지 않았던 삶에서 헌신적인 운동가로서 뚜렷하게 각인된 삶으로 전환하게 된 계기가 무엇이었는지 주목하고, 그 삶의 양 측면이 문익환의 삶 전반에서 어떤 관계를 갖고 있는지를 그의 굵직한 삶의 궤적과 남긴 글들을 통해 살펴보고자 한다.

1. 삶의 전환 계기로서의 장준하의 죽음과 3·1민주구국 선언 사건

문익환 목사의 삶의 전환은 1975년 장준하의 죽음이 그 결정적 계기가 된 것으로 알려져 있다. 문익환 목사는 장준하 선생의 유해를 묻는 순간 그의 삶을 대신하기로 결심했다고 스스로 밝혔다.[*] 그 결심과 더불어 문익환 목사는 장례식 때 사용한 장준하 선생의 사진을 자신의 방에 걸어두었고, 맨 먼저 《사상계》 권두언을 모아 책으로 엮어내는 작업을 시작했다. 그리고 1976년 3·1절 명동 '민주구국선언'

---

* 『전집』 6권, p.87.

을 준비하게 된 것도 벽에 걸린 장준하 선생의 사진을 응시하는 가운데 자문자답한 결과였다고 밝히고 있다. 그러니 문익환 목사에게서 삶의 전환을 불러일으킨 그 동기를 의심할 여지는 없어 보인다.

문제는 그 전환이 문익환 목사의 삶의 궤적 전반에서 갖는 의미가 어떤 것인가 하는 것이다. 그야말로 '코페르니쿠스적 전환'에 해당하는 것일까? 강정구는 그 이유를 이렇게 밝히고 있다. "신학자로서의 문익환은 아주 협소한 전문 분야에 매달려 자기 영역 밖의 거대 구조인 인간 사회·역사 등의 영역에 눈길을 나눌 수 없었던 쟁이 지식인에서 민족·민주·민중과 유기적으로 결합해서 일체화해 가는 유기적 지식인으로 탈바꿈하게 되었다."*

문익환 목사가 민족·민중운동의 현장에 우뚝 선 존재로 사람들에게 나타나게 된 의의를 강조하는 것으로서 충분히 공감할 수 있는 평가임에 틀림없다. 그러나 만일 문익환 목사에게서 그 전환의 계기가 장준하의 죽음이라는 단일한 사건으로 한정되고, 또 '코페르니쿠스적 전환'이 세계관의 변화를 함축하는 것으로 받아들여진다면, 그 평가가 적절한 것인지 의문시된다.

문익환 목사가 민족·민중운동의 현장에 나서게 된 계기로 장준하의 죽음과 3·1민주구국선언 사건이 꼽히지만, 전태일의 어머니 이소선 여사는 '전태일이 죽은 후'라고 수정한다.** 1970년 11월 13

---

* 강정구, 「큰 통일 일꾼 늦봄을 기다리며」, 『전집』 5권, p.502.
** 『평전』, p.402.

일 전태일의 죽음은 당시 한국 사회에 일대 충격을 불러일으킨 사건이었다. 그 사건을 어떻게 받아들였는지는 『전태일 평전』에도 그 기록이 남아 있지만,* 전태일의 죽음 이후 문익환 목사는 청계노조를 자주 방문하여 노동자들을 격려하였다. 이소선 여사는 그 당시 "문익환 목사님은 우리를 보호하는 아버지처럼 행동했다"라고 술회하였다.**

그뿐 아니었다. 1970년대 초반 숨 가쁜 역사적 순간들을 마주칠 때마다 문익환 목사가 지나칠 수 있었을까? 1972년 10월유신과 함께 군사독재체제는 더욱 강화되고 그 독재체제의 야만적인 폭력의 질주가 이어졌다. 1973년 남산 부활절 사건, 김대중 납치 사건, 1974년 민청학련 사건, 그리고 인혁당 사건이 이어졌다. 정권의 폭거에 기독교계 인사들을 중심으로 재야의 저항이 또한 거세게 일었다. 문익환 목사와 가까운 인사들이 다수 그 저항의 중심에 있었다. 1975년에는 박정희 정권에 의해 대학교수들이 대대적으로 해직되었다. 그 해직 사태와 더불어 훗날 재야운동의 중요한 구심인 동시에 사실상 민중신학의 산실이 된 갈릴리교회가 문동환 목사의 주도로 탄생하였고, 문익환 목사는 여기에 참여하였다.*** 1975년 8월 17일 그 첫 모임 날 장준하 선생의 죽음 소식을 접하고 현장으로

---

* 조영래, 『어느 청년 노동자의 삶과 죽음—전태일평전』, 돌베개, 1983.
** 『평전』, p.403.
*** 『평전』, p.422.

달려간 사실은 참으로 절묘하다. 애초 장준하 선생을 갈릴리교회에 참석시키기로 하고 시간이 안 되어 일주일 그 첫 모임을 미뤘는데, 바로 그날 그의 부음 소식을 접해야 했다.

여기서 주목해야 할 것은 문익환 목사가 장준하의 죽음 이후 비로소 민족·민중운동의 한가운데 나서게 된 것은 아니라는 점이다. 이미 문익환 목사는 역사적 사건의 현장으로 끌려들어 가고 있었다. 함석헌 선생은 '하느님의 발길'에 차여 다닌다고 했던가. 문익환 목사는 그렇게 내몰리고 있었다. 문익환 목사는 1968년 개신교와 가톨릭이 함께하는 성서공동번역위원회 위원장으로 위촉되어 그즈음 성서 번역에 몰두하고 있었다.* 이 일로 한신대 교수직도 휴직에 이어 사직하고, 또한 병행하여 맡고 있던 한빛교회 담임목사직도 사임한 상태였다. 30년간 구약성서 학자로서 성서 번역에 열의를 갖고 있던 그에게 한국의 개신교와 가톨릭이 함께하는 성서 번역 작업은 더없이 중요한 과제였다. 그 일로 여타의 일들을 억제해야 할 만큼 스스로 열의와 책임감을 갖고 있었다. 3·1민주구국선언을 주도하고도 자신의 이름을 뺐던 것도 그 일을 끝까지 완수하기 위해서였다.

그런데 자신이 구약성서 학자로서 필생의 과제로 삼았던 성서 번역 작업이 본격화된 바로 그 시기에 그가 여러 이름을 갖게 된 계기들이 모두 겹친다. 그는 신학자이자 동시에 목회자였다. 여기

---

* 『평전』, p.374.

에 더하여 이제 그는 시인으로서 이름을 갖게 된다. 첫 시집을 내면서 그는 "1971년 봄이 되기까지 시라는 것을 써본 일이 없었소"* 라고 말하고 있다. 1964년 3월 8일 자 습작 시가 발견된 것으로 보아 그 고백은 사실과 다르지만, 적어도 자각하는 가운데 본격적으로 시를 쓴 것이 1971년이라는 이야기일 것이다. 물론 스스로 밝히기로는 구약성서 번역을 제대로 하기 위하여 시를 이해하고자 한 동기에서 비롯된 것이라 하였지만, 여기에는 자신도 아직 분명하게 의식하지 못한 그 어떤 동기가 지배하고 있었다. 앞서 말한 바와 같이, 문익환 목사는 자신의 시작(詩作) 활동이 어떤 신학적 사고의 새 출발점이 될지도 모른다고 예감하고 있었다.** 그 시점이 1971년 봄이라면 그것은 1970년 11월 전태일 죽음 사건과 머지않다. '신학적 사고의 새 출발점', 그것은 민중의 현장에 나섬으로써 자신의 신앙과 신학에 어떤 생동감을 더하게 되리라는 것을 예감한 것은 아닐까? 그와 같은 추론은 그의 시세계를 볼 때 결코 억측이 아니라는 것을 알 수 있다. 그의 시세계는 그야말로 꿈을 선취하여 마침내 생명의 바다에 이른*** 그의 삶의 궤적을 꾸밈없이 드러내주고 있다. 시인으로서 문익환의 삶의 궤적은 거의 정확하게 실천가로서 그의 삶의 궤적과 일치한다.

---

* 『전집』 1권, p.100.
** 『전집』 1권, p.101.
*** 김기석, 「생명의 바다에 통일배 띄우고―문익환의 시세계」, 《신학사상》 85호 (1994/여름), p.61-79.

이렇게 보면 문익환 목사는 혼신을 다하여 자신이 하고자 하는 일을 하던 그 순간 자신의 한 몸으로 감당할 수 있는 그 모든 일을 한꺼번에 성취한 것이다. 사람들이 그의 존재를 알게 된 것은 1976년 이후이지만, 1960년대 말에서 1970년대 초 50대 초반의 자신에게는 가장 뜨거웠던 시기를 살고 있었다고 할 수 있다. 신학자이자 목회자로서 조용히 내면세계를 형성해 온 그의 삶이 1976년 이후 세상 한가운데 우뚝 부상하게 된 것이다. 유원규 목사가 말하듯 그의 삶은 과연 '무화과'에 비유할 수 있다.* 무화과는 꽃이 없는 듯하지만, 사실은 꽃을 품고 있다가 그 꽃을 피우는 순간 무르익어 탐스러운 열매가 된다. 마치 문익환 목사의 삶 역시 그와 같다. 그 점에서 장준하의 죽음 이후 스스로의 삶이 전환했다고 한 것은, 자신도 미처 의식하지 못한 것을 비로소 의식하게 되었다는 것을 말하는 것이지 그로부터 전환이 시작되었다고 말한 것은 아닐 것이다.

실제로 문익환 목사의 저작을 일별해 보면, 1976년과 그 이전, 아니 심지어 1950년대와 1960년대의 저작에 이르기까지 매우 일관된 흐름이 있다는 것을 알 수 있다. 위화감 없이 연속되는 그 무엇이 있다. 격랑의 현대사를 살았으니 각 시기별로 전혀 다르지 않다면 그것은 역사를 철저히 마주했다고 할 수 없을 것이다. 그럼에도 불구하고 그 가운데 일관된 흐름이 있다. 그 일관된 흐름이 다양한 이름을 가진 문익환 목사를 해명해 주는 그의 내면세계의 요체일 것이다.

---

* 『평전』, p.389.

2. 문익환 목사의 내면세계를 형성한 계기로서의 민족주의와 기독교 신앙

문익환 목사의 내면세계를 형성하는 계기를 들여다볼 때 먼저 북간도 명동촌 이야기를 빼놓을 수 없다.* 여기에 그의 내면세계를 형성한 원초적 계기들이 자리하고 있다. 단도직입적으로 말해 민족주의와 기독교 신앙으로 압축할 수 있다.

북간도 명동촌은 일제에 의한 조선 강점이 노골화되고 있던 1890년 무렵 함경도 회령과 종성에 살던 네 가족의 이주로부터 시작되었다. 김약연, 남도천, 문병규, 김하규 네 집안의 이주였다. 이 가운데 문병규는 문익환 목사의 할아버지이고, 김하규는 외할아버지이다. 이들 가문은 모두 실학의 후예들이고, 김하규는 동학에도 가담한 이력을 갖고 있었다. 이 가족들의 이주는 단순히 호구지책을 위한 것이 아니었다. 젊은이들을 교육시켜 기울어져 가는 나라를 일으킬 인재를 기르자는 뜻이 이주의 주요 동기였다. 처음에 이들 가족은 서당을 세워 후학들을 가르쳤으나 신학문의 필요성을 느껴 근대식 학교로서 명동학교와 명동여학교 등을 세웠다. 이 근대식 학교를 세운 것이 기독교 신앙을 접하게 되는 계기가 되었다.

---

* 문재린·김신묵, 『문재린 김신묵 회고록—기린갑이와 고만네의 꿈』, 삼인, 2006; 문동환, 『문동환 자서전—떠돌이 목사의 노래』, 삼인, 2009; 문영미, 『세상을 품은 작은 교회—한빛교회 60년사』, 삼인, 2017; 『평전』; 『전집』 6권, p.340 등 참조.

젊은 교사 정재면이 부임 조건으로 기독교 신앙을 받아들일 것을 요구하였기 때문이다. 가문의 지도자들은 고심 끝에 그 요구를 받아들이고, 이로써 명동촌에는 중요한 또 하나의 정신적 기둥으로서 기독교 신앙이 자리하게 되었다.

문익환 목사는 그와 같은 삶의 환경 가운데서 성장하며 정신세계를 형성하였다. 문익환 목사의 정신세계를 형성한 두 가지 기둥으로서 민족주의와 기독교 신앙은 개념 그 자체로 자명하게 해명되지 않는 중요한 특징을 지니고 있었다. 어떤 이념이나 신앙이든 다양한 스펙트럼을 지니고 있고, 북간도 명동촌의 정신적 지주로서 두 가지 가치는 그 나름의 고유한 색깔을 지니고 있었다.

먼저 그 명동촌의 첫 번째 기둥으로서 민족주의의 색채는 어떤 것이었을까? 기울어져 가는 나라의 운명을 다시 일으켜 세울 인재를 양성하고자 북간도로 이주하여 명동촌을 설립한 동기가 말해주듯, 민족주의는 명동촌을 이끌어간 가장 중요한 기둥이었다. 문익환의 어머니 김신묵 권사의 증언에 의하면, 작문 시간에 나라를 위해 목숨 바친다는 말이 없으면 좋은 점수를 받을 수 없었다고 할 만큼* 그 정신은 압도적이었다. 학교의 체육 시간마저 독립을 위한 군사훈련의 기회가 될 정도였다. 실제로 명동촌은 숱한 독립지사들이 들락거리는 중요한 민족독립운동의 요람이었다.

명동촌을 세운 기둥으로서 민족주의는 실학과 동학에 그 젖줄을

---

* 문동환, 『문동환 자서전—떠돌이 목자의 노래』, p.128.

대고 있었다. 이주한 가문을 대표하는 이들은 모두 유학에 정통하였지만 그들이 체화한 유학은 봉건체제를 뒷받침하는 고루한 성리학이 아니었다. 이들은 공리공담(空理空談)을 넘어 민중의 실생활을 개선하는 데 관심하는 실학의 후예들이었다.* 그 가문의 지도자들은 젊은이들을 교육하는 시간 외에는 실제로 농민들과 다르지 않은 생활을 몸소 실천하였다. 땔감을 등짐으로 나르고, 물지게를 짊어지고, 외양간의 쇠똥을 치우고, 집의 온돌을 고치고, 벽을 바르는 일을 손수 감당하였다.

이러한 실생활 속에서 형성된 명동촌의 민족주의를 '민중적 민족주의'라고 부르는 데 주저할 까닭은 없다. 이 개념은 같은 명동촌의 경험을 공유한 안병무 선생에 의해 훗날 정착된 것이지만,** 명동촌의 기둥이자 동시에 문익환 목사의 정신세계를 형성한 기둥으로서 민족주의의 성격을 이해하는 데 중요한 실마리가 된다. 민족주의가 하나의 통치이념이자 지배이념으로까지 오용된 현실, 그것이 가지고 있는 위험성을 생각할 때, 문익환 목사의 정신세계를 형성한 명동의 민족주의가 '민중적 민족주의'로서의 성격을 띠고 있었다는 것은 매우 중요한 의의를 지닌다. 문익환 목사의 민족주의가 일종의 민족 지상주의와 동일시될 수 없는 것은, 기독교 신앙과의 관계에 의해 규정된 측면도 있지만, 처음부터 명동촌의 민족주

---

* 문영미, 『세상을 품은 작은 교회—한빛교회 60년사』, p.46.
** 안병무, 『역사와 민중』, 한길사, 1993, p.375 이하 참조.

의의 성격에서 비롯되는 면을 갖고 있었다고 해야 할 것이다.

명동촌의 또 하나의 기둥으로서 기독교 신앙의 성격은 어떠했을까? 처음 명동촌에 기독교 신앙을 전해준 정재면 선생은 서울 상동청년학원에서 기독교와 민족의식을 바탕으로 근대 학문을 익히고* 독립운동 단체인 신민회의 파송으로 명동촌에 왔다. 명동촌의 지도자들은 신학문의 필요성에 절감하여 정재면 선생의 요구를 외면할 수 없기도 했지만 그의 능력과 인품에 대한 신뢰 또한 그 요구를 받아들이는 데 중요한 몫을 하였다고 한다.** 그렇게 기독교 신앙을 받아들인 명동촌에는 점차 신앙의 불길이 타오르기 시작했고, 명동촌 사람들은 기독교 신앙의 주요 가치들을 받아들여 내면화하였다. "성서 안에 담긴 사랑, 정의, 평등, 해방과 같은 사상이 애국심에 불타고 있는 청년들에게 크게 감명을 주었다."*** 여기서 북간도 명동촌의 민족주의와 기독교 신앙은 매우 자연스럽게 결합하였다.

여기에 더하여 명동촌의 기독교 신앙의 성격을 형성하는 데 또하나 중요한 변수가 있었다. 그것은 캐나다 선교부의 영향력이었다. 초기 한국 선교에서 선교사들 간의 경쟁을 조정하기 위해 선교지 분할에 관한 합의가 있었고, 그에 따라 캐나다 선교부가 함경도 지역과 북간도 지역을 선교 지역으로 맡았다. 당시 미국을 중심으

---

* 문재린·김신묵, 『문재린 김신묵 회고록—기린갑이와 고만네의 꿈』, p.44.
** 문동환, 『문동환 자서전—떠돌이 목자의 노래』, p.127.
*** 위의 책, p.128.

로 하는 선교사들의 신학적 입장이 대체로 근본주의적 성향이 강한 반면 캐나다 선교사들의 신학적 입장은 자유주의적 성향을 띠고 있었다. 그들의 개방적 신앙과 신학은 교육에도 직접적으로 영향을 끼쳤다. 문익환 목사를 비롯하여 여러 동학들이 은진중학교에서 김재준 목사의 가르침을 받은 것도, 문익환 목사의 아버지 문재린 목사가 캐나다 유학으로 근본주의 신학에서 탈피하게 된 것도 그 영향하에서였다.* 그 개방적 신앙과 신학의 영향하에서 기독교 신앙의 보편적 가치들을 삶의 현실에서 구현하려는 참여신학으로서 한국의 진보신학은 중요한 하나의 흐름을 형성하였고, 문익환 목사는 그 흐름을 대변하는 중요 인물 가운데 하나가 되었다. 명동촌의 선구자들에게서, 그리고 문익환 목사에게서 기독교 신앙은 세계를 향한 문이자 동시에 수난당하는 민중을 향한 해방의 복음으로 인도하는 길이었다.

여기서 우리가 재삼 확인해야 할 것은 북간도 명동촌의 민족주의와 기독교 신앙이 어떤 관계를 형성하였는가 하는 점이다. 그것은 명동촌 선구자들의 정신세계를 밝히는 것이자 동시에 그로부터 영향을 받은 문익환 목사의 정신세계를 밝히는 문제이다. 문익환 목사는 이에 대해 이렇게 말한 적이 있다. "그 어른들이 기독교로 개종했을 때 그들은 종교를 조국 광복이라는 목적을 위한 수단으로 삼지 않았다. 그들은 기독교에 진지한 자세로 다가섰다. 그들

---

* 문영미, 『세상을 품은 작은 교회―한빛교회 60년사』, p.47.

에게는 어떤 새로운 가르침이라도 진지하게 알아보려는 구도 정신이 있었다. 신교육의 모체인 기독교를 소화하다 보니 기독교와 유교를 민족애라는 용광로 속에 완전히 녹여서 새로운 세계관, 인간상을 찍어내게 되었던 것이다."* 이것은 명동촌의 선구자들의 정신세계에 대한 평가이자 동시에 문익환 목사 자신의 정신세계에 대한 진술이라 할 것이다.

훗날 민중신학을 정초한 또 한 사람인 서남동 목사는 '두 이야기의 합류'를 말했다.** 성서와 기독교 역사의 민중 전통과 한국 민족사의 민중 전통이 당대 한국 그리스도인의 실천 가운데 합류한다는 의미였다. 민중신학은 1970년대 한국의 민중 현실로부터 형성된 것이지만, 그와 같은 고유한 신학적 통찰을 가능하게 한 기원을 거슬러 올라가자면 바로 이와 같은 명동촌의 선각자들에게 그 뿌리가 닿아 있다고 할 수 있다. 문익환을 비롯해 문동환, 안병무 등 민중신학을 정초한 이들의 공통 경험은 오랜 기원을 갖고 있는 것이다.

문익환 목사는 그렇게 자신의 내면세계 안에 녹아든 민족주의와 기독교 신앙을 통해 스스로의 입장을 형성하였고, 그 입장은 한국 현대사의 격랑을 거치면서 그때그때마다 절실한 과제들로 구체화되었다.

---

* 『전집』 6권, p.346.
** 서남동, 『민중신학의 탐구』, 한길사, 1983, p.77-78.

3. 문익환 목사가 이 땅에서 이루고자 한 꿈, 그의 신학의 구조

민중적 민족주의와 보편적이고 개방적인 기독교 신앙의 창조적 융합 가운데서 문익환 목사의 신학 세계는 한국 기독교계에서 그 비교 대상을 찾기 어려울 만큼 풍요롭게 피어났다.

여기서 그의 삶의 궤적을 간략히 짚어보면, 북간도 명동촌에서의 성장, 해방과 한국전쟁 전후의 신학 수업,* 그리고 1955년부터 구약성서 신학자로서 강의를 시작함과 동시에 한빛교회 목회자로서 활동하기까지가 대략 세간에 알려지기 이전의 문익환 목사의 삶의 궤적이다. 신학자이자 목회자로서 활동하던 시기는 대략 겹치지만, 정확하게 말하면 성서 번역을 위해 1968년 한신대를 휴직한 후 이어 사직하고, 역시 같은 이유로 1970년 한빛교회 담임목사직마저 사임한다. 이후의 삶은 성서번역가이자 시인으로서, 그리고 1976년 3·1민주구국선언 사건 이후부터 1994년 작고하기까지는 알려진 바와 같이 재야운동가로서 삶을 살았다.

복잡다단한 삶을 살았지만 문익환 목사의 삶에는 일관된 성격이

---

* 1938년 일본신학교 입학에서 시작하여, 1943년 만주 봉천신학교를 거쳐 1947년 한국신학대학을 졸업하고 목사 안수를 받았다. 신학 수업을 하는 동안뿐만 아니라 졸업 후 목회자로서 교회에 봉사하였지만, 1949년 미국 프린스턴신학교로 유학길에 올랐다. 유학 중 한국전쟁을 만나 유엔군에 자원하여 휴전회담의 통역으로 일한 후 다시 학업을 재개하여 마쳤다. 그리고 중간에 1965-1966년 미국 유니온신학교에 유학하였다.

있다. 그 삶을 한마디로 줄여 말해 '꿈을 현실로 살아간 선구자'라고 하면 크게 어긋나지 않을 것이다. 그렇게 꿈을 현실로 살아간 선구자의 내면세계를 형성한 두 기둥이 민족주의와 기독교 신앙이라는 것을 앞에서 밝혔다. 그 두 기둥이 떠받쳐 준 삶 가운데서 새로운 세계, 새로운 인간을 실현하기 위해 문익환 목사가 진정으로 갈망한 것은 과연 무엇이었을까? 자신의 정신세계를 형성한 기원에 대해 뚜렷이 의식하고 있었고, 동시에 역사와 현실에 대한 분명한 책임 의식을 갖고 있었던 문익환 목사에게는 '지금 여기' 당대의 현실 가운데서 이루고자 한 꿈의 실체 또한 뚜렷하였다. 그 꿈의 실체를 우리가 이해할 수 있는 언어로 그려낼 수 있다면 다양한 이름으로 표현된 그의 삶의 여러 단면 사이에 어떤 상호관계가 있는지 제대로 이해할 수 있을 뿐 아니라 그의 삶을 깊이 이해할 수 있을 것이다. 그의 정신세계는 입체적이고 역동적이어서 평면적인 구도로 설명하기가 쉽지 않지만, 그의 저작들 가운데 끊임없이 반복되는 몇 가지 주제어를 든다면 우선 '사랑·정의·평화·생명'으로 집약할 수 있을 것이다. 이 주제어는 문익환 목사가 열망한 꿈의 실체를 보여주는 동시에 그의 신학 세계의 얼개를 보여준다.*

---

* 이유나는 문익환의 신학 사상을 '참여신학' '통일신학' '화해신학'으로 집약하고 있는데, 이는 문익환의 신학 사상의 특징을 잘 일별해 주고 있기는 하지만, 그때그때마다 구체화된 여러 과제들의 상호관계를 규정짓는 문익환 신학 사상의 내적 구조를 설명하기에는 충분해 보이지 않는다. 이 글의 시도는 그 아쉬움을 보충하려는 것이다. 이유나, 「문익환의 기독교 신앙과 사회참여—민주화운동과 통일운동을 중심으로」,《한국기독교와역사》40, 2014, p.239-272 참조.

문익환 목사와 가까이 삶을 공유했거나 잘 아는 사람들은 한결같이 공통된 인상을 갖고 있다.* 유시춘의 표현을 따르면, "불의한 권력을 향해서는 질풍노도와 같이 질주했지만 맨손인 노동자와 사회적 약자 들에게는 양처럼 유순했던 이. 민주화와 통일이라는 거대담론의 중심에 서 있었으되 그 마음속에다 안개꽃보다 더 자잘하고 소박한 감수성을 품었던 이. 이렇게 문익환은 상반되는 두 얼굴의 소유자"**였다. 구약성서의 예언자 엘리야를 곧바로 연상시킨다. 도탄에 빠진 민중에게는 한없는 사랑으로 다가서지만(열왕기상 17장) 불의한 권력과 그 추종자들에게는 불과 같은 분노로 심판을 행하는 예언자(열상 18장), 들릴 듯 말 듯 세미한 소리 가운데서 하느님의 음성을 듣는(열상 19장) 섬세한 마음을 가진 예언자가 엘리야였다. 문익환 목사는 마치 그와 같다.

섬세하면서 뜨거운 마음을 가진 문익환 목사에게서 '사랑'은 그의 모든 언행의 밑바탕이면서 동시에 궁극적 지향점이었다. 그가 얼마나 섬세한 마음으로, 또 얼마나 따뜻한 마음으로 연약한 이들에게 마음을 쏟았는지는 숱한 일화들 가운데, 그가 남긴 서신과 시편, 저작 들에 역력히 드러나 있다. "죽어가는 모든 것들을 사랑해야지"라고 했던 친구 윤동주의 그 마음을 삶으로 보여준 이가 문익

---

* 최민희, 「재야인사들이 말하는 인간 문익환」,《월간 말》 93호(1994/3), p.156-159 참조.
** 유시춘, 「사랑에서 났으니 사랑으로 돌아가리라」, 『전집』 7권, p.367.

환이었다.* "죽음을 살자"라고 외치기도 하였다.** 그가 남긴 발바닥 자국마다 짙은 사랑의 표식은 강렬하게 아로새겨져 있다. 그가 한 사람 한 사람을 대면하면서 따뜻하고 섬세한 마음으로 다가섰을 때 사랑은 그의 마음 바탕이었으며, 그가 자신의 몸을 살라 죽어가는 이들을 보고 안타까워하고 그 이름들을 목이 터져라 외쳤을 때, 그리고 마침내 길가의 풀포기들과 사랑을 나누겠다고 고백했을 때*** 사랑은 모든 생명들을 이어주는 숭고한 궁극의 지향점이었다.**** 유시춘이 옥중서한 해제 제목으로 삼은 "사랑에서 났으니 사랑으로 돌아가리라"라는 표현은 이를 적절하게 표현한 것이다.*****

문익환 목사의 정신세계의 바탕이자 동시에 궁극적 지향으로서 사랑은 다양한 모습으로 발현된다. '정의'가 이로부터 비롯되고, 그 정의로부터 '평화'가 완성된다. 사랑으로부터 시작하고 사랑으로 귀결되는 구원의 이상, 그의 꿈의 구조는 다음과 같은 독특한 그의 주장 가운데 잘 드러나 있다.

예수의 십자가가 인류에게 안겨준 과제는 무엇입니까? 그것을

* 『전집』 6권, p.340-367 참조.
** 『전집』 1권, p.184.
*** 『전집』 1권, p.215, 김시서, 「새벽의 마다에 통일배 띄우니 도보선의 세세세」, p.76.
**** 이해동, 「민주회복과 민족통일운동의 선구자」, 문익환, 『히브리 민중사』, 정한책방, 2018, p.298-307 참조.
***** 『전집』 7권, p.363.

성서는 평화-샬롬이라고 합니다. 샬롬은 곧 생명 사랑 운동입니다. 생명 사랑에서 솟구치는 기쁨입니다. 그것은 평화의 반대 개념인 전쟁과 대비시켜 보면 자명합니다. 예수가 선포한 하늘 나라는 곧 정의가 기둥이 되어 있는 평화의 나라입니다. 정의는 분노로 폭발하는 사랑입니다. 사랑의 사회적 표현입니다.

성서의 평화는 이지러짐이 없는 완전한 상태를 말합니다. 건강하고 행복한 상태라고 하겠습니다. 하느님의 상태라고 하겠습니다. 완전하신 하느님이 창조하신 그대로 완전한 상태입니다. (…) 하느님의 사람은 하느님이 완전하심같이 완전하라(마 5:48)고 하신 것도 그 때문입니다. 여기서 완전은 사랑의 완전입니다.*

그 사랑의 완전은 원수까지 사랑하는 것을 포함한다. 그러나 원수까지 사랑하라는 것이 불의를 용인하는 것을 뜻하지는 않는다. 약한 자가 억울한 일을 당하는 것을 보면서 분노로 폭발하는 사랑이라야 완전한 사랑, 곧 샬롬이 된다. 그런 의미에서 불의를 보고 분노로 폭발하는 사랑, 곧 정의가 평화의 기둥이 된다. 정의가 기둥이 되는 평화는 사회 구석구석이 병들지 않는 건강한 사회, 가난한 사람, 굶주리고 헐벗은 사람이 없는 사회로서, 여기서 정의는 평등이 된다. 결국 샬롬은 사랑이요, 정의요, 평등이요, 자유, 그 모든 선(善)의 총화로서, 거기서 넘쳐나는 생명의 충일이요, 기쁨이다. 그리

---

* 『전집』 3권, p.149.

스도인들은 그것을 실현하는 것을 역사적 과제로 삼는다.[*]

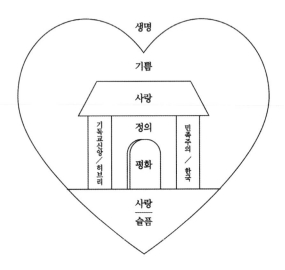

생명의 바다를 품은 문익환 목사의 정신세계

여기서 한 가지 더 부연해야 할 것이 있다. 사랑에 바탕을 두고 사랑으로 귀결하는 그의 꿈은 생명의 충일함에 대한 '기쁨'으로 표현되지만, 그 기쁨의 심연은 '슬픔'이다. 기쁨의 심연이 슬픔인 것은 사람들에게서 기쁨을 앗아가는 현실 때문이다. 정의가 분노로 폭빌하는 사권의 까닭과 동일한 이유이다. 생명의 본질은 기쁨이

---

[*] 『전집』 3권, p.149-150; 박재순, 「한국 에큐메니칼 운동의 전통과 신학적 유산」,《신학사상》128(2005/여름), p.120 이하 참조.

기에 불행한 사람이 단 한 사람이라도 있는 한 그 기쁨은 충족되지 않는다. 그래서 "슬픈 눈으로 보고 슬픈 마음으로 깨친 인식은 곧 구원의 길"이 된다. "인간과 세계와 역사의 비극을 슬퍼하는 마음이기 때문"*이다. 이것은, 문익환 목사가 꿈을 산 사람이지만 그저 몽상가가 아니라 엄혹한 역사의 현실에서 그 꿈을 이루려 하는 데에서 나타나는 기본 정조이다.

문익환 목사는 그리스도인의 사명으로서 역사적 과제를 매우 뚜렷이 인식하고 있었다. 역사를 설명하는 법칙을 규명하려는 관심이 아니라 역사의 얽히고설킨 문제들을 풀고 바로 살아가려는 사람으로서 그리스도인의 자각이 그의 실천적 삶의 바탕이었다. 한국 현대사의 격랑 가운데서 사회적 약자들의 권리와 민주주의를 위하여, 그리고 민족의 통일을 위하여 그가 내디딘 힘찬 꿈의 발걸음은 그 자각을 바탕으로 하였다. 그 자각 위에 펼쳐진 그의 삶은 어떤 장애물도 가로막을 수 없었다. "꿈은 가두지 못한다."** 무장무애의 삶, 한 인간으로서, 다정스럽고 뜨거운 마음을 지닌 목회자로서, 예언자적 소명감에 불타는 신학자이자 실천가로서 그의 삶은 실로 풍요로웠다. 그런 만큼 그가 남긴 유산 또한 풍요롭다.

---

* 『전집』 4권, p.250; 『전집』 6권, p.183.
** 『전집』 4권, p.242.

Ⅲ. 신앙의 선구로서 문익환 목사가 교회와 신학에 남긴 유산들

한국 현대사에서 함경도와 북간도 명동촌 출신의 기독교인들의 역할은 매우 독특한 위치를 차지하고 있다.[*] 그 인물들은 보수 일색의 기독교 풍토 가운데서 진보적 교회와 신학을 형성하였다는 점에서뿐만 아니라 한국 현대사에서 민주화와 통일운동을 이끈 역할을 맡았다는 점에서 독특하다. 특별히 문익환 목사의 경우 그 삶의 후반부에 민주화와 통일을 위한 운동에서 그 역할은 각별히 두드러졌다. 그 까닭에 그가 '목사'로 불리고 있음에도 불구하고 사회운동가로서, 특히 통일운동가로서 그의 실천적 삶의 의의는 집중적인 조명을 받고 있지만, 상대적으로 목회자이자 신학자로서 문익환 목사의 삶에 대한 조명은 충분히 이뤄지지 않고, 바로 그와 직결된 기독교계에 남긴 유산 또한 제대로 평가되고 있지 않다.

문익환 목사에게서 교회와 신학은 역사의 현장으로 나가기 위한 하나의 경로에 지나지 않은 것이 아니었다. 민족사의 현장이 떨쳐낼 수 없는 삶의 조건이었던 것과 마찬가지로 교회와 신학의 장 역시 문익환 목사에게서는 떨쳐낼 수 없는 또 하나의 조건이었다. 그의 성숙한 정신세계가 교회와 신학의 장 안에서 단련되고 무르

---

[*] 김건우, 「한국 현대지성사에서 '한신(韓神)'이 가지는 의미」, 《상허학보》 42, 2014, p.501-531.

익은 만큼, 우리는 교회와 신학에 남긴 그의 유산을 제대로 조명할 필요가 있다. 그 시도는 오늘의 교회와 신학을 위해서도 중요한 의미를 지닌다.

1. 교회에 남긴 유산

문익환 목사는 안수를 받고 곧바로 목회 현장에 나섰을 뿐 아니라 한신대학교에서 구약성서신학 교수로 재직하는 내내 한빛교회의 담임목사로 시무하였다. 애초 아버지 문재린 목사에 의해 시작된 한빛교회 담임목사로 재직한 기간은 유학으로 떠나 있던 1년을 제외하고 12년(1956-1969)에 이른다. 신학자로서 문익환에게서 교회는 거시적인 의미에서 신학의 장이었던 것만은 아니다. 그에게서 교회는 곧바로 직결되는 신학적 실천의 장이었다. 히브리어 등 언어에 통달한 성서신학자로서 성서 언어에 대한 이해와 신학적 입장이 특정한 언어 이론이나 기존의 신학 이론에 좌우되지 않고 민중의 일상언어와 삶에 밀착될 수 있었던 것은 바로 구체적인 교회공동체의 목회자로서 그의 삶을 빼놓고는 이해할 수 없을 것이다. 예컨대 그가 성서 번역을 할 때 유념하던 히브리적 사유와 한국인의 사유 방식의 관계*에 관한 고민의 흔적은 목회 기간 교회에

---

* 예컨대 「한국인의 소슬한 종교」; 「성서와 국어」; 「히브리어에서 한국어로」, 『전집』 11권 참조.

서 매주 선포한 설교 곳곳에 드러나 있다. 그가 설교할 때 성서 본문의 의미를 풀이하는 데는 언제나 우리의 속담과 역사가 자연스럽게 배어 있다.* 설교자는 언제나 그 청중의 얼굴을 떠올리는 가운데 말씀을 준비할 수밖에 없다. 교회에서 행한 그의 설교에는 신산한 삶을 살아가는 한 사람 한 사람의 삶을 유념하지 않고는 나올 수 없는 이야기들로 가득하다. 1976년 세간에 나선 이후부터가 아니다. 이미 젊은 시절의 설교들에서도 그 경향은 역력히 드러나 있다.**

문익환 목사의 교회관은 어떤 것이었을까? 1964년에 한 '교회는 필요한가?'라는 설교는 2018년 오늘의 상황에서 그대로 선포된다 하더라도 긴장감을 유발하기에 부족함이 없다. 그저 안일한 종교적 욕망을 추구하기 위해 교회를 찾는다면 "깨끗이 그리스도인 되는 것을 단념"하도록 촉구하면서, 교회의 본질을 일러 "우리의 아성이 증축되는 곳"이 아니라 "인간의 아성이 무너져 가는 곳"으로서 "하느님의 구원의 역사, 새 창조의 역사가 찬란하게 이뤄져 가는 곳"이라 선포한다.*** 1967년에 한 '산 교회'라는 설교에서는 "교회는 신앙의 중독증을 일으켜서 고요히 저세상으로 사람들을 보내는 곳이 아니라, 사람들을 살리는 곳이 되어야" 한다는 것을 역설하며, 더욱 생생하게 "하느님께 찡얼거리다 겨우 천당에나 들어가

---

* 『전집』 12권, p.103.
** 『전집』 12권, p.97.
*** 『전집』 12권, p.329-334.

는 죽은 교인이 아니라 팽팽하게 근육에 차 넘치는 도덕력과 초롱불처럼 빛나는 창조적인 눈을 가진 교인이 왁자한 교회, 숨을 마시는 만큼 내쉬는 산 교회로 한국의 교회도 체질을 개선해야"한다고 역설한다. 그것이 '하느님의 형상'대로 지음받은 사람을 살리는 교회의 본연의 모습이다.*

한편 문익환 목사는 기성의 제도적 형식을 띤 교회 현장에만 있었던 것은 아니다. 1975년 이후부터는 학교에서 해직당한 동생 문동환 목사가 주도한 갈릴리교회에 열성적인 일원으로서 참여하였다. '사건의 현장으로서의 교회'는 민중신학이 주목한 새로운 교회의 존재 방식이었다.** 문익환 목사는 바로 이 갈릴리교회를 통해 3·1민주구국선언을 주도하였다. 민중신학의 산실도 기실 바로 그 교회였다. 급박하게 일어나는 민중 사건을 증언하는 공동체로서의 교회 본연의 모습이었다. 아니, 더 나아가 문익환의 발걸음이 닿은 그 모든 민중 사건의 현장이 그에게는 교회가 되었다. '세상에 파송된 목사'이기를 원했던*** 그에게 교회는 특정한 제도와 예전에 매인 것이 아니라 바로 생명을 살리는 현장이었다. 그 상상력의 확장과 실천은 오늘의 교회의 존재 방식에 대해서도 끊임없는 도전이 된다.

---

* 『전집』 12권, p.397-401.
** 안병무, 『민중신학 이야기』, 한국신학연구소, 1987, p.156 이하; 서남동, 『민중신학의 탐구』, p.146 참조.
*** 유원규, 「목회자로서의 문익환 목사」, p.155.

2. 에큐메니컬운동에 남긴 유산

한국 교회 에큐메니컬운동 지평에서의 문익환 목사의 유산 또한 지나칠 수 없다. 먼저 흥미로운 점은, 한국기독교장로회의 공식 기록인 총회 회의록을 확인한 결과 1965년부터 2017년에 이르는 동안 세 해 정도를 빼놓고는 그 이름이 등장하지 않는 때가 없다는 것이다.* 현재까지 끊임없이 그 이름이 교단의 공식 기록에 등장하는 것은 그만큼 그 영향이 크다는 것을 말해준다. 그러나 그것은 자신이 속한 교단에 끼친 영향만을 뜻하지는 않는다. 그 이름이 등장하는 많은 경우 교단의 범위에 한정된 어떤 사업과 관련된 것만은 아니기 때문이다.

여기서 사후 기록은 대개 추모 행사와 관련되어 있거나 특별한 행사에서 문익환 목사의 작품이 등장하는 경우이다. 살아생전 그 이름이 등장하는 많은 경우는 시국기도회 또는 강연회의 강사로 나선 경우이다. 공식적인 직책과 관련하여 이름이 등장하는 경우는 1976년 이후 곧 재야인사로 세간에 등장한 기점을 전후로 그 성격이 구별된다. 그 이전에는 주로 장학위원회, 문서연구위원회, 찬송가가사위원회 등의 위원으로 이름이 등장하는데, 그 이후에는

---

* 한국기독교장로회의 '총회 회의록' 일체를 데이터베이스화한 이종덕 목사의 도움으로 그 내용을 확인할 수 있었다. PDF 파일 기록의 문자를 검색 기능이 읽지 못해 확인되지 않은 경우가 있을 수 있는데, 그 문서 기록을 미처 확인하지는 못했다. 어쨌든 그 기록을 활용할 수 있도록 해준 이종덕 목사께 감사드린다.

구속자 명단에 등장함과 아울러 교회와사회위원회의 위원 및 위원
장으로 등장한다. 1980년대에는 박형규 목사와 번갈아 가며 교회
와사회위원회 위원장을 맡은 것으로 나타난다. 이것은 두 분이 교
회의 대사회적 활동을 실질적으로, 상징적으로 대변하였음을 말하
는 것이다.

　한국기독교교회협의회(NCCK)의 활동과 관련해서는 어떤 공식적
인 직함을 갖지는 않은 것으로 알려져 있다.* 그러나 갈릴리교회에
참여한 것, 그리고 그보다 앞서 1974년 민청학련 사건 이후 시작
된 목요기도회에 열성적으로 참여한 것은 중요한 의미를 지닌다.
물론 애초 목요기도회도 한국기독교교회협의회가 주관한 것은 아
니다. 주요 에큐메니컬 인사들이 주도하고 이를 한국기독교교회협
의회의 총무 김관석 목사 등이 뒷받침한 것으로 알려져 있다. 어쨌
든 그것은 재야운동을 연결하는 네트워크로서 역할 하였다는 점에
서 중요한 의의를 지니고 있으며, 동시에 사회적 실천을 위한 교회
네트워크의 한 구심으로서 또한 중요한 의의를 지니고 있다.** 이를
통하여 문익환 목사는 교회와 사회를 연결하고, 민주화운동과 통
일운동을 위한 교회의 협력을 이끌어내는 데도 중요한 일익을 담
당하였다고 할 수 있다.

---

* 공식 기록을 확인하기 어려워 증언에만 의존하였는데, 혹 어떤 기록이 발견된다면
수정되어야 할 것이다.
** 김홍수, 『자유를 위한 투쟁—김관석 목사 평전』, 대한기독교서회, 2017, p.176 이하
참조.

에큐메니컬운동의 지평에서 문익환 목사의 가장 독보적인 기여
는 역시 성서 공동번역 사업이다. 문익환 목사는 복음동지회를 통
해 성서 번역에 열의를 쏟고 있었는데, 복음동지회가 성서를 새롭
게 번역하고자 하는 뜻이 대한성서공회에 받아들여져 본격적인 성
서 번역 작업이 개시되었고 그 작업에서 중책을 맡았다. 1968년 문
익환 목사는 대한성서공회 신구약 성서공동번역위원장이 되어 그
일에 매진하였다.* 애초 성서의 믿음 세계가 에큐메니컬한 대화를
통해 형성되었다고 본** 문익환 목사는 온몸과 마음과 영혼을 다하
여 성서 공동번역에 임하였다. 정확하게 1968년에 시작하여 1976
년 3·1민주구국선언 사건으로 구속되기까지 8년 동안 몰입하였다.
삼옥에 있는 동안 번역문을 마지막으로 다듬는 작업을 하지 못한
것을 아쉬워했지만, 감옥에서도 자문 역할은 감당하였다.*** 문익환
목사는 그 과정에서 "세 가지 '여리고 성'이 무너지는 경험을 했다"
라고 하였다. "첫째 신교와 구교의 벽이 허물어지는 경험, 둘째 신
학적인 편견이 걷히는 경험, 셋째 히브리인들과 한국인들 사이의
벽을 허물고, 교회와 사회를 갈라놓는 말의 담을 허무는 경험"이
그것이었다.****

문익환 목사는 성서 번역을 위하여 교수직과 담임목사직을 사임

* 『평전』, p.374.
** 『전집』 10권, p.411.
*** 문영미, 『세상을 품은 작은 교회―한빛교회 60년사』, p.113.
**** 『평전』, p.375; 문영미, 『세상을 품은 작은 교회―한빛교회 60년사』, p.112.

하였고, 바로 그 시기에 시를 쓰기 시작하면서 모종의 신학적 변화를 스스로 예감하였다. 성서 번역을 통한 '여리고 성'의 붕괴 경험은 그 스스로의 예감이 무엇이었는지 분명하게 보여주는 것이 아닐까? 그렇게 장벽이 무너지는 경험은 기독교 세계에 한정된 것이 아니었다. 타 종교와의 대화와 협력을 자연스럽게 받아들였고,* 무엇보다 온몸으로 민중운동에 헌신함으로써 진정한 에큐메니컬의 지평을 열어나갔다. 말년에 감옥에 갇혀 있는 가운데서도 기세춘 선생과 묵자를 둘러싼 대화를 신명 나게 나눈 것도 우연의 소산이 아니었다.**

3. 민중신학자 문익환

'민중신학자 문익환', 만일 이 이름이 낯설게 느껴진다면 문익환 목사의 삶과 신학을 피상적으로만 알고 있는 까닭이라고 할 수밖에 없다. 민족통일운동에 헌신한 그의 면모가 워낙 두드러지기 때문에 강한 민족주의적 색채를 띤 통일신학자일지언정 민중신학자라는 이름이 어울리지 않을 것이라는 편견이 형성된 사정은 충분히 이해할 만하다. 또 한편으로는 사실상 민중신학의 산실 역할을

---

* 『전집』 10권, p.412.
** 문익환·기세춘·홍근수, 『예수와 묵자』, 일월서각, 1994.

한 갈릴리교회에 열성적으로 참여했지만 주로 안병무, 서남동, 문동환 등이 민중신학적 담론의 형성에 주도적 역할을 맡은 탓에 민중신학자로서 문익환 목사의 면모는 두드러져 보이지 않을 수도 있다.

그러나 이미 삶의 궤적과 그로부터 형성된 정신세계와 신학이 보여주듯이 문익환 목사는 민중신학을 정초한 이들과 깊은 교감을 갖고 있었고 그 신학적 입장을 공유하고 있었다. 민중신학자들이 그토록 강조한 '민중 경험'이라는 면에서 문익환 목사를 앞서는 신학자가 있을까? 문익환 목사는 민족의 통일을 말할 때도 언제나 민중의 주도성을 강조하였다. 앞에서 문익환 목사의 민족주의를 '민중적 민족주의'라 말한 까닭도 여기에 있다. 1980년대 중반 이른바 NL과 PD 논쟁이 격화되었고, 다들 문익환 목사는 NL의 입장을 대변하는 거두 정도로 인식하기 쉽지만 사실 그 기대와는 전혀 다른 입장을 갖고 있었다. '예수는 계급 해방론자'로서 굳이 말한다면 PD라고 말하기도 했다.* 남겨놓은 어떤 기록을 보더라도 문익환 목사에게서 민중을 향한 사랑과 민중의 주도성에 대한 신뢰는 일관되어 있다.**

굳이 민중신학을 함축하는 어떤 표제를 단 저작을 내지 않았지

---

* 문익환·기세춘·홍근수, 『예수와 묵자』, p.148; 『전집』 8권, p.494; 『전집』 11권, p.336.
** 『전집』 3권, p.92 이하.

만 1970년대 이후 문익환 목사의 신학을 민중신학으로 부르지 못할 까닭은 없다. 다행스럽게도 문익환 목사는 만년의 저작으로『히브리 민중사』를 남김으로써 '민중신학자 문익환'이라는 이름을 주저 없이 부를 수 있게 해주었다. 미완의 저작이지만 민중신학을 정초한 또 하나의 저작으로서『히브리 민중사』가 갖는 의의는 제대로 평가되어야 한다.* 『히브리 민중사』는 발바닥으로 땅을 누비며 해방을 갈망한 히브리 민중들의 이야기를 재연한 것이자 동시에 역시 그와 같이 발바닥으로 뛰며 해방의 역사를 일구고자 한 저자의 삶의 기록이며 이 땅의 민중들의 이야기이다. 그 점에서 이 책은 이 땅의 민중 사건을 증언하는 신학으로서 민중신학을 대표할 만한 중요한 또 하나의 저작으로 평가받아 마땅하다.**

어떤 학구적 관심을 갖는 이들이『히브리 민중사』가 상상력에 자극받은 이야기 형식이기 때문에 이렇다 할 만한 내용을 기대할 수 없다고 치부한다면, 그것은 기우요, 오만이다. 이른바 학문적 논증 방식을 취하고 있는 것은 아니지만 구약성서학자로서 성서번역자로서 저자는 당대 최신의 연구 결과를 충분히 반영하는 가운데 역사적 상상력을 펼치고 있다. 그 역사적 상상력에서 비롯된 통찰이 그 어떤 꼼꼼한 주석보다 빛나는 저작이다. 민중신학을 정초한

---

* 이 책이 지니는 의의에 대한 더 상세한 내용은 최형묵, 「민중의 발바닥 언어로 풀어낸 성서 이야기」, 문익환,『히브리 민중사』, p.286-297 참조.

** 김이곤, 「늦봄 문익환 목사의 구약성서신학」,《신학사상》 85호(1994/여름), p.54 이하 참조.

중요 저작 가운데 이른바 학구적 논저 형식을 취한 저작은 없다. 그 점에서 저술 형식 때문에 그 저작이 평가절하받아야 할 이유는 없다. 민중신학을 정초한 주요 저작들은 한결같이 놀라운 역사적 상상력과 현실을 통찰하는 안목이 두드러진 특징을 지니고 있고, 이 책 역시 그 미덕을 공유하고 있다.

그런데도 한국 민중신학에 관한 논의의 지평에서 『히브리 민중사』가 마땅한 대접을 받지 못해왔다면, 그 까닭은 그 저작이 지니는 가치가 떨어지기 때문이 아닐 것이다. 그것은 문익환의 삶 자체가 저작보다 훨씬 컸기 때문이었다고 말할 수밖에 없다. 발바닥으로 새긴 그의 삶의 궤적이 너무 크기 때문에 얇은 책 한 권은 그저 작은 에피소드에 지나지 않은 것으로 간주된 탓이다. 그러나 성서를 새롭게 보는 차원에서, 특별히 세계 신학계에서 고유한 신학으로서 평가받고 있는 민중신학의 기초를 밝히는 차원에서 이 책의 진가는 다시 조명되지 않으면 안 된다.

Ⅳ. 혼탁한 공기 속에서도 빛나는 해맑은 신앙인

한국 현대사의 거인, 다양한 이름을 가진 주인공에게서 그 삶의 한 단면을 살펴보는 일은 오히려 쉬울지 모른다. 그저 관심하는 대로 포착되는 면만 잘 살피면 되니까 말이다. 애초 나에게 맡겨진 과제는 '에큐메니컬운동과 선교'의 차원에서 문익환 목사의 삶을 조명하는 것이었다. 나는 그 과제를 목회자이자 신학자로서 문익환 목사의 삶을 재조명하는 과제로 받아들였고, 그 단면을 잘라내어 살펴보는 일이 가능할 것이라 생각하였다. 그런데 그저 한 단면이라 생각한 그것이 사실은 문익환 목사의 삶을 통째로 이해할 수 있는 실마리라는 것을 알게 되었다. 그것을 알아차리면서부터는 마치 대해(大海)를 헤엄치는 기분이었다.

도올은 문익환 목사에 대한 기억을 말하면서, "많은 사람이 지금 문익환 하면, 맹렬한 공산주의 운동가며 물불을 가리지 않는 반정부 데모의 투사, 최루탄의 혼탁한 공기 속을 홀로 거니는 거친 얼굴을 연상하기 쉽"지만 "처음 뵈었을 때의 문익환 선생은 정말 완벽하게 그런 분위기와는 무관한 정신세계에 사시고 계셨던 진정한 수도인의 한 사람이었다"*라고 술회한 바 있다. 도올은 '최루탄의 혼탁한 공기 속'에 선 문익환 목사와 구별되는 '신앙인', '수도인'으로서의 모습을 회상하고 있다.

그러나 나는 '최루탄의 혼탁한 공기 속'에서 오히려 빛나는 진정한 신앙인으로서 문익환 목사를 떠올렸다. 그저 옷깃을 만져본 마지막 세대에 해당하는 나는 문익환 목사에 대해 지금까지도 가장 강렬하게 남아 있는 기억을 간직하고 있다. 1987년 7월 이한열

---

* 김용옥, 『노자와 21세기』 上, 통나무, 1999, p.43.

열사의 장례식 때 열사들의 이름을 하나하나 외칠 때의 그 모습이다. 나는 장례식을 앞둔 전날 학교를 찾아가 후배들과 하룻밤을 꼬박 새우고 장례식을 맞아 연세대 백양로의 한 자리를 차지하고 있었다. 쏟아지는 졸음을 어찌할 도리가 없었는데, 문익환 목사의 등장과 함께 눈이 뜨이고 열사의 이름을 외치는 그 첫 번째 순간 잠기운이 확 달아나 버리고 정신이 맑아졌다. 그 목소리의 광채를 보았고, 그때 그 광채의 주인공 문익환 목사에 대한 기억이 지금까지 강렬하게 남아 있다. 그 기억이 '혼탁한 공기 속'에서도 '광채 나는 해맑은 모습'을 지닌 문익환 목사의 정신세계를 들여다보는 시도로 이끈 것 같다. 그래서 나는 문익환 목사에게서 목회자이자 신학자로서의 삶과 새야 운동가로서의 삶 사이의 단절성보다는 연속성을 주목하였다. 그것이 "나에겐 신앙과 운동이 곧 하나"*라고 한 문익환 목사의 내면세계와 삶의 궤적을 정당하게 평가하는 것이라 생각하였기 때문이다.

가장 풍요로운 정신세계를 가진 목회자이자 신학자로서 문익환 목사의 정신세계를 엿보고자 한 시도는 즐거운 일이었다. 그 풍요로운 정신세계에서 비롯된 유산을 정당하게 평가하고 계승하는 일은 한국 교회를 위해서나 한국 사회를 위해서나 진정한 축복임에 틀림없다.

* 『전집』 5권, p.450.

문익환 목사와 『공동번역』[*]

김창주(목사, 한신대학교 신학과 구약학 교수)

1. 아조르나멘토: 두 강의 합류

한국전쟁의 깊은 상처가 아물 즈음에 기독교계에서는 벌써 재기의 움직임이 일고 있었다. 이른바 '복음동지회'이다. 교파를 초월한 신학자들이 다시 모이기 시작한 것이다. 1956년부터 회보 발간, 신학 강좌 등을 진행하면서 새로운 성서 번역을 모색하였다. 당시 개신교에 통용되던 『개역』은 1938년 판으로 고어와 한자 때문에 젊은이들에게 읽히기 어려웠다. 복음동지회는 1961년 '마태의 복음서'를 필두로 1967년 『신약전서 새번역』을 출간했다. 한편 가

---

* 《가톨릭평론》 42, 2023, p.56-69.

톨릭에서는 선종완, 최민순, 김창수 등의 개인 번역이 나왔다. 특히 선종완 신부는 한국 가톨릭교회 최초로 구약을 번역하였다. 세계적으로 1960-1970년대는 성서 번역의 르네상스였다. 한국에서는 가톨릭과 개신교의 협력으로 펴낸 『공동번역』이 그 정점에 있었다.

당시 문익환은 복음동지회의 창립회원으로 활동했다. 프린스턴 신학교 유학 중 한국전쟁으로 귀국했다가 1954년에 다시 유학길에 올랐다. 문익환은 프린스턴 수학 중 이미 성서 번역에 투신할 각오를 내비친다. 두 번째 유학 시절 편지에 의하면 히브리어는 물론 셈족어에 대한 지식을 습득해야 할 것이라고 적고 있다. 사실 그의 어학적 재능과 성서 번역에 관련된 일화는 유년 시절 명동까지 거슬러 올라간다. 한국 YMCA 대표적 인물 전택부(1915-2008)는 한글과 우리말에 대한 애정과 관심이 컸다. 그가 명동학교 교사 시절 문익환, 윤동주, 송몽규 등 그곳 학생들의 한국어 구사 능력이 뛰어난 점을 유심히 관찰하였다. 그중에서 문익환에게 성서 번역을 권하였다고 전한다.[*]

한편 1958년 10월 28일 요한 23세는 교종으로 선출된다. 그가 소집한 제2차 바티칸 공의회는 1962년에서 1965년까지 네 차례 열렸다. 흔히 20세기 '종교개혁'이라고 불리는 이 공의회의 핵심은

---

[*] 김형수, 『문익환 평전』, 실천문학사, 2004, p.278; 문영미, 『세상을 품은 작은 교회—한빛교회 60년사』, 삼인, 2017, p.111.

아조르나멘토(Aggiornamento)였다. 교종의 의욕적인 개혁의 목소리를 담은 것이다. 고정불변으로 여기던 교리, 전례, 규율, 사목 등의 쇄신을 꾀하였다. 요한 23세는 각 분과회의에 전문가와 학자 들을 줄이고, 현장의 주교들을 배치했다. 그의 개혁 의지는 그동안 배제되었던 여러 교단의 초대에서 잘 드러난다. 아조르나멘토의 결과는 어느 정도 예상되었다. 1054년 동서교회 대분열의 계기였던 동방정교회 파문을 철회하고 화해하였으며, 1517년 이후 분리된 개신교를 형제로 인정하였다.

제2차 바티칸 공의회는 무엇보다 라틴어로 봉헌되던 미사를 현지 언어로 바꾸는 개혁을 단행하였다. 이를 위해서 성서 번역에 신교와 협력하도록 공식적으로 주문하였다.

하느님의 말씀은 어느 시대에나 준비돼 있어야 하므로, 교회는 자모적(慈母的) 배려로써 각국어로 적합하고 정확하게, 특별히 성경 원문에서 번역 출판되기를 보살피고 있다. 만일 이 같은 번역이 기회를 얻어 교회 당국의 승인하에 갈라진 형제들과 공동 협력으로 이루어진다면 그것을 모든 그리스도 신자들이 사용할 수 있을 것이다. (계시헌장 제6장 22조)*

---

* 한국천주교중앙협의회 엮음, 『제2차 바티칸공의회문헌: 헌장·교령·선언문』, 한국천주교중앙협의회, 1969, p.163.

바야흐로 역사상 '갈라진 교회'가 서로 협력하는 위대한 서막이 울리는 순간이다. 중세 교회의 분열 이후 구교와 신교는 상대에 대하여 서로 비난과 불신의 적대감을 키워왔다. 그러나 제2차 바티칸 공의회 결의에 따라 세계 교회의 거대한 두 강줄기가 서로 만나는 계기가 마련되었다. 한국의 그리스도교는 100년의 시차를 두고 한반도에 상륙하여 가톨릭과 개신교의 이름으로 독자적인 선교 활동을 벌여왔으나 이제『공동번역』성서를 통하여 '두 강이 합류'하여 한 교회가 되는 경험을 하게 되었다.

2. 하느님의 한국말: 『공동번역』

『공동번역』을 위한 첫걸음은 1967년 12월 21일 서울 YMCA에서 드린 성탄예배였다. 이듬해 2월 15일 신구교 '성서공동번역위원회'가 출범하였다. 최초 번역위원은 여섯 분이 위촉되었으나 양측의 합의 정신과 신학적 견해차, 그리고 일신상의 문제로 세 분이 중도에 물러났다. 결국 가톨릭 선종완과 개신교 문익환 두 사람이 도맡게 되었다(나중에 곽노순이 참여한다). 마침내 두 번역자의 집념과 8년의 노고 끝에『공동번역: 성서』를 출판할 수 있었다. 안타깝게도 두 주역은 출간 현장에서 기쁨을 누리지 못하였다. 선 신부는 1년 전에 선종하였고, 문 목사는 1976년 '3·1민주구국선언'으로 갇힌 몸이었기 때문이다.

두 분의 '공동번역'은 이미 운명처럼 정해져 있었다. 선종완 신부는 성서 완역을 목표로 1952년부터 '창세기'를 번역하고 있었고, 문익환 목사 역시 복음동지회의 경험과 후원에 힘입어 구약 번역을 준비하고 있었다. 이렇듯 절묘한 시점에 바티칸의 권고는 교회일치를 위한 첫걸음으로 충분하였다. 문익환의 옥중편지에는 얼마나 번역에 투신했는지 여실히 드러난다. 그는 회중 200-300명의 목회를 꿈꾸었다. 하지만 애초의 꿈과 달리 신학교 교수와 목회를 병행하고 있었다. 그러다 성서 번역의 책임을 맡게 되자 '필생의 일'로 여기고 교수직과 담임목사직을 내려놓았다. 그것은 성서 번역 외에 어떤 것도 그를 방해하지 못한다는 선언이며 다짐이었다.

신구교 대표가 결의한 번역의 원칙 외에 구체적 이론과 방향 제시는 문익환의 몫이었다. 그는 복음동지회를 통하여 『새번역』을 펴낸 경험이 있었고 성서 번역 이론에 대한 지식을 두루 갖추고 있었다. 그의 본격적인 번역 이론은 「히브리어에서 한국어로: 성서 번역의 문제들」이란 논문과 몇몇 기사에 소개되어 있다.* 그의 번역 철학은 『공동번역』 서문에서 읽듯 '내용 동등성'이 핵심이다.** 그

---

* 문익환, 「히브리어에서 한국어로: 성서 번역의 문제들」,《신학사상》7호 (1974/10), p.683-702. 이 논문은 『그리스도교와 겨레문화』(1987), 그리고 『문익환 전집』 11권 (1999)에 재록되어 있다.

** 나중에 유진 나이다(Eugene A. Nida)는 내용 동등성을 '기능적 일치'로 바꾸어 말하기도 한다.

의 표현으로 바꾸면 "히브리어 생리 속에 들어가서 성서의 씨앗을 한국의 얼과 넋 속에 심는" 것이며 "한국 얼 속에 [성서의 정신과 가치가 독자의 가슴에서] 폭발하게 하는 일"이다.

그런데 문제는 두 언어 사이에 2000년 이상의 시간이 가로막고, 언어학적으로도 히브리어와 한국어의 이질성이 뚜렷하다는 점이다. 이 간극을 극복하는 것이 번역의 관건이다. 문익환의 주장을 인용한다. "히브리어 톱니는 굵고 한국어의 톱니는 잘아서, 굵은 히브리어 톱니를 그대로 남겨두면, 그 번역은 한국인의 사고에 들어맞지 않아 겉돌고 만다." "그러므로 한국인의 사고, 한국인의 전통과 문화와 역사를 살리는 번역이라면 히브리어의 굵은 톱니를 분해해서 한국말의 톱니처럼 잘게 재구성해야 한다."* 그러니 히브리어와 한국어를 견줄 때 한국어가 아니라 히브리어가 부서져야 한다! 원문을 최대한 존중해야 하는 경전 번역에서 대담한 원칙이 아닐 수 없다.

문익환의 번역이 독회 과정에서 채택되지 않은 예는 많다. 예컨대 다음 인용은 『공동번역』이다. "야훼를 두려워하여 섬기는 것이 지식의 근본이다"(잠 1:7). 자칫 하느님을 공경하면 어떤 지식이든 알 수 있다는 오해를 불러온다. 따라서 히브리어를 완전히 쪼개서 다음처럼 옮겨야 한다. "사람이란 모름지기 야훼 두려운 줄 알아야 한다." 하지만 한국의 얼과 정신을 살리는 그의 번역은 제안에 머

---

* 「히브리어에서 한국어로」,『문익환 전집』 11권, p.305-306.

물고 말았다. 이렇듯 그는 번역 과정에서 자신의 무력감과 번역위원회의 벽을 느꼈다고 고백한다.*

그러면서도 한편으로 성서 번역을 다른 시각으로 접근하기도 한다. "내가 릴케의 시를 번역하게 된 동기는 성서의 시를 경전이라는 틀에서 벗어나서 자유롭게 번역하는 요령을 터득하려는 것이었다." 번역 과정에서 경직된 성서에 묶이면 번역에 제약이 생긴다는 점을 간파한 몸부림이었다. 그는 일찍이 새 번역의 필요성을 제안하며 다음과 같이 주장하였다.

새번역은 읽기 좋고 외우기 좋아야 한다. 근년 양식 비판의 발달과 함께 구전(口傳)의 중요성이 발견되었다. (…) 성서가 쓰이기 전에 오랜 세월을 두고 입에서 입으로 전해질 때, 자연적으로 외우기 좋도록 시적 음률과 형식을 갖추게 되었다. 구약의 대부분이 시의 형식으로 쓰여져 있는 것은 그것을 증명하는 것이다.**

히브리 성서가 본디 민중들의 구전으로 전승되다 경전으로 인정되었지만 여전히 낭독을 위한 본문이라는 점을 강조한다. 세계 신학의 흐름을 파악하면서 자신의 의견을 덧붙인 것이다. 고래로 성

---

* 「新約 共同飜譯 着手: 新舊教 함께 새번역에 이은 快事」, 《교회연합신보》 1968. 12. 25.
** 「성서 번역은 이렇게」, 《성서한국》 6권 4호(1960년 7월), p.4.

서 기록과 번역은 민중의 글자이며, 쉽고 단순한 언어로 전달되었다는 점을 거듭 확인한다.* 성서가 구전과 낭독으로 전승된 사실은 당연한 일이어서 크게 부각되지 않았다. 입말과 쉬운 글은 경전에서 떼려야 뗄 수 없는 긴밀한 관계다. 유대 전통에서도 토라는 입말, 곧 구어체이자 현장감이 묻어나는 낭송용 텍스트였다. 민영진은 "성서는 소리 내어 읽는 전통을 지니고 있다. 특히 히브리어로 쓰인 구약성서는 무엇보다 소리 내어 읽는 책"**이라고 주장한다. 적절한 구두법, 효과적인 음률과 억양, 소리의 높낮이, 읽는 속도와 세기, 소리의 장단 등은 낭송과 기억을 돕는 보조 수단이다.

문익환의 번역 원칙과 목표는 두 가지이다. ① 한국인 전체가 읽을 수 있는 번역, ② 한국인의 생각을 무리 없이 움직여 생의 궤도를 바꿀 수 있는 번역. 두 번째 목표는 다소 추상적인 측면이 있으나 구약성서 본래의 기능, 곧 입말로 전해지는 구전이나 낭송용을 전제한 것이고, 전달되는 메시지의 강력한 힘을 경험한 체험적 논리이다. 마침내 대한성서공회는 1977년 4월 부활절에 맞추어 구약 1997쪽, 외경 328쪽, 신약 505쪽, 총 2420쪽의 『공동번역』을 간행하였다.

과천 소재 '말씀의성모영보수녀회'는 선종완기념관을 설치하고 '느디어, 하느님께서 우리말을 세내도 하시게 되었습니다'라는 제

---

* 「성서와 함께 하나 되는 길」, 『문익환 전집』 11권, p.323.

** 민영진, 『국역성서연구』, 성광문화사, 1984, p.244.

목으로 그가 『공동번역』에 기여한 공헌을 기린다. 이것은 '신명기' 독회 중 선종완 신부가 감격스러워하며 했던 말로서 문익환의 전언이다.* 한국 최초로 가톨릭과 개신교가 합동으로 펴낸 『공동번역』 성서는 그로부터 2005년 『성경』이 나오기까지 한국 가톨릭의 공인 성경으로 활용되었다. 이로써 한국 가톨릭과 개신교는 에큐메니컬 기도회, 예배를 비롯한 협력과 일치운동이 가능해졌다.

3. 『공동번역』의 특징 톺아보기

『공동번역』에서 문익환 목사의 기여를 생각한다면 '시편'에 드러난 신학적 특징을 살펴보는 것이 좋겠다. 그가 성서 번역 과정에 시인으로 등단하였거니와 시문학 쪽에 더 공헌한 측면이 있기 때문이다. '시편', 가톨릭의 한때 '성영(聖詠)'에 그의 번역 이론과 번역의 원칙이 잘 드러나는 몇 구절을 살펴보면 저절로 수긍이 갈 것이다.

* 「성서와 함께 하나 되는 길」, 『문익환 전집』 11권, p.323.

1) 히브리 시편의 수사법을 살리는 번역의 예: 시편 1편 1절

אַשְׁרֵי־הָאִישׁ אֲשֶׁר לֹא **הָלַךְ** בַּעֲצַת רְשָׁעִים וּבְדֶרֶךְ חַטָּאִים לֹא **עָמָד** וּבְמוֹשַׁב לֵצִים לֹא **יָשָׁב**		
『공동번역』(1977)	『성경』(2005)	『개역개정성경』(1997)
복되어라. 악을 꾸미는 자리에 **가지** 아니하고 죄인들의 길을 **거닐지** 아니하며 조소하는 자들과 **어울리지** 아니하고	행복하여라! 악인들의 뜻에 **따라 걷지** 않고 죄인들의 길에 **들지** 않으며 오만한 자들의 **자리에 앉지** 않는 사람	복 있는 사람은 악인들의 꾀를 **따르지** 아니하며 죄인들의 길에 **서지** 아니하며 오만한 자들의 자리에 **앉지** 아니하고

표시된 글씨의 히브리어 낱말은 오른쪽부터 차례로 '걷다, 서다, 앉다'를 뜻한다. 세 동사는 나쁜 데로 빠지는 단계를 암시하는 점층법이며 시적 표현이다. 시인은 '걷다, 서다, 앉다'에 상당하는 구체적인 상황을 예시한다. 예컨대 우연히 악을 계획하는 사람들 곁에 가다가, 다음에는 그 사람들과 점차 어울리게 되고, 결국에는 악행을 일삼는 사람들 중심을 차지하게 될 것이다. 『성경』이나 『개역개정』은 처음부터 악인들을 '따른' 것 같은 뉘앙스다. 이렇듯 번역자가 시인의 의도를 드러내지 못하니 핵심적 수사법을 살리지 못하고 말았다. 이 점에서 『공동번역』의 가치와 역할은 두드러진다. 시편 번역을 주로 문익환이 주도한 것으로 알려졌으나 선종완의 참여도 배제할 수 없다. 해당 구절에 대한 선종완의 원고를 보면 아래와 같다.

행복한 사람이란

무도한 자들의 권고를 따라 걷지 않고

죄인들의 길에 들어서지 않으며

횡포한 자들의 모임에 참석지 않는 자로다

『공동번역』 시편 1편 1절에 관한 독회에서 문익환과 선종완 사이에 이견이 없었던 것으로 보인다. 『성경』은 두 번역자의 의견을 반영한 듯 전체 문장이 매우 간결하며 시적 완성도가 높다.

2) 시적 운율을 살리는 번역의 예: 시편 47편 6절

MT	זַמְּרוּ אֱלֹהִים זַמֵּרוּ זַמְּרוּ לְמַלְכֵּנוּ זַמֵּרוּ
『공동번역』	찬미하여라 하느님을, 거룩한 시로 찬미하여라. 찬양하여라 우리 왕을, 거룩한 시로 찬양하여라
『성경』	노래하여라, 하느님께 노래하여라. 노래하여라, 우리 임금님께 노래하여라.
『개역개정』	찬송하라 하나님을 찬송하라 찬송하라 우리 왕을 찬송하라

위 인용은 '히브리어에서 한글로' 옮길 때 히브리어가 부서져야 한다고 주장한 문익환의 이론대로 한국어의 의미를 살려 원문을 해석한 셈이다! 『개역개정』과 『성경』이 형식적으로 옮겼다면 『공

동번역』은 똑같은 동사(ﬦﬦﬦ)를 앞에서 '찬미하여라'로, 나중은 '찬양하여라'로 번역하여 시의 생동감을 더한 것이다. 문익환이 시인으로서 시적 자유를 느꼈을 법한 대목이다. 특히 시를 번역할 때는 재생이 아니라 재창조가 될 수밖에 없다는 그의 이론을 고스란히 보여준다.*

시편 85편 10-13절의 『공동번역』은 얼마나 아름답고 시적 운율이 역동적인지 시인이 아니고야 살려낼 수 없을 것이다. 지면의 제약 때문에 싣지 못하지만 꼭 읽기를 추천한다. 문익환은 옥중에서 『공동번역』 '시편'을 교정하면서 시를 쓰고 시인이 된 것에 대한 깊은 감사를 드러낸 적이 있다. "내가 성서를 번역하다가 시를 알게 되었다는 것이 얼마나 고마운 일인지, 하느님께 영광을 돌릴 뿐, 빨리 나가고 싶다면, 지금 속에서 굽이치는 시들을 적고 싶다는 생각, 그것을 나누어 같이 울고 웃고 싶다는 생각뿐이다."

3) '내용 동등성'의 번역의 예: 전도서 10장 20절 후반

『공동번역』	낮말은 새가 듣고 밤말은 쥐가 듣는다.
『새번역』	하늘을 나는 새가 네 말을 옮기고 날짐승이 네 소리를 전할 것이다.
『성경』	하늘의 새가 소리를 옮기고 날짐승이 말을 전한다.

---

* 「히브리어에서 한국어로」, 『문익환 전집』 11권, p.306.

『개역개정』	공중의 새가 그 소리를 전하고 날짐승이 그 일을 전파할 것임이니라.
NRSV	for a bird of the air may carry your voice, or some winged creature tell the matter.

『개역개정』과 『성경』의 문자적인 의미는 충분하다. 그러나 속담을 차용한 『공동번역』의 번역은 얼마나 쉽고 명백한지 더 이상 무슨 설명이 필요할까? 문익환이 줄곧 주장한 '내용 동등성', 곧 기능적 일치이다. "번역이란 같은 가락을 다른 악기로 연주하는 것이다." 그는 처음부터 사전적, 형식적 일치가 아니라 "낫 놓고 기역 자도 모르는 사람이 귀로 듣기만 하는 것으로도 알 수 있는" 번역, 곧 민중의 언어로 표현하고자 힘썼다. 위 번역은 '한국어' 성서번역가 문익환의 면모를 생생히 보여준다.

4. 「나의 기도」: 시인의 되어

"나는 시가 거의 40%를 차지하는 구약성서를 번역하다가 뒤늦게 시인들의 반열에 끼이는 영광을 누리게 되었다. 그러나 이 영광은 어디까지나 구약성서의 시들을 조금이라도 시답게 번역하려다가 얻은 뜻밖의 덤이다."* 그에게 시적 감수성과 문학적 재능 없이 오직 성서 번역 과정을 통하여 과연 시인이 될 수 있었을까? 다음은 1989년 작 '나의 기도'라는 시의 일부다.

> 내 나이 스물세 살 때
>
> 일본에서 신학생으로 영어 독일어 헬라어 히브리어를 공부하
> 느라고 정신없다가
>
> 폐병에 걸려 죽을 판이었거든
>
> (…)
>
> 어떻게 쉰까지만 살았으면 하고 중얼거렸던 건데
>
> (…)
>
> 하느님, 성경 번역이 끝날 때까지만 살려주십시오
>
> 8년에 걸친 성서 번역을 내 손으로 끝내지 못한 건
>
> 병 때문이 아니었어
>
> 장준하의 죽음 때문이었어

　위 시는 목사, 시인, 성서번역가, 그리고 통일운동가의 면모를 고루 보여준다. 문익환은 『공동번역』의 마침표를 찍지 못한 채 또 다른 부름 앞에 서 있다. 일제에 윤동주를 잃고, 군사독재에 장준하를 보내며, 시인이 되었다는 '새삼스런' 기쁨도, 필생의 꿈이던 성서 번역의 성취감도 결코 그를 막지 못하였다. 허리가 잘린 채 신음하

---

* 「라이너 마리아 릴케」, 《제3일》 1973년 7월호; 『문익환 전집』 6권, p.267-271.

는 조국 앞에서 잠꼬대 같은 다짐을 내뱉곤 하였다. 누구도 갈 수 없는 분단선, 그러나 한민족 모두 오가야 할 그 철조망을 새처럼 넘나드는 상상을 말이다. 시인은 꿈을 꾸고 꿈은 시가 되고 마침내 시가 날개를 펴자 분단의 3·8선을 가뿐히 넘었다.

아버지의
아들

아차 싶어 『문익환 평전』을 다시 읽었다

문성근(배우)

박근혜 정권이 위안부 합의하고, 사드 배치하는 거 보고, 아차 싶어 『문익환 평전』을 다시 읽었습니다.

문익환 목사는 왜 1989년에 평양을 찾아갔을까요? 그는 법정에서 이동수 군이 옥상에서 몸에 불을 붙이고 뛰어내리는 것을 보면서, 저 젊은이들의 죽음을 막고 싶었다 했습니다. 시인으로서 솔직한 말이었습니다. 그러나 동시에 역사를 사는 운동가의 냉철한 이성은 우리에게 분단을 강제한 동서냉전의 한 축 소련이 흔들리는 걸 보고 있었습니다. 우리는 새로운 질서, 새로운 세상을 만들어 내야 한다.

문목은 오랜 세월 고려연방제를 주창해 오던 북을 설득해서, 먼저 남북교류협력 단계를 도입하기로 합의했습니다. "통일은 됐어"라는 말은 그래서 맞는 말이었습니다. 세월이 얼마나 걸릴지는 모르지만, 통일 대장정의 들머리에 합의했으니 이제 함께 손잡고 걸어가면 될 일이었습니다.

유럽은 화폐 통일까지 50년이 걸렸지만, 우리는 합의 당사자가 단 둘뿐이니 마음만 잘 맞춰가면 지름길도 찾을 수 있겠지…. 현정화, 리분희는 우리가 한마음이면 일본은 물론 중국도 넘을 수 있다는 걸 상징적으로 보여줬습니다.

문목은 '잠꼬대 아닌 잠꼬대'에서 이렇게 말했습니다.

"난 그들을 괴뢰라고 부르지 않을 거야. 동무라는 좋은 말 있지 않아? 동무라고 부르면서 열 살 스무 살 때로 돌아가는 거지. 아 얼마나 좋을까? 그땐 일본 제국주의 사슬에서 벗어나려고 이천만이 한마음이었거든. 한마음. 그래 그 한마음으로 우리 선조들은 당나라 백만 대군을 물리쳤잖아?"

그런데, 우리는 왜 우리 문제를 우리 스스로 헤쳐 나가지 못합니까?

일본에 굴욕적으로 다 퍼주고, 백악관으로부터 "선친의 일본 사랑이 윤 대통령의 일본관에 영향을 준 거 같다"는 평가를 들으니 마음이 흡족하십니까?

경제 세계 10대 강국이라면서, 일본 미국의 꼬붕 노릇이나 하고 있는 게 진심 부끄럽지 않습니까?

"이 정신이 말짱한 것들아!"

'자주', '평화', '민족대단결', 이 3대 원칙은 너희들이 좋아하는 박정희 대통령이 합의한 것이야. 그를 추모하고 싶으면 먼저 '겨레 말큰사전'을 펼쳐 놓고, '자주', '평화', '민족대단결'이 무슨 뜻인지부터 공부하란 말이야!

"민주는 민중의 부활이고, 통일은 민족의 부활이며, 이는 자주 없이는 성취될 수 없습니다."

한국의 감옥은 그렇게도
즐거운 곳입니까?*

문익근(둘째 아들)

저희 아버지 문익환 목사가 타계하신 지 어느덧 26년의 세월이
흘렀습니다. 민주구국선언 사건으로 첫 감옥생활을 시작하신 1976
년 3월부터 타계하신 1994년 1월까지 18년 중, 여섯 번에 걸쳐 그
야말로 감옥을 제집 드나들 듯이 하시며, 10년 3개월을 옥중에서
지내셨습니다. 생애 마지막 열여덟 번의 생신 중, 단 다섯 번만 집
에서 가족들의 생신 축하를 받으셨고, 나머지 열세 번은 교도소 접
견실에서 자식들, 손주들의 축하를 받으실 수밖에 없었습니다.

1980년 김대중내란음모조작 사건으로 시작된 세 번째 수감생활
때까지는 한 달에 한 번, 가족들에게만 편지 쓰기가 허용되다가, 네

---

* 『늦봄의 편지—문익환 옥중서신』의 서문으로 실렸던 글이다.

번째 감옥생활부터는 그 제약이 풀려서 누구하고나 편지를 주고받을 수 있게 되었고, 공휴일을 제외하고는 거의 매일 편지를 쓰셨습니다. 심지어는 한 번도 만나본 적이 없는 초등학교 학생에게서 편지를 받고 그에게 답장을 쓰기도 하셨습니다. 그렇게 하여 쓰신 편지가 가족이 보관하고 있는 것만 800통에 이릅니다. 그동안 그 편지 중 일부가 '옥중서한집' 단행본으로, 또는 『문익환 전집』에 실려서 공개가 되었습니다.

올해 초, 통일의 집에서 그 편지들을 모두 파일로 만들어 누구나 쉽게 볼 수 있게 하는 작업을 하는데 저에게 좀 도와달라는 부탁이 왔습니다. 이미 활자화된 편지는 출판사에서 받은 파일을 편지 원문과 대조해 가면서 수정, 또는 보충하고, 그렇지 않은 편지는 새롭게 컴퓨터에 입력하는 만만치 않은 작업이어서 선뜻 하겠다고 나서기가 어려웠습니다. 그러나 아무래도 가족들만이 알 수 있는 편지 내용도 있고, 무엇보다도 악필(惡筆)로 유명한 아버지의 글씨를 저만큼 제대로 읽어낼 수 있는 사람이 없을 것 같아서 승낙하고 작업을 시작했습니다. (실제로 작업을 하면서 이미 활자화된 편지에서 악필의 글씨를 잘못 읽어 아버지의 의도와 다른 뜻으로 전해진 것을 발견하기도 하였습니다.) 마침 미국에서 다니던 직장에서 은퇴하여 시간적 여유가 있었던 것도 이 일을 맡는 데 한몫을 하였습니다.

이 작업을 하면서 처음으로 아버지의 편지 전부를 정독할 수 있었습니다. 감옥생활 초기 한 달에 한 번 나온 편지는 제가 여러 장

복사하여 어머니에게 드리면, 어머니가 국내외의 친지들에게 보내어 아버지의 근황과 생각들을 알리셨습니다. 교도소의 편지는 항상 봉함엽서에 쓰게 되어 있는데, 초기의 편지는 깨알 같은 글씨로 주소란만 빼고는 빈틈없이 빼곡하게 쓰셔서, 매일 쓰시게 되어 한결 여유가 생긴 후반기 편지에 비하면, 같은 지면에 그 분량이 네다섯 배에 달하였습니다. 후반기 매일 쓰신 편지는 수신인이 워낙 다양하기도 하고, 저도 결혼하여 어머니와 따로 살다 보니 편지 복사 심부름을 거의 하지 않았고, 따라서 편지 내용도 거의 모두 새삼스러웠습니다. 어머니가 매일 아버지께 편지를 써 보내시며, 동시에 받은 편지를 각 수신인들에게 복사하여 보내셨으니 그 수고가 대단했겠다고 생각되었습니다. 틈틈이 교도소로 면회도 다니시면서.

아버지는 저를 서른두 살에 낳으셨습니다. 아버지가 만 57세에 처음 감옥생활을 시작하여 75세에 타계하셨으니, 제가 20대 후반에서 40대 초반 때였습니다. 이제 저도 70세가 되어 30-40년 전의 편지를 읽으며, "아! 아버지는 지금 내 나이 때 이런 생각을 하면서 사셨구나. 70세에 통일을 위해 방북을 계획하고 계셨구나" 하면서 저의 삶을 돌아보며 한없이 부끄러운 마음이 들었습니다. 아버지의 삶은 한마디로 온통 사랑덩어리였습니다. 겨레 사랑과 생명 사랑, 이 두 마디로 압축할 수 있을 것 같습니다.

많은 분들이 아시는 것처럼, 아버지는 방북하여 김일성 주석에게 "우리 분단 50년을 넘기지 맙시다. 분단 50년을 넘기는 것은 민족의 수치입니다"라고 얘기하시고, 돌아오셔서도 기회 있을 때마다, 만나는 사람마다 같은 얘기를 하셨습니다. 물론 편지에도 수없이 반복하셨습니다. 그리고 실제로 1992년 노태우 정부 시절에 남북총리회담이 여러 차례 열리고, 남북 간 합의서가 체결되었다는 소식을 감옥에서 들으시고, 정말 분단 50년인 1995년까지 통일이 될 것을 믿고 희망에 부풀어 편지를 쓰셨습니다.

지금 이 글을 쓰는 2020년은 분단 50년을 반이나 넘긴 75년이 되는 해이고, 아직도 통일의 길은 멀어 보입니다. 문재인 정부에 들어와 부드러워졌던 남북관계는 다시 얼어붙어 언제 녹을지 앞이 안 보입니다. 만일 아버지가 살아 계시다면, 이런 상황을 도저히 견디지 못하셨을 것입니다. 분단 50년을 한 해 앞두고 타계하신 것은 어쩌면 분단 50년에도 통일이 이루어지지 않는 것을 보여주지 않으시려는 하느님의 섭리가 아닌가 하는 생각이 듭니다.

아버지의 옥중편지가 일본에서 출판된 적이 있습니다. 그때 번역 작업을 한 일본인이 "한국의 감옥은 그렇게도 즐거운 곳입니까?"라고 물어올 정도로 아버지의 편지는 감옥생활의 즐거움과 감사함과 보람됨으로 가득 차 있습니다. 모든 마이너스를 플러스로 바꾸는 기쁨을 늘 얘기하셨습니다. 물론 시대 상황에 대한 안타까움과 분노도 있지만. 그러나 저에게는 한 아픈 기억이 있습니다. 어느 겨울에 면회를 마치고 일어나기 전에 필요한 영치물에 관하여 얘기를 하는데, "사과는 너무 많이 넣지 마. 하루 지나면 얼어서 못 먹어"라고 하시는 말씀에 화들짝 놀랐습니다. "아니! 감방 안이 사과가 얼 정도로 춥다는 얘기잖아?" 이번에 편지를 읽다가 1976년에 감방에서 맞이한 첫날 밤 얘기를 접하면서, 그때 면회 기억이 떠올랐습니다.

3월 9일의 교도소는 아직 가실 줄 모르고 버티는 추위로 모두 움츠러들어 있는 때지요. 누구보다도 제일 추위에 떨고 있는 것은 담당들이지요. 특히 9사는 한데나 다름없는 감옥이었지요. 하늘에서 눈이 펄펄 날아 들어올 정도였으니까요. (…) 그런데 그날 밤은 정말 추웠다구요. 그때의 이부자리라는 게 말뿐이지, 솜이 뭉쳐서 깔고 누울 수도 없고 덮는다고 해야 홑이불 덮은 거나 마찬가지였거든요. 내복이라야 밖에서 입던 얇은 내복 한 벌뿐이었구요.
　　　─1976년 3월 9일을 회고하는 1992년 3월 9일 편지에서

이번에 통일의 집에서 위에 언급한 편지를 파일로 만드는 작업과 병행하여 그동안 미공개된 편지를 중심으로 옥중서한집을 출판합니다. 문익환을 아는 세대는 이 책을 통하여 문익환의 통일을 향한 그 뜨거운 마음을 다시 생각해 보고, 문익환을 잘 모르는 젊은 세대는 통일을 위해 온몸을 바친 한 선각자가 있었다는 것을 아는

계기가 되기를 바랍니다.

　이 책을 위해 애쓰신 통일의 집 여러 일꾼들에게 감사의 마음을
표합니다.

2020년 9월 24일

불효자식　문의근

해제[*]

김형수

(『문익환 평전』 작가)

문익환은 1918년 북간도 명동촌에서 태어났다. 명동촌은 함경
북도에서 실학을 공부했던 유학자 네 가문이 두만강을 건너가서
만든 애국적 '대안 마을'이었다. 일제의 강점에 대항하는 학문을 수
용하는 과정에서 기독교를 받아들인 후, 아버지 문재린은 3·1독립
만세 사건으로 투옥되는 등 네 번의 옥고를 치르고, 어머니 김신묵
은 이동휘 선생의 딸과 함께 7인의 여자비밀결사대원으로 활동하
기도 했다.

어린 시절에는 송몽규, 윤동주와 어울려 명동학교를 다녔다. 특
히 윤동주와는 평양의 숭실학교도 함께 가고, 신사참배 거부로 자

---

[*] 해제가 쓰인 이후 수록이 결정된 글들은 본 해제에 언급되지 않았다.

퇴할 때도 같이 했으며, 학교를 세 차례나 옮길 때도 늘 동행했다. 그리고 스물한 살 때 진보적인 신학을 접하고자 일본신학교에 유학하는데, 그 시절에 만난 전도사 박용길과 1944년에 결혼하게 된다. 목회 활동을 시작한 것은 도쿄 유학 5년째에 학병을 거부하고 만주로 돌아가서부터이며, 해방 후 서울에서 한국신학교를 졸업하고 다시 미국 프린스턴신학교에 유학했다가 한국전쟁이 발발하자 유엔군에 지원해 통역자의 신분으로 휴전회담에 참여한다. 그후 한국을 대표하는 구약학자로서 한신대, 연세대에서 강의하다가 1968년부터 신·구교 공동 성서 번역의 책임을 맡으면서 시인으로 등단하고, 1976년에 '3·1민주구국선언'을 주도하면서 재야활동에 나선다. 이때가 59세였다.

문익환은 일찍부터 행동파 신학자 본회퍼를 좋아했다. 신학적 원리와 진리에 따라 어떤 박해나 오해 앞에서도 저항을 멈추지 않았던 신학자로서, 교회와 세상의 벽을 무너뜨린 본회퍼처럼 재야운동에 나선 뒤 목숨을 내놓고 민주화운동에 앞장섰다. 그리하여 신학자이면서 시인이요, 목사이면서 재야운동가로서 그의 생애는 릴케의 『기도시집』을 번역하던 고요한 시절로부터 광야에 홀로 선 제사장처럼 독재자 앞에서도 포효를 멈추지 않던 투사의 시절까지 이 땅의 현실을 '죽임의 역사'에서 '살림의 역사'로 바꾸기 위해 노력했다. 투옥된 기간은 총 6회에 걸쳐 10년 3개월이 넘는다. 그러면서 단 한 번도 징역에 가지 않으려고 눈치를 보거나 수감 기간을 줄이려고 석방운동을 해본 적이 없었다.

그러나 정작 중요한 것은 그가 미움보다는 사랑, 분열보다는 화해, 원한보다는 믿음과 화합의 길을 개척한 평화의 사제(司祭)였다는 점이다. 그는 한 사람의 종교인으로서 자신의 삶을 민중을 위해 산화한 전태일과 통일의 순교자 장준하의 부활이라 명명하면서 전태일과 장준하의 죽음이 가리키는 길을 가고자 했다. 그 기념비의 하나로서 1989년 '방북' 때 남긴 "민주주의는 민중의 부활이요, 통일은 민족의 부활"이라는 말은 한국 통일운동의 최고 업적이 되어 후에 남북 민중의 의지를 모으는 극적인 장치로 사용되었다.

문익환은 1994년 1월 18일 자택에서 별세하였다. 바로 직전까지도 암 투병에 시달리는 김남주 시인을 치유하러 병상 방문을 멈추지 않았다. 언론을 타고 부음이 전해지자 온 나라가 슬픔에 잠겼다.

이 책은 문익환 목사 30주기를 맞아서 그가 사후에 미친 영향력을 전하기 위해 수집한 글 모음집이다. 문익환의 생애는 하나였지만 그에 관한 기록은 목격자의 눈이 놓이는 위치에 따라 전혀 다른 빛을 띤다. 어떤 자리에서는 신학자요, 어떤 자리에서는 통일운동가, 또 어떤 자리에서는 번역가이거나 목사였다. 이제 30주년을 맞으면서 우리는 그 모든 항목이 더 큰 사상의 품으로 모이는 느낌을 받는다. 여기에 소개하는 글들에도 그런 특성이 스미어 있다.

「눈물의 잠, 혹은 광대」는 문익환 목사 30주기를 맞아서 쓴 김정환 시인의 회고담이다. 김정환 시인은 문익환 목사의 막내아들이자 배우인 문성근의 고교 시절 친구이며 민통련 시절에 문익환 목사와 함께 활동한 젊은 동지였다. 「눈물의 잠, 혹은 광대」에는 그가 학창 시절에 어울려 다니던 친구의 아버지로서의 문익환, 또 훗날 삼엄한 독재 정권과 싸우던 시절에 조직 활동을 함께한 젊은 동지로서의 후일담이 매우 절제된 문체로 그려져 있다. 짧은 글에서 대하소설 같은 이야기가 읽히는 사실도 신기하지만, "이한열 장례식에서 그가 초혼한"이라는 구절이 안겨주는 가르침은 너무나 놀랍다. 6월항쟁을 열어젖히는 문익환 목사의 명연설로 집단의 기억에 새겨진 그날의 체험을 이 글은 '연설'이 아니라 '초혼'으로 명명하고 있다. 어쩌면 그날 문익환 목사는 속으로 "산산이 부서진 이름이여 / 허공중에 헤어진 이름이여"를 외우고 있었을지 모른다. 김소월도 관동대지진 때 학살된 원혼들을 기리며 이 시를 썼다고 들었다. 그리고 원고 후미에 소개된 이현관이 곡을 붙이고 임정현이 노래한 「문상과 창 밖」은 문익환 목사님을 추모하는 매우 아름다운 '시 노래'이다.

김형수의 「그의 '발바닥 언어'가 지상에 기록한 것들에 대하여」는 서울대 통일평화연구원이 2018년에 마련한 심포지엄 '한국인의 평화사상'에서 발표한 글이다. 서울대가 평화인문학연구단을 구성하여 한반도 문제에 기초한 새로운 평화학 정립을 추구해 간 학술행사에서 김형수는 문익환의 '평등'과 '평화'에 대한 개념을 새롭게 해석하여 학계에 영감을 주었다고 평가받았다. 2003년『문익환 평전』을 출간한 이후에 문익환의 사상적 궤적을 정리한 종합적인 글이다.

류형선「사랑은 지치지 않아라」의 원제는 '문익환 목사 헌정음반『뜨거운 마음』을 기록하다. 01 사랑은 지치지 않아라—「고마운 사랑아」'이다. 류형선은 작곡가이자 예술감독으로서 자신이 참여한 문익환 목사 헌정음반『뜨거운 마음』에 담긴 노래들을 소개한다. 이 글은 헌정음반 사업을 소개하면서 그 주역들, 즉 '문익환 정신을 알리는 음악인들의 활동'을 설명한 연재물의 제1편에 속한다.《기독교사상》2019년 6월호부터 시작된 연재는 문익환과 함께 가는 음악의 길을 실감 나게 보여주는 매우 훌륭한 안내서가 될 것이다.

문익환은 찬송가에 지대한 관심을 가졌고, 그를 위해 활동했으나 이를 연구한 글은 쉽게 눈에 띄지 않았다. 대신에 박재훈 선생님의 책에 그에 관한 소중한 흔적이 있어서 소개하게 되었다. 박재훈의「「이 작은 가슴」이야기」는 2002년 8월 성실문화에서 간행한 박재훈 저『내마음 작은 갈릴리』에서 발췌한 글이다.

정도상의「겨레말큰사전의 날들」은 5-6년 전에 문예지《문학의 오늘》에 발표한 원고를 재정리한 글이다. 정도상은 민족문학운동에 참여한 소설가로서 문익환 사업에 뛰어들어 통일맞이 사무처장을 지내기도 했다. 그는 왕성한 소설 활동을 하면서도 문익환 목사가 방북 때 김 주석과 만난 자리에서 남북이 공동사전을 편찬하자고 약속한 사실에 주목하여 끝내 '겨레말큰사전' 편찬사업을 성사시킨 당사자이다. 이후 겨레말큰사전공동편찬사업회를 이끌면서 실무 일선을 책임지는 역할을 했다. 이 글 「겨레말큰사전의 날들」은 그 과정과 의의를 소설가 특유의 쉽고 편안한 문체로 설명한다.

이승환의 「탈냉전기의 선지자, 문익환 통일사상의 현재성」은 건국대 통일인문학연구단에서 기획한 『통일담론의 지성사』에 발표한 「문익환, 통일운동과 통일사상」을 수정, 보완한 글이다. 이승환은 문익환 목사와 함께 통일운동의 일선에 참여한 젊은 활동가였다. 문익환 목사가 추구하던 통일운동에 관한 살아 있는 증인으로서 이 글은 학습된 세계가 아니라 '실천된 역사 체험'을 쉽고, 깊고, 명징하게 설명한다. 이승환을 비롯한 후배 통일운동가들이 문익환의 길을 이어가는 궤적은 살아 있는 통일운동의 역사로서 장차 새롭게 연구될 또 다른 영역이라 해야 할 것이다.

이유나의 「문익환의 민주화·통일 실천의 변증법적 성찰」은 '늦봄 문익환 목사 방북 30주년 기념 학술대회'에서 발표한 글이다.

이유나는 최근까지도 문익환 목사를 심층 연구해 온 대표적인 역사학자로서 이 글은 문익환이 재야운동가로 변신하여 매진한 민주화운동과 통일운동의 역정을 일목요연하게 정리하고 있다. 그 밖의 연구로서 통일운동에 특화된 글로는 2012년 《현상과인식》에 발표한 「문익환의 통일운동과 통일인식」, 그리고 2012년 봄에 《신학사상》 188집에 발표한 「문익환의 평화·통일 사상 담론과 성찰」이라는 논문이 있다.

곽노순의 「히브리말 … 몽둥이 말이고 한국말은 비단 말」은 2019년 《성경원문연구》 45집에 소개된 구술 회고담이다. 구술자 곽노순 선생님은 본디 문익환 목사의 제자로서 스승과 함께 성서 번역에 참여한 구약학자이다. 이 증언은 실제 성서 번역 현장에서 느낄 수 있는 문익환 목사의 구약학·번역학·언어학의 세계를 실감할 수 있는 귀중한 회고 자료가 될 것이다.

김경재의 「늦봄의 터부·족쇄 깨기와 실천적 화해신앙」은 2019년 11월 '늦봄 문익환 목사 방북 30주년 기념 학술대회'에서 발표한 글이다. 김경재는 문익환 목사의 제자이자 실천적 활동을 함께 한 후배로서 1989년 문익환 목사의 방북이 한국 사회에 놓고 온 파란의 현장을 생생하게 그린다. 그래서 이 글은 문익환 방북의 전사(前史)와 후사(後事)를 한꺼번에 살필 수 있는 거시적 안목을 제공할 것이다.

최형묵의 「꿈을 현실로 산 신앙의 선구 문익환 목사」는 목회자
가 평가하는 '목회자로서의 문익환'을 알리기 위해서 찾아낸 글이
다. 2018년 여름 《신학사상》 181집에 발표된 이 논문은 신학자 문
익환이 시를 쓰고 장준하의 죽음을 계기로 재야지도자로 전환되는
과정을 밝힌다. 주로 교회와 연구실에서 활동하던 문익환 목사가
역사와 거리의 현장으로 뛰쳐나온 과정이 사실은 기독교적으로 단
절이 아니라 연속되는 행보였다. 이 글은 그러한 정신세계를 형성
한 계기들을 주목하고, 문익환의 실천 속에서 신학 사상의 얼개를
그렸다.

김창주의 「문익환 목사와 『공동번역』」은 《가톨릭평론》에 게재
된 글이다. 문익환 목사에게 구약학 연구와 성서 번역과 시 창작
의 길은 서로 뗄 수 없이 연결된 하나의 실천에 속한다. 참고로, 구
약학자로서의 문익환이나 그가 성서 번역에 임하는 사상적 측면에
관해서는 대중적으로 알릴 기회가 매우 드물다. 이 분야를 종합적
으로 밝히는 글은 2018년 여름에 나온 《신학사상》 181집에 게재된
김창주의 「늦봄 문익환 목사의 신학적 텍스트와 콘텍스트」이다. 하
지만 분량이 길고 너무 전문적인 데다가 주변 글과 겹치는 내용이
있어서 이 글로 대신하였다.

끝으로, 문성근의 「아차 싶어 『문익환 평전』을 다시 읽었다」는 SNS상에서 발견한 글이다. 본디 제목이 없는 짧은 의견 글이었으나 완성도가 높고, 늘 문익환의 영혼을 안고 사는 혈육의 실감을 전할 수 있어서 게재하게 되었다. 문성근은 문익환 목사의 막내아들로서 민족사의 수난과 시련을 극복해 온 문씨네 가계사를 어깨에 지고 사는 현재진행형의 활동가이다. 학창 시절에 '3·1민주구국선언문'의 서명을 받으러 다니는 심부름으로 시작하여, 아버지의 옥중 면회와 셀 수 없이 많은 재판 방청 등으로 단련된 현역 배우의 정세관이 돋보인다. 맨 앞에 게재된 친구 김정환 시인의 글과 막내 문성근의 글에서 문익환 목사님을 '문목'이라 부르는 모습이 매우 특별한 느낌을 불러일으킨다. 마치 동시대의 활동가들처럼 문익환 목사를 객관화해서 보여주는 두 분의 글을 책의 앞뒤에 게재하게 되어서 기쁘다.

늦봄 문익환이 걸어온 길

연도	연나이	내용
1918	0	북간도 명동에서 문재린과 김신묵의 아들로 태어남 (양력 6월 1일)
1925	7	명동소학교 입학
1929	11	윤동주, 송몽규와 문예지 《새명동》 발간 (5학년 때)
1933	14	은진중학교 입학
1935	17	평양 숭실학교로 전학 (4학년 편입)
1936	18	신사참배 문제로 시위, 동맹 퇴학 (4월)
1938	20	도쿄 일본신학교 입학
1943	25	학병 거부, 만주 봉천신학교로 전학, 만주 만보산교회 전도사
1944	26	박용길과 평생 가약
1946	28	걸어서 신의주, 사리원, 개성을 거쳐 서울에 도착. 아버지의 목회지인 김천으로 내려감
1947	29	조선신학교(한신대 전신) 졸업, 목사 안수
1949	31	미국 프린스턴신학교 유학
1950	32	한국전쟁 발발, 유엔군 자원하여 유엔극동사령부(도쿄GHQ)에 근무, 정전회담 통역, 미군을 대상으로 한 한국어학교 교장으로 재직
1954	36	재차 도미, 프린스턴신학교에서 신학석사 학위를 받음
1955	37	한빛교회 목사, 한신대학교 구약학 교수
1968	50	신구교 성서 공동번역 책임위원으로 8년간 일하면서 구약의 40퍼센트를 차지하는 시를 이해하기 위해 시 공부
1976	58	3·1민주구국선언문 작성, 긴급조치 9호로 구속
1977	59	전주교도소에서 21일에 걸쳐 '나라와 민족의 장래를 위한 옥중단식' 단행. 형 집행정지로 22개월 만에 출옥

1978	60	유신헌법의 비민주성을 폭로한 일로 형 집행정지가 취소되고 재수감
1979	61	형 집행정지로 15개월 만에 출옥
1980	62	김대중내란예비음모죄로 구속. 공주 안양 서울 등지에서 복역하며 공주교도소에서 24일간 단식함
1982	64	형 집행정지로 31개월 만에 출옥
1983	65	고난받는 사람을 위한 갈릴리교회 담임목사
1984	66	민주통일국민회의를 결성하고 의장에 취임
1985	67	민주통일민중운동연합 의장에 취임
1986	68	서울대학교, 계명대학교 등에서 강연한 이후 선동죄로 지명수배되어 자진 출두. 집회와시위에관한법률 위반으로 1심에서 3년 형을 받고 네 번째 수감
1987	69	형 집행정지로 14개월 만에 출옥. 이한열 장례식에서 추모사
1989	71	김 주석이 신년사에서 남북정치협상 회의를 제의하며 남쪽의 각 정당 당수와 김수환 추기경, 백기완 선생과 함께 문익환을 평양으로 초청함. 3월 25일 방북, 김일성과 두 차례 회담을 갖고 4월 2일 조국평화통일위원회와 공동성명을 발표함. 4월 13일 서울에 도착, 국가보안법으로 구속
1990	72	형 집행정지로 19개월 만에 전주교도소 출옥
1991	73	조국통일범민족연합 남측 본부 결성준비위원회 결성, 위원장 취임, 분신정국에서 강경대 열사를 비롯한 많은 열사들의 장례위원장을 맡는 등의 활동으로 형 집행정지 취소
1992	74	미국의 친우협회(퀘이커)가 옥중에 있던 문익환 목사를 노벨평화상 후보로 추천
1993	75	형 집행정지로 21개월 만에 출옥, 통일맞이칠천만겨레모임 운동 제창
1994	76	1월 18일, 심장마비로 별세

반드시 돌아올 계절, 늦봄

초판 1쇄 인쇄 2024년 9월 25일
초판 1쇄 발행 2024년 10월 2일

엮은이 늦봄문익환기념사업회
펴낸이 김선식

부사장 김은영
콘텐츠사업2본부장 박현미
책임편집 조용우 **책임마케터** 오서영
콘텐츠사업6팀장 임경섭 **콘텐츠사업6팀** 정지혜, 곽수빈, 조용우, 이한민
마케팅본부장 권장규 **마케팅1팀** 박태준, 오서영, 문서희 **채널팀** 권오권
미디어홍보본부장 정명찬 **브랜드관리팀** 오수미, 김은지, 이소영, 서가을
뉴미디어팀 김민정, 이지은, 홍수경, 변승주
크리에이티브팀 임유나, 변승주, 김화정, 장세진
지식교양팀 이수인, 염아라, 석찬미, 김혜원, 백지은, 박장미, 박주현
편집관리팀 조세현, 김호주, 백설희 **저작권팀** 이슬, 윤제희
재무관리팀 하미선, 윤이경, 김재경, 임혜정, 이슬기, 김주영, 오지수
인사총무팀 강미숙, 지석배, 김혜진, 황종원
제작관리팀 이소현, 김소영, 김진경, 최완규, 이지우, 박예찬
물류관리팀 김형기, 김선민, 주정훈, 김선진, 한유현, 전태연, 양문현, 이민운
외부스태프 디자인 스튜디오 수박

펴낸곳 다산북스 **출판등록** 2005년 12월 23일 제313-2005-00277호
주소 경기도 파주시 회동길 490
전화 02-704-1724 **팩스** 02-703-2219
이메일 dasanbooks@dasanbooks.com
홈페이지 www.dasan.group **블로그** blog.naver.com/dasan_books
용지 스마일몬스터 **인쇄** 민언프린텍 **제본** 다온바인텍 **코팅 및 후가공** 제이오엘엔피

ISBN 979-11-306-5270-2 (03800)